SELVAGGIO

UN ROMANZO DI ASH PARK

MEGHAN O'FLYNN

Copyright © 2018 Pygmalion Publishing

Questo è un lavoro di fiction. Nomi, personaggi, aziende, luoghi, eventi e incidenti sono prodotti dell'immaginazione dell'autore o sono utilizzati in modo fittizio. Ogni somiglianza con persone reali, vive o morte, o eventi reali è puramente casuale. Le opinioni espresse sono quelle dei personaggi e non riflettono necessariamente quelle dell'autore.

Nessuna parte di questo libro può essere riprodotta, archiviata in un sistema di recupero, scansionata, trasmessa o distribuita in alcuna forma o con alcun mezzo elettronico, meccanico, fotocopiato, registrato o altro senza il consenso scritto dell'autore. Tutti i diritti riservati.

Distribuito da Pygmalion Publishing, LLC

«Siamo tutti pronti a essere selvaggi per qualche causa. La differenza tra un uomo buono e uno cattivo sta nella scelta della causa.»
~William James

CAPITOLO 1

I ciottoli del vicolo erano affilati come chiodi sotto le suole dei suoi stivali, non che Regina Jackson fosse particolarmente infastidita da quel piccolo disagio. Ultimamente le faceva male tutto, gli occhi le dolevano dal momento in cui si svegliava, le ossa le facevano male come se stessero cercando di liberarsi dalla prigione dei tendini, ma fossero troppo esauste per riuscirci. Era così che Petrosky si sentiva ogni maledetto giorno, a dar retta alle sue lamentele, ma lei non aveva tempo per dispiacersi; aveva passato il giorno precedente cercando di trovare una nuova badante per suo figlio. Aveva dato una testata all'ultima. Lo amava, lo amava con tutto il cuore e l'anima, ma la gente non amava parlare delle difficoltà che accompagnavano i bisogni speciali. Il dolore. Il terrore assoluto di ciò che sarebbe potuto accadere quando non ci fossi più stata. E nel suo lavoro, quella possibilità era sempre un po' più vicina di quanto le piacesse.

Una brezza sibilò nel vicolo, portando con sé il sottile aroma di putrefazione, dolce e amaro, una fragranza simile a erba tagliata e tulipani recisi gettati in una pozzanghera d'acqua stagnante da lungo tempo. Era possibile che fosse esattamente quello il puzzo: non riusciva a vedere molto oltre l'enorme set di cassonetti che bloccava metà del vicolo, e i mattoni su entrambi i lati del vialetto di ciottoli fatiscenti sembravano lottare con le nuvole. Ma anche se non poteva vedere le auto della polizia, sapeva che erano lì; luci rosse e blu lampeggiavano freneticamente contro i cassonetti, il riflesso trasformava i lati metallici in stroboscopi pulsanti: niente erba sulla brezza ora. Solo il fetore di fiori in decomposizione, come se qualcuno avesse versato del profumo in una fogna. Evitò con un passo laterale una pozzanghera particolarmente grande di acqua nera, la superficie lucida, rossi e blu che danzavano in cima come fuochi d'artificio su un lago scuro. Stava ancora socchiudendo gli occhi per osservarla quando i suoi piedi si immersero in un'altra pozzanghera, mandando uno spruzzo di acqua grigia sopra i suoi stivali e i risvolti dei pantaloni blu navy della sua tuta. *Semplicemente fantastico.* Pestò i piedi con un po' più di forza oltre i cassonetti lampeggianti. *Clic-tonf. Clic-tonf-sguazzamento.*

L'estremità lontana del vicolo entrò a fuoco per prima: una fila di auto della polizia e nastro della scena del crimine e agenti dal petto possente che non vedevano l'ora di dare la prima occhiata a qualunque pasticcio l'aspettasse dall'altra parte dei bidoni della spazzatura. Si fermò. Un'auto? La piccola Fusion verde era incastrata dietro i cassonetti, discreta come una verruca su un rospo. Un adesivo sul lunotto posteriore diceva "La vita è migliore con la barba", un segno che Petrosky avrebbe sicuramente interpretato come se qualunque hipster si trovasse all'interno meritasse di morire lentamente. Ma non sembrava essere questo il caso. La vittima giaceva prona accanto alla portiera posteriore su un pezzo di spesso telo di plastica, la camicia intrisa di rubino, i suoi occhi blu spalancati verso le nuvole. Le mani insanguinate afferravano il vuoto, le unghie cremisi rivolte verso l'alto come se fossero pronte ad accettare qualche offerta che non sarebbe mai stata sufficiente per riparare il taglio che bisecava la sua gola: il collo era stato squarciato come un sorriso secondario spalancato. Sotto le linee ordinate della sua barba corta, sia la carotide che la giugulare sembravano essere state recise; persino il pallido tubo del tessuto esofageo era tagliato. I peli lungo la mascella erano macchiati di sangue. Non ci sarebbe voluto molto per dissanguarsi da una ferita del genere; l'incoscienza lo avrebbe reclamato entro un minuto, probabilmente molto meno. L'efficienza era il nome del gioco di questo assassino.

Aggirò il corpo e sbirciò attraverso la portiera posteriore aperta nell'interno dell'auto: un sacchetto di fast food sul pavimento, alcuni fogli che sembravano scontrini. Ma niente sangue. Si ritrasse e aggrottò le sopracciglia guardando il corpo, il telo di plastica sotto l'uomo dove ampie strisce di rosso deturpavano il materiale opaco: sbavature, ma nulla che assomigliasse a schizzi. Scrutò i muri di mattoni, il cassonetto, i ciottoli, ma non vide segni di lotta, nessun spruzzo di rosso. La vittima non era stata uccisa qui. Premeditato, probabilmente, un pasticcio sanguinoso, assolutamente, ma Decantor aveva un tono strano al telefono, troppo teso perché si trattasse di un omicidio standard. Cosa le stava sfuggendo?

«Grazie per essere venuta.»

Si voltò a guardare. Decantor si stava avvicinando da dietro il nastro della scena del crimine all'estremità lontana del vicolo, staccandosi dal gruppo di agenti in uniforme per i venti piedi di ciottoli vuoti tra loro. Nessuno con lui che potesse urtare la tazza di caffè che teneva in una mano, nessuno che potesse far cadere la cartella manila che portava nell'altra. Ma... anche questo era strano, no?

Perché non c'erano tecnici qui che si affannavano alla ricerca di prove? Forse l'aveva aspettata: era sempre bene dare un'occhiata alla scena prima che i tecnici iniziassero a raccogliere le cose. Aiutava a entrare nella mente del sospettato. Aggirò il corpo e incontrò Decantor vicino al paraurti anteriore dell'auto.

Lui le passò la tazza di caffè. «Per il disturbo.» La sua voce era tesa, più bassa del solito, come se si stesse scusando per averle dato il caffè.

Lei annuì in segno di ringraziamento. «Petrosky sta arrivando?»

Decantor tirò su col naso, i suoi occhi si spostarono verso il muro di mattoni alla loro destra prima di posarsi sul suo viso. «Non l'ho chiamato.»

Ecco perché suonava strano. Stava cercando di impedire a Petrosky di entrare in questo caso? Sapeva quanto in basso fosse caduto il suo partner? Non era esattamente un segreto. Certo, Petrosky non odorava mai di liquore, e si presentava ancora e faceva il suo lavoro: alcuni avrebbero sostenuto che lo facesse in modo più professionale quando aveva il whisky che gli scorreva nelle vene. Indossava persino giacche eleganti di questi tempi. Ma era negli occhi. Nel modo in cui parlava. Dovevi conoscerlo bene, ma i segni c'erano. Se l'avesse visto bere, avrebbe potuto giustificare il fatto di farlo licenziare, avrebbe potuto razionalizzare il fatto di allontanarlo da suo figlio. Petrosky era l'unica persona con cui Lance non era mai stato violento; suo figlio l'aveva presa a pugni più volte di quante potesse contare, ma non aveva mai nemmeno alzato la voce con Petrosky.

Sorseggiò il caffè, cercando di rifocalizzarsi. Lo sguardo di Decantor era teso, duro, i suoi occhi profondi pozze di onice che improvvisamente assomigliavano all'acqua fangosa attraverso cui aveva camminato per arrivare qui. A differenza sua, a differenza di Shannon, a differenza delle ragazze vicine di casa di Petrosky - ragazze di strada che lui aveva adottato e sistemato, che sembravano vederlo come un padre - sembrava che Decantor ne avesse avuto abbastanza delle stronzate di Petrosky. Forse era già andato dal capo.

Il suo telefono vibrò, e abbassò gli occhi sullo schermo: il suo partner. *Parli del diavolo.* Forse lo sapeva già; forse il capo gli aveva già parlato. Ma voleva esserne certa prima di richiamarlo. «Quindi, Petrosky sa che lo stai escludendo, o cosa?»

«Volevo solo assicurarmi che ci fosse qualcosa da raccontare prima di coinvolgerlo», disse Decantor, troppo lentamente. E non erano solo i suoi occhi o la sua voce; il suo viso era teso, la pelle scura lucida di sudore. Le sue labbra, di solito così pronte a sorridere anche quando la salutava sulla scena di un crimine, rimanevano piegate verso il basso, ansiose. C'era qualcosa di più nella sua mente oltre al non voler turbare Petrosky, più del pensare che il suo partner fosse instabile.

Aggrottò le sopracciglia. «Che diavolo sta succedendo, Decantor?»

Lui non la guardava più - il suo sguardo scivolava lungo il muro di mattoni, poi sull'auto, e si fermò sul cadavere. Il silenzio si prolungò. «Conosci il serial killer su cui sto lavorando?»

Sì, lo conosceva. Il suo ragazzo - beh, ex-ragazzo ormai - aveva considerato l'idea di scrivere un libro su di lui. A tutti piace una buona storia di serial killer, aveva detto, ma lei pensava che fosse una cosa da sfruttatori. Che incoraggiasse altri criminali ad agire nella speranza che i media scrivessero anche di loro. La fama era un motivatore buono come un altro. «Non è scomparso? È passato un anno dall'ultimo omicidio, giusto?»

Decantor annuì. «Sì».

Lei aspettò. Allora, cos'era la novità? Qual era il problema all'improvviso? Perché era qui? Lui aveva Sloan, il suo partner - non aveva bisogno di lei.

Lui sospirò e scosse la testa. «Non riesco proprio a credere che nessuno l'abbia notato prima».

«Per l'amor del cielo, sputa il rospo, Decantor!» Suonava come Petrosky - il vecchio stava avendo un'influenza su di lei.

Voci fluttuavano su di loro, il mormorio degli agenti oltre il nastro della scena del crimine... o forse i tecnici erano finalmente arrivati. Decantor porse la cartellina manila, gli occhi gravi. «Ti lascio dare un'occhiata. Chiamala una consulenza sul caso».

Si avvicinò, socchiudendo gli occhi sull'etichetta - il nome. Il mondo intorno a lei si congelò, i suoi polmoni inutili e gelidi nel petto. *Oh merda.*

Il suo telefono vibrò di nuovo, il mondo intorno a lei ricominciò a girare, e lei afferrò il cellulare dalla tasca. «Sei in ritardo, Decantor. Ho il mio caso». La sua voce stava tremando?

I suoi occhi si spalancarono, il fascicolo ancora sollevato come un ragazzino con un fiore per una ragazza indifferente. «Ma-»

«Ma niente. Chiamami quando hai qualcosa di concreto».

Non avrebbe fatto da messaggera in questo caso.
Assolutamente no.

CAPITOLO 2
TRE SETTIMANE DOPO

Il ronzio si fece sentire di nuovo, un ronzio persistente che non voleva cessare. Un'ape... era un'ape? Una vespa, sicuramente, venuta a conficcargli il pungiglione nell'occhio, un ago che gli avrebbe trafitto la materia grigia. Il suo cervello si sarebbe riversato sul letto? Gli sarebbe importato?

Bzzzzt. Bzzzzt. Bzzzzt.

Duke brontolò, le labbra spesse che sbattevano troppo vicine. L'alito del cane era caldo contro il suo collo. Il lato del viso di Petrosky era bagnato. «Ah, diavolo». Si mise seduto, pulendosi la bava dalle guance ispide. «Cosa ci fai quassù, comunque? Non dovresti stare sul letto».

Duke leccò il gomito di Petrosky, poi si accasciò di nuovo sul cuscino come se non avesse sentito una parola. Il telefono ronzò di nuovo.

Cazzo, cazzo, cazzo. Petrosky strizzò gli occhi verso il comodino, il telefono vibrante, la bottiglia di Jack mezza piena. L'orologio digitale segnava le otto e trenta. Sì, un po' tardi, ma avevano appena chiuso un caso ieri. Un altro stupratore in galera, a scontare la sua pena. Quel bastardo sarebbe rimasto rinchiuso per troppo poco tempo, contando i giorni fino a quando avrebbe potuto abusare di un'altra vittima ignara. La castrazione... sarebbe stata meglio.

Bzzzzt. Bzzzzt. Bzzzzt.

Va bene, stronzo, va bene. Allungò la mano verso il comodino, si fermò brevemente quando le sue dita sfiorarono la bottiglia, e poi portò goffamente il cellulare all'orecchio. «Sì».

«Non ti starai mica svegliando adesso, vecchio burbero?» La voce di Jackson era chiara e sveglia. Probabilmente si era alzata alle cinque, aveva fatto esercizio, mangiato una colazione equilibrata, si era occupata di suo figlio e aveva fatto chissà cos'altro mentre lui e Duke russavano. Maledetta secchiona.

Petrosky si incastrò il cellulare tra la spalla e l'orecchio e afferrò la bottiglia di Jack. Il tappo fece un suono acuto *zzzz* mentre si svitava, molto più piacevole del ronzio incessante del telefono. «Stai scherzando? Sono sveglio da ore; devo fare i miei passi quotidiani». Il liquido ambrato ondeggiava sul fondo della bottiglia, più basso di quanto pensasse, anche se non ricordava di averlo bevuto. Non ricordava molto della notte scorsa dopo che Shannon e i bambini se ne erano andati. Almeno era riuscito a tenersi insieme finché non era rimasto solo; per quanto fosse incasinato, aveva ancora qualcosa a cui aggrapparsi, e le cose erano andate bene, no? Benissimo, in realtà, avere Shannon e i bambini intorno.

Il telefono era rimasto in silenzio. Aveva riattaccato? «Va bene, ho mentito sul contapass-»

«Ho bisogno di te al Rita's».

Si alzò in piedi a fatica, aggrappandosi al collo della bottiglia come se ne andasse della sua vita. «Ho già mangiato».

Di nuovo, il silenzio si allungò. Il Jack ondeggiava. E poi... tintinnii, come posate contro i piatti, il bip sommesso di una radio e il rumore inquieto che poteva essere descritto solo come il ronzio di una scena del crimine. *Merda.* Portò la bottiglia alle labbra e lasciò che il liquore gli bruciasse la gola fino allo stomaco, il calore che si diffondeva, calmando il battito troppo veloce del suo cuore. Non si era nemmeno accorto che il suo cuore stava impazzendo, ma ora il pulsare gli martellava le tempie. Il mondo intorno a lui pulsava. «Cosa è successo?»

«Un rapimento».

Non un omicidio, non ancora.

«Se sei al Rita's... la vittima è qualcuno che conosciamo?»

Un forte rumore risuonò attraverso il telefono, il tintinnio acuto di vetri infranti. «Muovi il culo e vieni qui, vuoi?»

Aprì la bocca per rispondere, ma il telefono era rimasto in silenzio: Jackson era sparita. Inclinò la bottiglia all'indietro e la svuotò.

Il viaggio verso il Rita's Diner fu punteggiato dal puzzo di un burrito per colazione: Shannon gli aveva fatto smettere di fumare "per i bambini", ma era nicotina o grasso, e dannazione se il suo girovita non fosse incazzato con lui. Anche il suo cardiologo sarebbe stato incazzato, se Petrosky fosse riuscito a presentarsi a uno qualsiasi dei suoi appuntamenti.

Le auto della polizia erano già parcheggiate nei quattro posti più vicini, la vecchia Cadillac usata di Evan Scott incastrata tra loro. Il tizio della scientifica era un genio, e suo padre, George, era l'unico vero amico di Petrosky, o almeno lo era stato. Si era scoperto che l'uomo aveva molta meno tolleranza per le stronzate di quanto fosse necessario per sopportare l'idiota di Petrosky. Petrosky ancora non era sicuro di cosa avesse fatto per far smettere definitivamente il tizio di chiamarlo. Non che importasse più ormai.

Afferrò la giacca del completo dal sedile del passeggero e se la mise sopra la maglietta grigia mentre attraversava il parcheggio, i bottoni troppo stretti per chiuderli. Già caldo. L'aria temperata di fine estate che gli aveva tenuto il sudore lontano dalla fronte durante la passeggiata serale di ieri con Billie era svanita, sostituita dall'umidità appiccicosa di agosto che ti fa sudare le palle. D'altra parte, forse l'appiccicosità era più facile da ignorare quando eri tre bicchieri sotto come era stato lui la notte scorsa: aveva bevuto solo uno, forse due bicchieri questa mattina. Petrosky si schiarì la gola, sentendo il sapore di menta nel suo respiro. Due auto civetta nel parcheggio oltre alla macchina di Scott: una vecchia Buick grigia e una Kia bordeaux. Una delle due apparteneva alla vittima? Attraverso le porte di vetro, poteva vedere tre, no quattro, altri poliziotti, posizionati intorno al perimetro del ristorante come per tenere lontani eventuali clienti in arrivo. Un agente era seduto al tavolo vicino alla finestra, una donna dai capelli neri con una camicia rosa di fronte a lui, il suo grembiule stretto distrattamente in mano.

Scorse Jackson appena dentro le porte di vetro, il suo tailleur blu navy perfettamente abbottonato, il bianco della sua camicetta che faceva capolino tra i risvolti. I neon brillavano come riflettori contro la sua pelle scura, i suoi capelli neri corti, gli angoli affilati dei suoi zigomi, i suoi occhi socchiusi. Le sue narici si dilatarono come quelle di un toro arrabbiato, agitata come l'inferno. La vittima era sicuramente qualcuno che conoscevano. Un poliziotto? Una delle cameriere? Cercò di prepararsi, cercò di indovinare esaminando i contorni tesi delle labbra della sua partner, ma Jackson non lo stava guardando; la sua attenzione era concentrata su un uomo mingherlino che indossava copriscarpe di plastica. Non Scott. Doveva essere il nuovo. Petrosky aveva sentito che Scott era riuscito a procurarsi un assistente, ma non aveva ancora avuto l'occasione di incontrarlo, e non vedeva motivo di cambiare questa tendenza ora.

L'aria odorava di cumino bruciato mescolato all'amarezza dell'aglio bruciato. Jackson gli lanciò un'occhiata mentre entrava, e ora poteva vedere che i suoi occhi non erano solo socchiusi, non erano solo agitati; erano tristi. Il suo petto si strinse, ma non quanto avrebbe dovuto. L'alcol era buono per quello, per smussare gli angoli.

Jackson aggirò l'uomo con i copriscarpe di plastica per mettersi accanto a Petrosky. «Il nome della vittima è Wilona Hyde».

Le sue spalle si rilassarono. Conosceva tutte le cameriere di questo posto e i nomi della maggior parte dei poliziotti che lavoravano al distretto, quelli che potevano essere clienti abituali di questo posto: si sarebbe ricordato di un nome come Wilona Hyde. *Grazie a Dio*. Aveva avuto fin troppi casi in cui la vittima era qualcuno che conosceva, e quelle indagini gli conficcavano una spina nel cuore; era sempre più difficile lavorare quando non riuscivi a respirare.

«Cosa ci faceva qui la vittima? Stava facendo consegne mattutine o cosa?»

Jackson scosse la testa. «Cameriera, turno del mattino».

Petrosky aggrottò la fronte. Doveva essere una ragazza nuova. Si era trasferita in città e aveva iniziato a lavorare qui perché stava scappando da qualcosa, o da qualcuno?

Forse un ex violento l'aveva raggiunta. L'aveva visto succedere più volte di quante volesse ammettere.

Jackson indicò con il pollice il lungo bancone frontale, dove vassoi di dolci facevano capolino da sotto le teche di vetro. Sugli scaffali dietro il bancone, una caffettiera era spenta e vuota. «Sembra che sia arrivata alle cinque e mezza, abbia aperto il locale, messo i bagel nel forno. Quando il turno successivo è arrivato alle sette per la colazione, hanno trovato i bagel che bruciavano nel forno. E nessuna traccia di Wilona».

Questo spiegava l'odore di cumino bruciato. «La porta d'ingresso era chiusa a chiave?» chiese Petrosky.

Jackson annuì. «Sì. Ma l'altra cameriera ha detto che di solito aprono la porta d'ingresso per il caffè e gli scones del giorno prima entro mezz'ora dall'arrivo. Il locale avrebbe dovuto essere aperto alle sei».

Petrosky esaminò la cassa, il bancone lucido, la caffettiera spenta. Il fumo acre gli pizzicava le narici. Il caffè non preparato significava che il rapitore l'aveva presa dopo che aveva messo i bagel nel forno, ma prima che avesse il tempo di mettere il caffè macinato, forse intorno alle cinque e quarantacinque, prima dell'orario di apertura. Se fosse vero, avrebbe dovuto aprire la porta al suo rapitore. Conosceva il colpevole?

«Come viene al lavoro?» chiese Petrosky.

«In macchina. La sua auto è ancora nel parcheggio».

Aveva senso, la maggior parte dei rapitori aveva i propri mezzi, ma sperava che il tizio l'avesse fatta guidare: almeno avrebbero saputo che tipo di auto cercare, diramare un avviso di ricerca. Avrebbe dovuto capire che questo stronzo era più furbo: il bastardo l'aveva rapita e l'aveva fatta richiudere a chiave dietro di loro, assicurandosi così che nessun cliente arrivasse a segnalare la scomparsa della donna prima che avesse la possibilità di fuggire.

Petrosky guardò l'orologio a muro dietro il bancone. Il rapitore aveva già tre ore di vantaggio su di loro.

«Segni di colluttazione?» Distolse lo sguardo dall'orologio in tempo per vedere Jackson scuotere la testa.

«Niente, e nessun segno di sangue o altro che possa indicare che l'abbia stordita. Quindi probabilmente era armato».

Giusto. Di fronte a una pistola, la maggior parte delle persone fa quello che gli viene chiesto, senza disordini. Si voltò di nuovo verso la porta d'ingresso e aggrottò la fronte. Il tipo alto e magro della scientifica era accovacciato sul pavimento vicino allo stipite della porta, le dita sottili occupate con i suoi sacchettini, le sue pinzette minuscole. Persino i suoi capelli castani erano sottili. *Questa è roba da* Nightmare Before Christmas. «Dov'è Scott?»

«Sul retro. È lì che è parcheggiata l'auto di Wilona». Il suo sguardo si spostò dalla porta d'ingresso al bancone dove si trovava la cassa, e di nuovo a Petrosky. «Ho già fatto diffondere la sua foto. La notizia andrà in onda al prossimo ciclo di stampa».

Lui la fissò a bocca aperta: non sapevano ancora se si trattava di una richiesta di riscatto, e alcuni rapitori impazzivano se il volto della vittima veniva mostrato ovunque in televisione.

Jackson alzò una mano. «So cosa stai pensando, ma non possiamo rischiare; è incinta di nove mesi, prossima al parto. E se entrasse in travaglio, avremmo due vittime di cui preoccuparci. Diavolo, il bambino potrebbe essere persino il motivo per cui l'ha presa».

«Ci sono molti bastardi malati là fuori». Ma la sua voce suonava vuota alle sue orecchie. *Una cameriera incinta*. Le sue viscere si contrassero mentre un volto gli balzò alla mente: capelli rossi. Dente scheggiato davanti. Rossetto rosso. *Cazzo, non lei*. Scrutò il ristorante come se la donna potesse materializzarsi dal nulla, ma tutto ciò che vide furono i poliziotti, il tipo magro della scientifica e la donna dai capelli neri con la camicia rosa che era venuta aspettandosi di servire ai tavoli per le mance e non di parlare gratis con i poliziotti. «I suoi amici la chiamano Ruby», disse.

Jackson incontrò il suo sguardo e annuì, anche se non era proprio una domanda.

Ruby era quella che gli correggeva il caffè nei giorni in cui non riusciva a trovare una bottiglia. Ruby aggiungeva un po' di brio alla sua limonata, a volte anche quando Petrosky era con Jackson, non abbastanza da puzzare, ma abbastanza per aiutare. E lui la ricompensava bene per questo. Diavolo, l'aveva persino accompagnata al suo ultimo appuntamento dal dottore quando la sua auto si era rotta. Aveva anche pagato il conto del meccanico.

Stava cercando di aiutarla a rimettersi in piedi.

E qualcuno l'aveva portata via.

CAPITOLO 3

La donna con la maglietta rosa aveva lo sguardo vitreo quando Petrosky e Jackson si avvicinarono - Mary, giusto? *Mary Ellen*. Aveva abbandonato il grembiule; giaceva accartocciato nel separé accanto a lei, il tessuto più sgualcito delle sottili rughe intorno alla sua bocca. I suoi lunghi capelli neri le ricadevano sulle spalle, e lui cercò di non pensare a quanto somigliassero ai capelli del capo Carroll. Non aveva parlato con il capo da... quanto tempo era passato? Lei lo odiava tanto quanto George.

«Parlaci di Ruby», stava dicendo Jackson. Lui seguì il suo esempio e scivolò nel separé di fronte a Mary Ellen, e quando la donna alzò la testa, i suoi occhi velati dal dolore o dallo stress o dal sonno, sembrava meno una Mary Ellen e più l'immagine della Vergine Maria che sua nonna teneva sopra il camino. A differenza di come Maria era ritratta in altri dipinti, con le sue labbra sottili in un sorriso pacifico mentre il bambino le succhiava il seno, Maria non era mai sembrata serena nel quadro di sua nonna.

Sembrava tormentata. E terrorizzata. Un'espressione molto più realistica per una madre che sapeva che suo figlio sarebbe morto.

Il labbro di Mary Ellen tremò, ma lei inspirò un respiro pieno di muco dal naso e lo espirò di nuovo. «Ruby era... fantastica. La donna più gentile che conosco».

Petrosky annuì; poteva essere vero, ma la gente diceva sempre cose belle una volta che te ne eri andato. Luoghi comuni. Stronzate. Tranne quando si trattava di Morrison. Il suo vecchio partner, il defunto marito di Shannon... era quanto di più vicino a un santo Petrosky avesse mai visto. Alzò la mano e si strofinò un punto dolorante sul petto, appena sopra lo sterno - si sentiva un po' acuto oggi, pungente. Forse troppa caffeina.

«Ci conoscevamo solo dal lavoro», disse Mary Ellen - Jackson le aveva fatto una domanda, ma lui non l'aveva sentita. «Mi piace pensare che fossimo amiche. Era davvero entusiasta del bambino. Penso che... non abbia mai avuto una famiglia stretta, sai? Quindi questa era la sua occasione per cambiare tutto». I suoi occhi si riempirono di nuovo, ma nessuna lacrima cadde; gocce salate si aggrappavano alle sue ciglia inferiori come uomini che annegavano aggrappandosi a una scialuppa. E il suo sguardo... era quello senso di colpa? *Cosa sai?* E perché avrebbe dovuto trattenere qualcosa?

«Era meravigliosa», disse lentamente. «Lo sappiamo tutti». Quando Mary Ellen offrì loro un debole sorriso, continuò: «Ma sono disposto a scommettere che qualcosa non andava». Petrosky mantenne la voce bassa e carica di comprensione. L'ultima cosa di cui aveva bisogno era spingere questa donna in modalità di autoprotezione - il senso di colpa generava negazione, ed era doloroso sapere che avresti potuto prevenire un danno. «Forse sospettavi che qualcosa non andasse, anche se non eri sicura?»

Mary Ellen tirò di nuovo su col naso, ma i suoi occhi si schiarirono. «Ultimamente, era un po'... beh...» Una singola lacrima finalmente lasciò la presa e le scivolò sulla guancia. «Pensavo fosse paranoica; l'ho persino presa in giro per questo. Ma aveva ragione». Scosse la testa. «Avrei dovuto ascoltarla».

Jackson si avvicinò, con un piccolo blocco note in mano. Ultimamente non lo usava; diceva che non ne aveva bisogno con una memoria così acuta come la sua, ma ora... Doveva essere stressata. Qualcos'altro per la testa? Aggrottò la fronte alla punta della penna, le linee fluide di sottile inchiostro nero come fiumi di acqua sporca sulla pagina. «Quindi di cosa era paranoica?» chiese, rivolgendosi di nuovo a Mary Ellen.

«Diceva che qualcuno la seguiva». La sua voce uscì strozzata.

«Sapeva chi?» I colpevoli più comuni erano gli ex fidanzati. O quelli attuali. Il ventre in crescita di Ruby si gonfiò nel suo cervello e poi svanì di nuovo.

«No, non ne aveva idea - almeno non credo. Diceva solo che continuava a vedere questo furgone, ma pensava di essere sciocca, immaginava fosse qualcuno che viveva nelle vicinanze, o qualcosa del genere. E ha passato molto, preparandosi a crescere il bambino da sola». La sua voce si incrinò sull'ultima parola.

«Non vogliamo che quel bambino perda sua madre». Jackson mise da parte la penna, con gli occhi sul viso di Mary Ellen. «Se puoi dirci qualcosa sul furgone, potrebbe aiutare. Marca, modello?» Jackson intrecciò le dita sul tavolo. «Colore?»

La donna scosse la testa. «Non l'ho mai visto, e lei ha detto solo che era un furgone. Mi dispiace, non ho idea oltre a questo». Le sue narici si dilatarono mentre aspirava una nuova dose di muco nei suoi seni nasali. «Pensate che sia morta? Con i rapimenti e cose del genere... Voglio dire, con il bambino...» Rabbrividì, abbassando lo sguardo sul tavolo come se le sue palpebre fossero improvvisamente troppo pesanti da tenere sollevate.

«Faremo tutto il possibile», disse Petrosky. Ma non c'era modo di sapere se fosse ancora viva - se lo stronzo che l'aveva presa avesse tagliato il bambino dalle sue viscere, lasciando il suo corpo svuotato in un fosso. Mise da parte quel pensiero. No, avevano una possibilità - ancora una possibilità. Se il rapimento era legato al bambino, il colpevole più probabile era-

«E il padre del bambino?» chiese Jackson. Questa era la cosa bella dei partner: potevano leggerti nel pensiero. Anche se a volte era una maledizione.

La fronte di Mary Ellen si corrugò, le sue labbra si strinsero come se stesse cercando disperatamente di recuperare un ricordo lontano. «Il nome è... Doyle, credo? Non sono sicura. Ma non si parlano da molto tempo. Non penso nemmeno che sapesse che fosse incinta - so che non gliel'ha detto».

Forse no, ma i social media rendevano i tuoi affari piuttosto chiari. E nel momento in cui le persone si rendevano conto di essere stalkerizzate, di solito era troppo tardi. Una brezza gli solleticò il collo, e si voltò in tempo per vedere la porta d'ingresso della tavola calda chiudersi dietro l'assistente di Scott, Slim. Stava uscendo ora. Setacciando il parcheggio con la sua piccola luce nei suoi piccoli stivaletti di plastica. «E online?» chiese Petrosky, rivolgendosi di nuovo a Mary Ellen. «Pubblica mai foto, parla del bambino?»

«Oh, dio no. Non si preoccupa di niente di tutto ciò».

Huh. Ora questo sembrava strano, specialmente per una ragazza della sua età - venti, massimo primi trenta. La maggior parte delle persone in quella fascia d'età era intimamente connessa con gli altri online. Sembrava più comune incontrare un amico sui social media che in un bar. «Perché l'avversione? Ha avuto una brutta esperienza?» *Forse qualche stronzo che la perseguitava?* Mentre internet connetteva le persone, apriva anche il mondo a dei pazzi stronzi guerrieri da tastiera che passavano le loro giornate a molestare le persone per non dover guardare i loro minuscoli piselli. Ma se il rapitore fosse stato uno di loro, sarebbe stato conveniente perché sarebbero stati rintracciabili.

«Una brutta esperienza?» stava dicendo Mary Ellen. Ripetere la domanda - non era un buon segno. «Non proprio, almeno non ultimamente».

Ci siamo. «Ma in passato?» Si sporse in avanti, i gomiti sul tavolo.

Gli occhi di Mary Ellen si erano annebbiati. «Aveva davvero qualche problema familiare. Suo padre è un alcolizzato. Si è presa cura di lui per molto tempo, ha abbandonato il liceo per cercare di mantenerli entrambi. Ma quando è diventata maggiorenne... lui le chiedeva più di quanto potesse dargli». Le sue spalle si abbassarono in modo quasi colpevole, come se stesse tradendo la fiducia della donna. Forse lo stava facendo, ma per qualche motivo, quella confessione aiutò ad alleviare il dolore nel suo stomaco. Per quanto stronzo fosse stato, lui era sempre riuscito a prendersi cura della sua famiglia. *No, Julie è morta prima che tu diventassi così cattivo.* Si strofinò più forte il petto.

Mary Ellen si schiarì la gola, le spalle ancora abbassate, ma lo sguardo che aveva rivolto al tavolo era ora di consapevolezza. «Quando ha smesso di rispondere alle sue chiamate circa un anno fa, lui l'ha trovata online e ha iniziato a chiederle soldi con messaggi privati. Quando lei lo ha bloccato, lui ha semplicemente aperto un nuovo profilo. Ecco perché ha chiuso i suoi account sui social media e cambiato il numero di telefono». La donna si raddrizzò e incontrò il suo sguardo. «Se c'è qualcuno che ha motivo di essere incazzato, è lui».

CAPITOLO 4

«Beh, questo sì che è un colpo di scena», mormorò Petrosky, strizzando gli occhi verso il suo telefono dove l'indirizzo della loro prossima tappa era illuminato in bianco.

Jackson sbuffò, le sue dita stringevano il volante come se le dovesse dei soldi. «È una cosa assurda, ecco cos'è».

L'ultimo indirizzo conosciuto del padre di Wilona era un bungalow a meno di tredici chilometri dalla tavola calda di Rita. La residenza di Chuck Hyde era attualmente di proprietà di un ex detenuto tossicodipendente che aveva ereditato la proprietà dopo la morte del proprio padre. Il nome del proprietario? Doyle Fanning: l'ex fidanzato di Ruby. Dai tabulati telefonici, sembrava che Mary Ellen avesse avuto ragione sulla cronologia: Ruby aveva interrotto ogni contatto con suo padre l'anno precedente e non aveva parlato con Doyle dall'autunno, proprio quando avrebbe scoperto di essere incinta. Niente ti fa rivalutare le tue scelte di vita come un'altra vita.

Ma Chuck Hyde che andava a vivere con Fanning... quello era strano. Hyde era stato avvistato in una serie di case di transizione e rifugi nei mesi successivi all'interruzione dei contatti da parte di Ruby, ma suo padre aveva preso residenza con l'ex fidanzato di lei poco dopo che anche lei aveva smesso di parlare con Fanning, all'inizio di dicembre. Doyle aveva cercato di riconquistarla facendo trasferire suo padre? «Scommetto che il vecchio Doyle si sia incazzato quando ha capito che non parlava più con nessuno dei due, che stava mantenendo Hyde per niente».

Jackson annuì. «Probabilmente sì, ma anche il padre potrebbe essere stato altrettanto arrabbiato con lei. E non si taglia fuori la propria famiglia senza motivo».

Lui sbatté le palpebre guardando attraverso il finestrino le ombre nette sull'asfalto: pali del telefono, linee elettriche, un uccellino a un passo dall'essere fritto. Sì, due uomini arrabbiati sotto lo stesso tetto con un sacco di tempo per rimuginare su come lei li avesse offesi non prometteva nulla di buono per Ruby: forse l'avevano presa insieme. Li avrebbe fatti entrare nella tavola calda? D'altra parte, aveva visto Ruby far entrare anche degli estranei per la loro dose mattutina; aveva aperto le porte in anticipo a Petrosky in più di un'occasione.

Sospirò, massaggiandosi le tempie. Quali erano le altre opzioni probabili? Uno sconosciuto in cerca di riscatto? Le altre motivazioni per rapire una donna incinta... Beh, non voleva pensarci.

Le erbacce nelle aiuole anteriori erano sorprendentemente poche, non abbastanza da competere con le hosta che ora inviavano germogli viola e bianchi verso il cielo. Forse non avrebbe dovuto essere scioccante, dato che l'attuale posto di lavoro di Doyle Fanning era il reparto giardinaggio di un negozio di bricolage, ma le aiuole curate erano in netto contrasto con il disordine sul prato anteriore. Petrosky e Jackson si fecero strada attraverso un intrico pungente di erba alta da tempo andata in seme.

Nessuna auto nel vialetto, ma né Fanning né Hyde ne avevano una a loro nome: il terzo residente, un certo Samuel Brenner, aveva una vecchia Cutlass, che sembrava essere l'unico mezzo di trasporto della casa. Nessun furgone in vista.

I colpi delle nocche di Jackson contro la porta a zanzariera di metallo risuonarono nel primo pomeriggio, il sole che macchiava il rivestimento in alluminio con pezzetti di bagliore giallastro. Nessun portico, solo un rettangolo di cemento scheggiato tra le aiuole di hosta. Hyde aprì la porta strofinandosi il sonno dagli occhi, i capelli arancioni e bianchi come un dannato Creamsicle sulla testa. Ancora a dormire? *Bastardo pigro*. Forse Petrosky era un ubriacone, d'accordo, ma almeno era uno produttivo.

«Sì?» Hyde aveva pallidi pezzetti di qualcosa impigliati nella barba rossa, e le briciole si muovevano quando parlava. Si sperava fossero pane o cracker e non vomito residuo. O qualcosa di peggio.

«Signor Hyde?» Jackson mostrò il suo distintivo. «Polizia di Ash Park. Siamo qui per sua figlia».

Hyde sbatté le palpebre, il sonno svanì in un istante. «Wil?» Scosse la testa. «Ci dev'essere un errore. Non c'è modo che abbia fatto qualcosa di sbagliato».

Jackson ripose il distintivo. «Perché presume che siamo qui perché ha fatto qualcosa di sbagliato, signor Hyde?»

Petrosky osservò il viso di Hyde, il modo in cui i suoi occhi si strinsero leggermente. Confusione? Se Wilona fosse stata coinvolta in qualcosa di losco, questo avrebbe potuto dare a qualcuno un motivo per andare dietro di lei, ma Petrosky non riusciva a vederlo. E non sembrava che nemmeno Hyde potesse.

«Non stavo presumendo». Aggrottò la fronte. «Perché avete detto che eravate qui, di nuovo?»

«Sua figlia è scomparsa», disse Jackson. «Possiamo entrare?»

Gli occhi di Hyde si allargarono, ma non spinse la porta principale, né entrò in casa per farli entrare. Invece, spinse la zanzariera verso di loro e uscì sul vialetto d'ingresso, costringendo Petrosky e Jackson a retrocedere sul prato intricato. Il sole estivo graffiava il collo nudo di Petrosky mentre la porta principale si chiudeva con un clic. Il dolce puzzo di marijuana li avvolse e si dissipò con la brezza. «Scomparsa? Non capisco». Il suo sguardo saettò da Jackson a Petrosky e viceversa. «Cosa è successo?»

Petrosky si schiarì la gola e attese che l'uomo lo guardasse prima di dire: «Questa mattina, sua figlia è scomparsa dal suo posto di lavoro. È mai andato a trovarla lì?» Petrosky mantenne lo sguardo fisso sul viso dell'uomo. Ruby aveva iniziato a lavorare alla tavola calda di Rita a gennaio dopo aver tagliato i ponti sia con Hyde che con Fanning. Sapeva dove lavorava? Con la tavola calda così vicina alla casa, potrebbero essersi incrociati accidentalmente.

Gli occhi di Hyde si strinsero ancora di più; era preoccupato, ma del tipo di preoccupazione feroce che si vede in un procione messo all'angolo. *Sta nascondendo qualcosa?* «Vorrei potervi aiutare, ma non parlo con mia figlia da molto tempo».

Petrosky mantenne la voce bassa come aveva fatto con Mary Ellen, in tono colloquiale. «Perché no? Sembra strano che un padre non parli con sua figlia».

Hyde sbuffò così forte che pezzi di cibo caddero dalla sua barba e cosparse la sua camicia di briciole, ma i suoi occhi si erano addolciti. «È stata colpa mia. Sono diventato avido, le ho chiesto cose che non avevo il diritto di chiedere». Incrociò le braccia, non proprio in modo conflittuale, più come se avesse freddo. O paura. «Quindi, cosa state facendo per trovare mia figlia?»

«Lo sta guardando», disse Petrosky.

La fronte di Hyde si corrugò. «Non vedo...»

«Il suo ex fidanzato vive qui, vero?» Petrosky lasciò vagare lo sguardo verso la porta d'ingresso, poi verso la finestra: la tenda si era mossa, anche se di poco?

Hyde aveva smesso di muoversi come se ai suoi piedi fossero cresciute radici. «Sì, è dentro, ma ancora non capisco perché...»

«Dov'era questa mattina?» lo interruppe Jackson.

«Io... qui. A dormire».

«E Doyle?» disse lei.

«Era qui anche lui. Con me».

Petrosky si schiarì la gola in un modo che sperava fosse un po' minaccioso, un ringhio di avvertimento. «Come le è capitato di andare a vivere con l'ex della figlia, comunque?»

Il viso di Hyde si colorò di rosa, con due macchie cremisi che fiorirono in alto sugli zigomi. Petrosky non stava cercando di mettere in imbarazzo l'uomo, ma era una situazione strana, Hyde doveva capirlo. «Ci siamo conosciuti quando lui e Wil stavano insieme, e poi l'ho visto un giorno davanti al negozio di ferramenta. Mi ha offerto un posto, e l'ho accettato». Tirò su col naso. «Pensi che... Doyle abbia qualcosa a che fare con la sua scomparsa?»

Sì. «Non è solo scomparsa, signor Hyde. È stata rapita. Da qualcuno che conosceva la sua routine». Non ne erano ancora del tutto sicuri, ma se poteva ottenere una reazione da questo tizio... Petrosky si strofinò il collo. La sua pelle già si sentiva bruciata, come se fosse stata leccata dal diavolo.

Jackson si avvicinò, guadagnandosi un sopracciglio alzato da Hyde. «Era il tipo di ragazza che passava da una relazione all'altra?» Se avessero chiesto direttamente se stava frequentando qualcuno di nuovo, Hyde avrebbe sicuramente dichiarato di non saperne nulla, ma forse poteva dare loro qualche informazione se avessero affrontato la questione da un'altra angolazione.

Hyde scosse la testa, ma i suoi occhi erano come palline da ping-pong pronte a schizzare fuori dal cranio. «Non mi parla da... quasi un anno ormai. E Doyle là dentro, non le ha parlato neanche lui, e comunque Doyle non le farebbe mai del male». Ma non sembrava più così sicuro. La sua voce era troppo acuta, come se qualcuno gli stesse stringendo le palle in una morsa.

«Perché non lo chiami qui fuori», disse Jackson. «Lascia che decidiamo noi».

Hyde esitò, sbattendo le palpebre, ma alla fine annuì e bussò con le nocche sulla zanzariera come aveva fatto Jackson. Da qualche parte in lontananza, un uccello stridette. Una portiera d'auto sbatté.

La porta cigolò aprendosi.

L'uomo che uscì sul portico non era per niente come Petrosky si aspettava. In jeans strappati e una maglietta verde, era alto al massimo un metro e sessanta, calvo sulla parte superiore della testa, prematuramente grigio sui lati rasati corti, gli occhi del verde chiaro di uno smeraldo. Nessuna ruga agli angoli. Primi trent'anni, non di più, un braccio coperto di quelli che sembravano tatuaggi militari.

Doyle Fanning si passò una mano sul viso rasato e annuì prima a Hyde, poi a Jackson, ma si fermò quando il suo sguardo si posò su Petrosky. Familiare, ma Petrosky non riusciva a collocarlo.

«Ci conosciamo, amico?»

Doyle Fanning aggrottò la fronte e incrociò le braccia sul petto. Sì, si conoscevano sicuramente, visto quanto quell'uomo sembrava odiarlo. «Direi di no», sbottò Fanning.

Mhm. L'uccello urlò di nuovo, ma questa volta il silenzio non si prolungò: la voce di Hyde esplose nell'aria calda del mattino: «Qualcuno ha preso Wil».

La mascella di Fanning cadde. Scese dalla lastra di cemento del portico per raggiungerli sul prato, gli occhi spalancati quanto la bocca. Sorpresa genuina. Fanning non sembrava pensare che Ruby dovesse essere in pericolo più di quanto lo pensasse suo padre; non sembrava essere lui ad averla rapita. Allora chi era stato?

«Qualcuno di voi conosce qualcuno con un pickup?» disse Jackson.

Hyde e Fanning si scambiarono uno sguardo, ma questa non era l'ansia da funambolo di uomini che cercano di far quadrare le loro storie. Solo confusione. Forse anche preoccupazione. «Un pickup?» disse Fanning. «Immagino che alcune persone al lavoro abbiano dei pickup, ma non conoscono Wil, se è per questo che lo chiedete».

«Hai visto Wilona»-*Ruby*-«da quando ti ha lasciato?» chiese Petrosky a Fanning. «Magari ti è capitato di passare davanti a casa sua, o al suo posto di lavoro?»

I tatuaggi sull'avambraccio di Fanning ondeggiarono. «Non so dove lavora, e sicuramente non sono andato al suo appartamento. Mi ha detto di non farlo, ha detto che avrebbe chiamato la polizia».

Il suo appartamento: questo era significativo. L'indirizzo attuale di Ruby era una piccola casa su East Paddock. Non viveva in un appartamento da sei mesi. L'avevano controllato. Nessuno dei due uomini aveva menzionato nemmeno la gravidanza, e Petrosky non aveva intenzione di chiederglielo: lei aveva chiaramente motivo di tenere quel bambino per sé.

«Chiamare la polizia, eh?» intervenne Jackson. «Solo per aver fatto visita alla donna che ami?»

«Sono in libertà vigilata», sbottò Fanning, e i peli tra le spalle di Petrosky si rizzarono. «Basterebbe pochissimo per farmi rinchiudere di nuovo». Ma non stava guardando Jackson: fissava Petrosky con uno sguardo tagliente. E ora Petrosky sapeva dove aveva visto quell'uomo: lo aveva trascinato dentro una volta. Cocaina, se ricordava bene. No... cavallo, eroina. Non c'era da meravigliarsi che fosse in libertà vigilata, e ancora più cruciale qui, non c'era da meravigliarsi che Ruby non avesse voluto averc a che fare con lui. Quella dipendenza non si fermava; a volte si addormentava soltanto. Se eri fortunato.

«Perché dovrei andare a vederla comunque?» continuò Fanning. «È *lei* che ha mollato *me*». Scosse la testa come se non ci credesse, poi alzò il braccio tatuato e indicò la casa alle sue spalle. «Avevo questo posto, le ho detto che poteva trasferirsi qui, ma non importava cosa facessi, non era mai abbastanza. Quindi che si fotta, ecco cosa dico».

Il padre di Wilona si irrigidì, gli occhi che sprizzavano scintille, e poi la sua mano scattò verso Fanning così all'improvviso che Petrosky sobbalzò, momentaneamente confuso. Ma non c'era nulla di confuso nel vedere Hyde abbassare di nuovo la mano, il palmo aperto e probabilmente dolente dopo aver schiaffeggiato il ragazzo - perché questo era Fanning: un ragazzo. «Attento a come parli, dannazione, Doyle, parlando di mia figlia in quel modo. È migliore di quanto tu sarai mai!»

Fanning si mise in posizione di fronte a Hyde, irto, i pugni serrati ai fianchi. «Attento a come parli tu, vecchio!»

Jackson alzò le mani come se volesse provare a fermarli, ma Petrosky indietreggiò per dar loro spazio. Entrambi gli uomini meritavano un pugno in faccia, e se non doveva farlo lui stesso, tanto meglio.

Ma Hyde non colpì di nuovo, e Fanning improvvisamente si fermò come se si fosse ricordato di essere in libertà vigilata e in presenza di due agenti di polizia che avrebbero potuto non vedere di buon occhio un'aggressione. Lanciò un'occhiata a Jackson e Petrosky e indietreggiò sulla lastra del portico finché la sua spalla non si appoggiò alla zanzariera. Quando parlò di nuovo, la sua voce era sommessa. «Giuro che non l'ho vista, non da tanto tempo». Rivolse lo sguardo a Hyde. «Se sapessi dov'è tua figlia, glielo direi. Lo giuro su Dio».

Hyde incontrò gli occhi di Fanning. Le sue spalle si rilassarono. «Gli credo», disse piano, con la voce tremante, e questo fece stringere le costole di Petrosky; conosceva quello sguardo. Disperazione. Non importava cosa avesse fatto Wilona, non importava quanto Hyde potesse essere arrabbiato per il fatto che lei lo avesse tagliato fuori finanziariamente, non l'avrebbe rapita. E non c'era modo che avrebbe permesso a Fanning di farle del male.

Il labbro di Hyde tremò. «Farò tutto quello che serve», disse. «Per favore, trovate chi ha preso la mia bambina».

CAPITOLO 5

«L'allerta Amber è stata diramata», disse Jackson, gettando il cellulare nel portabicchieri.

«Odio il fatto che Hyde e Fanning verranno a sapere del bambino di Ruby». Petrosky sapeva che avrebbe dovuto chiamarla Wilona, ma non ci riusciva: per lui sarebbe sempre stata Ruby. Guardò accigliato fuori dal finestrino. Il giorno era scivolato nell'arancione più velocemente di quanto avesse pensato possibile. Fuori, una luce giallastra danzava su ogni centimetro di marciapiede che riusciva a vedere e dipingeva d'oro le cime degli edifici.

«Non possiamo farci niente, e dubito che Fanning chiederà la custodia comunque: nessun giudice gliela concederebbe. Sono più preoccupata del fatto che non abbiamo abbastanza informazioni sul furgone menzionato da Mary Ellen per poterlo cercare davvero».

Sì, quella era stata una vera mazzata. Avevano cercato una telecamera stradale nelle vicinanze, ma quelle installate per sorvegliare i semafori erano fuori uso da anni. La telecamera funzionante più vicina era nel parcheggio della stazione di polizia. Avevano esaminato quel nastro dall'ora in cui Ruby sarebbe arrivata, alle cinque e mezza, fino all'arrivo di Mary Ellen alle sette, ma non era passato nessun furgone. A quell'ora del mattino, c'era stato a malapena traffico su quel tratto di strada.

Spostò lo sguardo sul parabrezza mentre Jackson parcheggiava sul marciapiede. La casa di Ruby era tenuta meglio di quella di Fanning: cosmos e phlox fiorivano in brillanti gialli, rosa, viola e verdi, creando un'onda di colore che ondeggiava nella brezza come un arcobaleno tremolante. Il prato privo di erbacce era tagliato cortissimo, con chiazze di terra marrone visibili appena sotto, come un uomo calvo con un taglio a spazzola.

La porta d'ingresso si aprì facilmente, nemmeno un chiavistello per tenere fuori i pazzi, non che lui credesse che il rapitore avesse mai avuto intenzione di portare Ruby qui. Il sospettato sarebbe stato in grado di entrare nella tavola calda senza destare sospetti, un'impresa più difficile da compiere in una residenza privata, dove i vicini si guardano le spalle a vicenda e avrebbero certamente notato un uomo strano aggirarsi, per non parlare della possibilità di telecamere sui campanelli. E Petrosky era quasi certo che il loro sospettato fosse un uomo; sebbene un'arma significasse che una donna era una possibilità concreta, le statistiche dicevano che la persona che l'aveva presa era un maschio della sua età, probabilmente qualcuno con cui aveva avuto una relazione. E mentre il loro sospettato poteva essere stato felice di prendere qualsiasi donna dalla tavola calda quella mattina, questo non gli suonava vero nel profondo del suo stomaco.

«Io prendo la cucina», disse Jackson. Lui borbottò qualcosa di incomprensibile anche a se stesso e chiuse la porta dietro di loro.

Il soggiorno era arredato in modo semplice: un futon grigio, un tappeto peloso blu steso sopra il pavimento in legno segnato, un tavolino pieghevole al posto di un tavolino da caffè. Di gran lunga, il pezzo più interessante nella stanza era il totem gigante nell'angolo: legno color miele intagliato con i volti di creature simili a uccelli, tutte che fissavano accigliati Petrosky mentre si addentrava nella casa.

Il bagno nel corridoio non conteneva nulla di così interessante quanto il totem di uccelli intagliato. Un singolo spazzolino rosso nel porta spazzolini, un singolo panno umido appeso sul rubinetto del bagno. Un asciugamano. Sbirciò nell'armadietto inferiore: niente schiuma da barba o gel per capelli o rasoi, nulla che indicasse la presenza di un uomo, almeno non uno abbastanza intimo da passare la notte. La camera da letto era uguale. Libri sul bambino sul comodino, un vibratore viola sul cuscino del letto; se qualcun altro avesse avuto una chiave, probabilmente lo avrebbe messo in un cassetto.

Il suono della porta sul retro che sbatteva lo fece esitare finché non sentì Jackson tossire; il suo partner stava controllando le serrature sul retro, vedendo se qualcosa era stato forzato, probabilmente cercando nel fango esterno prove che un molestatore fosse stato lì, spiando la loro vittima. Guardò di nuovo lungo il corridoio. La seconda camera da letto in fondo brillava di luce solare, e un albero appena oltre il vetro della finestra proiettava ombre maculate dal centro della stanza fino al pavimento del corridoio. Si diresse in quella direzione, le sue scarpe da ginnastica emettevano uno scricchiolio sordo contro il legno.

Pareti color burro, una culla bianca sotto la finestra in fondo, un carillon con paperelle pastello appeso a una sbarra dipinta. Alla sua destra, un piccolo fasciatoio era posto sotto una mensola bianca allineata con animali di peluche e un salvadanaio blu. Un tappeto fiorito adornava il pavimento. Si avvicinò, facendo scorrere le dita lungo la stazione imbottita per il cambio, il contenitore di salviette già rifornito, due pacchetti di pannolini per neonati. Un barattolo di vetro brillava dalla mensola accanto al salvadanaio, già pieno di banconote: da uno, cinque, dieci dollari. Sembrava il barattolo delle mance che le cameriere a volte tenevano accanto alla cassa della tavola calda.

Sospirò e si voltò, il cervello pulsante. Era stata così pronta per questo bambino. Emozionata. E questa stanza sarebbe stata il sogno di qualsiasi bambino.

Si sperava che il piccolo avrebbe potuto vederla.

Quattro ore. Quattro dannate ore a battere il marciapiede, una casa dopo l'altra dopo l'altra. Nessuno dei vicini aveva visto nessuno a casa di Ruby, non da quando si era trasferita: «una solitaria», dicevano. Mary Ellen sembrava essere la sua amica più stretta, e non erano mai uscite insieme. Ruby aveva tagliato nettamente con tutto nella sua vecchia vita: senza confusione, senza problemi, senza preoccuparsi che qualcuno potesse dire al suo ex del bambino, e non c'era segno che avesse iniziato una nuova vita sociale, nessun segno che fosse uscita anche solo una volta con qualcuno. Ma chiaramente non aveva bisogno di un uomo. Aveva la sua salute, un lavoro stabile e un vibratore. La vita probabilmente era più semplice così.

Allora perché era stata rapita?

Quando arrivò a casa, il sole era tramontato da un pezzo, e il ronzio doloroso nel suo cervello si era gonfiato fino a diventare un rombo sordo. Almeno il prato dei vicini era morbido sotto i suoi piedi, la terra gentile sulle sue articolazioni dolenti, l'erba dorata nella luce del portico.

Il basso muggito di Duke echeggiò attraverso la casa prima che avesse la possibilità di bussare, e la porta improvvisamente si spalancò: Evie gli sorrise, i suoi occhi blu scintillanti. Proprio come quelli di suo padre un tempo. La sua testa pulsò più forte. «Papà Ed!»

Sbatté le palpebre, cercando di scacciare il dolore, ma il pulsare rimase, un ritmo malvagio che gli lanciava pugnalate nei denti ad ogni battito. Si chinò e la prese in braccio comunque, e le sue piccole mani intorno al collo allentarono un po' la tensione alle tempie. Non volendo essere da meno, Duke gli spinse il fianco con la sua testa gigante, e Petrosky spostò Evie sul braccio destro così da poter grattare le orecchie del cane; i muscoli del braccio gli facevano più male di quanto volesse ammettere, anche se non ricordava di essersi fatto male. Invecchiare: era una vera scocciatura. «Come stai, piccola signora?»

«La mamma ci ha fatto camminare fino a qui!»

Ridacchiò, anche se questo rese più acuto il dolore nel suo cervello. «L'esercizio fa bene», disse, inspirando profondamente. L'aria profumava di aglio e carboidrati. Pasta?

«Sì». Aggrottò la fronte. «Perché tu non fai più esercizio?»

La risata di Shannon esplose dalla sala da pranzo. «Diglielo, Evie!»

Evie annuì con aria consapevole e si mosse, dimenandosi finché Petrosky non la mise giù. La seguì nella sala da pranzo da dove era venuta la voce di Shannon - le ragazze gli riservavano sempre il posto a capotavola, nonostante lui dicesse loro di non farlo. Shannon era seduta sul lato opposto, dove una panca bassa rendeva possibile far sedere i bambini più facilmente. Il seggiolino di Henry era stato abbandonato sul pavimento dietro di lei, il bambino biondo seduto sulle sue ginocchia, un braccio intorno alla sua vita, l'altra mano che stringeva una forchetta come se ne dipendesse la sua vita. Fece un cenno a Petrosky, sorridendo. Anche Billie sorrise, dalla sua posizione all'altro capo del tavolo e indicò il suo posto con le pinze dell'insalata. Lui ricambiò il sorriso. I capelli argentati di Billie brillavano alla luce del lampadario - non avrebbe mai capito questa generazione e il loro desiderio di sembrare vecchi ben prima del tempo, ma non aveva intenzione di discutere. La ragazza ne aveva passate abbastanza. Una notte era per strada, la successiva era qui, e per quanto ne sapeva non si era più guardata indietro. Jane era la nuova arrivata del gruppo. Era seduta dandogli le spalle, i capelli ricci raccolti in una coda bassa, ma si voltò e lo salutò con la mano mentre si avvicinava, ancora masticando... pane all'aglio? *Cazzo sì.* La cena in famiglia era stata una delle prime cose che Shannon aveva istituito al suo ritorno in Michigan, e aveva incluso volentieri le ragazze del vicinato - erano state la sua famiglia per anni mentre Shannon era via ad Atlanta.

Scivolò al suo posto mentre Evie si arrampicava sulla panca accanto a sua madre. «Scusate il ritardo».

«Ti abbiamo aspettato», disse Shannon. «Immaginavo che saresti arrivato un po' in ritardo con il tuo nuovo caso».

Allungò la mano verso il pane e disse con la bocca piena di burro all'aglio: «Come fai a saperlo?»

Shannon si strinse nelle spalle, e Henry agitò le braccia dal suo grembo. Il suo viso tondo stava lentamente perdendo la sua paffutezza - prima che se ne rendessero conto, avrebbe preso in prestito la macchina e mandato Petrosky a quel paese. «Ho amici nei bassifondi», disse Shannon.

Decantor - doveva essere lui. Il detective era amico di Shannon e Morrison prima che Petrosky stesso simpatizzasse per il tipo, e anche ora, voleva schiaffeggiare il corpulento detective la metà delle volte. Si servì della pasta - *ravioli* - e ne infilzò un pezzo, il formaggio che colava intorno ai rebbi della forchetta come moccio, ricordandogli il tirare su col naso di Mary Ellen. Il suo stomaco si rivoltò. «Candace è ancora al lavoro?»

Candace lavorava per uno strizzacervelli, un lavoro che aveva scelto per aiutarla a decidere se voleva intraprendere lei stessa la carriera di psicologa. Ma il dottore faceva orari strani. Il dottor McCallum - lo psichiatra del distretto - era l'unico altro psichiatra che Petrosky conoscesse, ma gli orari strani sembravano essere una cosa comune. Niente di cui preoccuparsi, giusto? Ma si sarebbe sentito più a suo agio con Candace seduta di fronte a Shannon. Specialmente stasera.

Billie annuì. «Sì, qualcuno deve pur portare a casa la pagnotta. Io ho passato tutto il giorno a studiare».

Petrosky si fermò, con la forchetta a metà strada verso le labbra. Tra il college e i loro lavori, queste ragazze lavoravano più duramente di lui, e questa era la sacrosanta verità. Billie era iscritta al corso di assistenza sociale all'università - diceva che voleva passare la vita ad aiutare le persone come pensava facesse Petrosky. Se solo sapesse che casino era, forse cambierebbe idea.

Povera Ruby. Là fuori tutta sola. E anche prima di scomparire, non aveva avuto un'anima al mondo a cui importasse di lei... tranne lui, per quanto poco fosse riuscito a fare. Un passaggio dal dottore e un aiuto con il conto del meccanico? Andiamo.

Petrosky incrociò lo sguardo di Evie - di un blu brillante, del colore del cielo estivo. Gli occhi di Morrison. Se giornate come questa facevano qualcosa, gli ricordavano che aveva più della maggior parte delle persone: persone meravigliose intorno a lui, tolleranza da parte di coloro a cui teneva, e molto più amore di quanto meritasse. Il che gli faceva anche ricordare tutti i modi in cui aveva fallito.

Forzò le labbra in quello che sperava fosse un sorriso

passabile e si mise il tovagliolo in grembo, cercando di nascondere il tremore che si era insinuato nelle sue mani. Un'altra ora e sarebbe stato a letto con il whiskey caldo nella pancia, e Duke ai suoi piedi che faceva finta di non avere intenzione di sgattaiolare su per sbavare sul suo cuscino. Un'altra ora e sarebbe stato solo.

CAPITOLO 6

Petrosky espirò una nuvola di fumo e socchiuse gli occhi attraverso la foschia verso l'alba oltre il parabrezza. Non aveva fumato una sigaretta da mesi - va bene, settimane - ma la telefonata di oggi l'aveva spinto a dissotterrare il suo pacchetto d'emergenza da dietro il detersivo nel ripostiglio della lavanderia. Non erano nemmeno le sette, e nell'ultima ora aveva pregato, o qualcosa di simile, che chi aveva chiamato si sbagliasse.

River Rock Road era a meno di tre isolati dalla stazione di polizia, un quartiere molto simile a quello in cui viveva Wilona "Ruby" Hyde. Bungalow ben tenuti con prati curati e aiuole ordinate e l'occasionale cassetta della posta storta. La casa davanti alla quale Petrosky aveva parcheggiato era del tipo con la cassetta storta, con metà dei numeri civici mancanti, il cortile più terra che erba. Irregolare: sembrava appropriato. Sottile, come la sua anima.

Jackson lo incontrò sul vialetto, la brezza che sollevava il colletto della sua giacca grigia contro la guancia. Se lo tirò giù. «La vicina dice di aver visto un pickup di colore scuro qui intorno alle quattro del mattino. Non ha pensato di chiamarci finché non ha visto l'allerta al telegiornale, e poi improvvisamente era *sicura* che fosse il tizio che ha preso Hyde anche se non ha visto una singola persona - né Wilona, né il guidatore».

Immagino. Ma si sperava che chi aveva chiamato potesse restringere la loro ricerca... se questo era collegato. «Ha dato dettagli specifici sul colore?»

«Forse verde o grigio o nero. Ha detto che era troppo buio per vedere chiaramente». Jackson scrollò le spalle e indicò le luci sopra il garage, poi quelle appese alle gronde vicino al portico. «Nessuna di queste funziona, quindi ha davvero visto solo una silhouette al chiaro di luna».

Beh, questo è semplicemente perfetto. Non riuscivano a ottenere una dannata pausa. Seguì Jackson fino alla porta d'ingresso e guardò mentre lei provava la maniglia, cercando di ignorare il modo in cui la brezza faceva correre le sue dita spettrali tra i suoi capelli. Qualcosa non andava. Nessuno avrebbe dovuto essere in questa casa; le ricerche preliminari dicevano che il posto era stato vuoto da quando il proprietario aveva subito un pignoramento ad aprile, e il proprietario stesso era stato vittima di un omicidio poco dopo - uno dei casi di Decantor.

I cardini cigolarono verso l'interno.

Il soggiorno principale era buio e silenzioso, isolato dalla brezza estiva da muri di mattoni. L'aria aveva un odore stantio. Nessuna traccia sul tappeto, niente bottiglie o spazzatura, quindi anche i teenagers si tenevano alla larga. Eppure il tappeto grigio era morbido come se fosse stato sostituito poco prima che i proprietari se ne andassero, e nonostante l'aria stantia, il posto non *sembrava* abbandonato. Sembrava che il proprietario potesse tornare da un momento all'altro.

«Chiunque fosse qui la notte scorsa, non si è preoccupato di chiudere a chiave. Non gli importava se qualcun altro fosse entrato», disse Jackson. Ma teneva la mano stretta contro il fianco, appena sopra la pistola - pronta. Nel caso non fossero soli. *Lo sente anche lei.*

«Forse non stavano facendo nulla che valesse la pena investigare». Chi aveva chiamato aveva detto che l'unico motivo per cui aveva notato il veicolo era il clacson del camion - che suonava, e più di una volta. Ma il loro rapitore non sarebbe stato così stupido da suonare il clacson, nemmeno accidentalmente. Di nuovo, si ritrovò a sperare che chi aveva chiamato si fosse sbagliato, che questo non fosse collegato al loro caso. Perché di tutte le ragioni per cui un rapitore potrebbe irrompere in una proprietà abbandonata, nessuna sarebbe stata buona per Ruby o il suo bambino.

La cucina aveva escrementi di topo sparsi sul bancone di linoleum come grani di pepe oblunghi, ma la stanza era altrimenti priva di vita. Il soggiorno era più o meno lo stesso, le finestre non schermate proiettavano luce bianca su altro di quel morbido tappeto - quadrati di calore in una nuvola grigia e soffice. Vuoto. Soffocantemente immobile, il tipo di silenzio che ti tappa le orecchie. Ma dovevano essere sicuri.

«Hai sentito?» Jackson si era fermata nel corridoio, con la fronte corrugata.

Lui aggrottò le sopracciglia, scuotendo la testa, ma si fermò altrettanto improvvisamente perché ora *sentiva* qualcosa. Un suono appena percettibile, acuto. Squittii. Allentò la presa sulla pistola, ancora nella fondina - non si era nemmeno reso conto di averla afferrata. Le dita gli facevano male. *Fottuti topi.* Odiava i topi. I loro occhietti, i loro denti affilati... Il suono proveniva da dietro di lui.

Si girò di scatto, improvvisamente certo che avrebbe trovato uno di quei piccoli bastardi sul pavimento dietro il suo tallone, che scivolava sulle piastrelle con artigli affilati come rasoi e infetti di malattie, ma l'unica cosa alle sue spalle era una porta - nessun ratto. Nessun topo.

Gli squittii ripresero.

Cercò di forzare il suo cuore a calmarsi. Tutto questo per un topo? Ma i suoi piedi si rifiutavano di avvicinarsi alla porta. La carne lungo la sua spina dorsale si illuminò di elettricità. *Qualcosa non va. Qualcosa va molto, molto male.*

Jackson sembrava non avere tali riserve. Passò oltre lui come se non ci fosse nemmeno, si fermò con la mano sulla maniglia, e poi la aprì lentamente. In ascolto.

Il suono si fermò.

Lei guardò oltre la spalla. «Sei pronto?»

Preferirei farmi pugnalare le palle con un punteruolo da ghiaccio. Ma almeno ora i suoi piedi gli obbedivano. La seguì giù nel buio.

I gradini erano bordati con strisce antiscivolo che facevano stridere le suole delle loro scarpe come carta vetrata. Super discreto. Ma non c'erano passi di risposta dal buio sottostante, e poteva vedere dritto fino al pianerottolo in fondo, la luce dalle finestre rendeva il seminterrato quasi luminoso quanto i piani superiori, sebbene l'aria qui sotto sembrasse più pesante, più soffocante. Più da seminterrato. Il loro respiro sibilava nelle orecchie di Petrosky. Premette la schiena contro il muro.

Jackson si fermò sull'ultimo gradino e sbirciò dietro l'angolo, i muscoli tesi. Le sue spalle si rilassarono un po', ma la schiena rimase rigida mentre si avventurava nella cantina.

Qualcosa non va, qualcosa non va, qualcosa non va. Il suo cuore pulsava contro le tempie e riecheggiava nei recessi profondi del suo petto. Deglutì il nodo in gola. E seguì la sua partner.

La cantina era piccola, un rettangolo che a malapena

avrebbe contenuto il divano e il totem del soggiorno di Ruby, ma la mancanza di mobili la faceva sembrare più spaziosa. Le uniche cose nella stanza di cemento erano tre pile di scatole di cartone, ciascuna alta tre scatole, probabilmente avanzi dei precedenti proprietari: libri scartati, forse, pantaloni che una volta calzavano perfettamente, ora ridotti a stracci dai biscotti e dal troppo whisky. Un carillon di qualcuno che avevano amato un tempo. Una luce notturna appartenuta alla loro figlia morta. Lui aveva nascosto quella di Julie nell'armadio - non aveva una cantina.

Petrosky osservò Jackson avventurarsi più in profondità nella cantina, guardò le ombre inghiottirla mentre passava la prima finestra ed entrava nello spazio tra di esse dove i mattoni bloccavano il sole. Più freddo qui, si rese conto, e non solo perché erano in una cantina - ventoso. Strizzò gli occhi. La finestra centrale non era ostruita dallo sporco che deturpava le altre, ma schegge taglienti di vetro rotto pendevano pericolosamente dal bordo superiore del telaio come i denti di una zucca di Halloween arrabbiata.

E poi il più piccolo rumore - uno squittio. Fece una smorfia, preparandosi - *fottuti topi* - ma il suono continuò, un altro squittio e poi un piagnucolio, un miagolio, ancora e ancora fino a diventare un lamento acuto. Per una frazione di secondo, immaginò che fosse Jackson, forse persino lui, a piangere, ma il rumore era più vicino al vetro. Da qualche parte oltre le scatole di cartone impilate.

Jackson era già lì, con le mani sulla scatola in cima, pronta a sollevarla, ma barcollò all'indietro come se la scatola non pesasse nulla. Aggrottò le sopracciglia e la gettò oltre la sua spalla. Atterrò con un tonfo vuoto.

«Jackson?» Cercò di guardare oltre di lei mentre afferrava un'altra scatola, ma non riusciva a vedere nulla al di là delle sue spalle curve, e poi lei stava calciando via le pile, facendole tutte cadere - vuote, decisamente vuote. Perché qualcuno avrebbe impilato scatole vuote? E...

Jackson cadde in ginocchio, e ora poteva vedere dietro di lei.

Oh dio.

Sul pavimento dietro le pile di scatole giaceva un bambino - nudo, non più di un giorno o due, il suo cordone ombelicale chiuso e coperto di sangue scuro rappreso, le sue gambette magre che scalciavano l'aria. Ma a parte la crosta sul suo ombelico, la sua pelle era rosa, immacolata da sangue o muco; qualcuno lo aveva lavato. Grazie al cielo faceva caldo lì dentro. Tuttavia, scrutò la stanza in cerca di una coperta, di qualsiasi cosa che potesse essere arrivata con il bambino, un asciugamano, *uno straccio*, ma il pavimento di cemento era spoglio - solo le scatole, tutte quelle maledette scatole vuote, ciascuna piegata e sigillata. Chiuse, come se il proprietario non avesse mai avuto intenzione di usarle.

Un'ondata di déjà vu lo colpì così forte che il mondo divenne sfocato. Barcollò, sbatté le palpebre - *non svenire, cadrai sul bambino* - ma il mondo si solidificò di nuovo quando il neonato gemette ancora, così debole e disperato da far sbocciare un dolore nel suo stesso petto come se il suo cuore si stesse spezzando in due.

Jackson toccò la fronte del bambino con il dorso delle dita come se cercasse la febbre, poi posò il palmo sul suo petto. Il bambino strillò ancora una volta, un lamento acuto e pietoso, e Petrosky si tolse la giacca e si inginocchiò accanto a Jackson, stendendo l'indumento sul freddo cemento. Con cautela, con molta cautela, adagiò il corpicino del bambino su di essa - tirò i bordi intorno alle sue fragili spalle, evitando il moncone del cordone ombelicale, l'estremità legata con... filo interdentale? *Merda*. Ruby era in un ospedale da qualche parte? Era viva, o avrebbero trovato il suo corpo da qualche parte in questa casa? Il rapitore aveva estratto questo bambino da lei?

Si costrinse a respirare, ma l'aria sembrava tagliente, come inalare aghi. Il bambino piagnucolò, scalciando contro la giacca, le mani che graffiavano il tessuto - leggero, era così leggero. Petrosky tenne il bambino contro il suo petto dolorante. «Shhh. Va tutto bene, figliolo. Va tutto bene.» Si sforzò di respirare, ma era quasi impossibile, e non era a causa del bambino, si rese conto, nemmeno a causa di Ruby, anche se quello era parte del problema. *Qualcosa non va, non va, non va.*

Jackson tirò fuori il telefono, abbaiando ordini per un'ambulanza, ma lui non stava davvero ascoltando - la sua mente correva. Tutto questo, dalla cantina alla finestra rotta, alle scatole, al bambino...

È già successo prima. E quel clacson, quel clacson di camion che suonava...

Il loro sospetto voleva attirare l'attenzione su questo posto. Li voleva qui - il rapitore aveva lasciato il bambino *per loro*.

Strinse il bambino più forte, la testolina coperta di peluria contro il collo di Petrosky, i minuscoli respiri affannosi morbidi sulla sua pelle. «È già successo prima.» Non si rese conto di averlo detto ad alta voce finché le parole non gli tornarono in eco dalle pareti di cemento. Scosse la testa, attento a non scuotere il bambino. Non poteva essere lo stesso. L'ultima volta che si era trovato in questa posizione, l'ultima volta che qualcuno aveva gettato un neonato nudo in una cantina... No, quel tizio era morto. Petrosky aveva visto la sua testa esplodere. E Dio, se qualcuno se lo meritava-

«Petrosky?»

Guardò verso di lei. Gli occhi di Jackson erano spalancati - vigili. Ma non si sentiva osservato. Si sentiva improvvisamente terrorizzato.

«Cosa è successo prima?» chiese lei.

Le sirene ululavano in lontananza. Il bambino rispose, piagnucolando contro la gola di Petrosky.

«Tutto... questo. Le scatole. Questo... bambino.» Fece un respiro profondo per calmarsi, ma l'aria era troppo sottile, come l'erba, come la sua anima, e invece ansimò, «Mi dispiace.»

Il volto di Jackson era grave e intrecciato da una conoscenza di cui lui non era a conoscenza - profondamente angosciato. Nervoso. Ma non sciocato.

Aggrottò le sopracciglia. «Jackson?»

Lei incontrò i suoi occhi. «Devo dirti una cosa.»

CAPITOLO 7

Andarono da Rita, il che sembrava appropriato. Cosa stava succedendo qui? Quella cantina gli era fin troppo familiare, ma il caso che gli ricordava... impossibile. Non aveva senso. Si sentiva vuoto come se qualcuno gli avesse strappato l'anima direttamente dal petto nello stesso modo in cui qualcuno aveva strappato Ruby da questa tavola calda.

Avevano già telefonato agli ospedali locali, ma nessuno che corrispondesse alla descrizione di Ruby era stato ricoverato. Non era stato ancora trovato nemmeno un corpo, ed erano passate almeno sei ore dalla nascita del bambino, da quando il furgone lo aveva lasciato lì ed era svanito. Si sperava che fosse un buon segno. Il sospettato avrebbe abbandonato anche il corpo di Ruby, se non ne avesse avuto più bisogno, ed era possibile che avesse partorito il bambino da sola. A meno che il comunicato stampa non avesse semplicemente anticipato la sua tabella di marcia e lo avesse reso più cauto nell'essere scoperto. Forse aveva lavato e abbandonato il bambino dato che non poteva identificarlo, ma aveva ucciso Ruby e lasciato il suo corpo in un luogo dove le prove forensi potevano deteriorarsi - il Michigan era pieno di laghi. E di fossi.

Petrosky sbatté le palpebre e vide il volto di Ruby dietro le palpebre, il suo sorriso mentre gli porgeva il caffè del mattino, un dente frontale scheggiato, rossetto rosso brillante. Il luccichio segreto ma gioioso nel suo sguardo quando posava la mano sul ventre rigonfio. *Forse non è affatto il bambino di Ruby. Forse sta tornando a casa.*

«Penso che il nostro caso sia collegato al caso Norton», annunciò Jackson. Sollevò la tazza di caffè alle labbra ma si fermò prima di berlo. La punta delle sue dita era pallida contro la ceramica. «E che entrambi siano collegati a un caso di Decantor: l'omicidio del proprietario di casa. So che sarà difficile da accettare, ma...»

«Norton è morto», disse lui dolcemente.

Lei abbassò la tazza sul tavolo con un tonfo vuoto. «Non sto dicendo che *sia* Norton, Petrosky. Sto dicendo che il sospettato potrebbe aver seguito il caso sui notiziari, che conosce i crimini di Norton. Un fan.»

La rabbia gli bruciò dentro. Norton. Adam fottuto Norton. Il primo complice di Norton - un pedofilo - aveva abusato di bambini, poi aveva guardato mentre Norton li uccideva. E quando quel tizio era diventato un rischio, Norton aveva ucciso anche il suo culo da pedofilo - nessuna grande perdita lì.

Poi c'era Janice, la donna con cui Norton era coinvolto quando aveva rapito Shannon e la piccola Evie - aveva rinchiuso la nipote di Petrosky in una gabbia per cani e cucito le labbra di Shannon. La bile gli salì in gola, e la ricacciò giù. Norton non aveva ucciso Janice, però; l'aveva lasciata indietro mentre fuggiva. Norton aveva sempre un capro espiatorio, almeno all'inizio.

Finché non si era messo in proprio. Norton aveva iniziato la sua carriera da solista rapendo ragazze adolescenti e rinchiudendole come animali nel suo seminterrato. Mettendole incinte. Uccidendole quando non servivano più ai suoi scopi. Una notte, una ragazza di nome Lisa Walsh era fuggita dalla prigione di Norton con la sua neonata; aveva rotto una finestra del seminterrato nelle vicinanze e gettato la bambina attraverso di essa. La neonata era atterrata, nuda, dietro una serie di scatole di cartone - troppo vicino alla scena che avevano appena lasciato. Norton aveva catturato di nuovo Walsh dopo aver massacrato il proprietario di casa, aveva impalato la povera ragazza su un palo e l'aveva guardata morire lentamente, e-

Il petto di Petrosky ebbe uno spasmo. *Morrison - Norton ha ucciso il tuo partner; ha ucciso tuo figlio.*

Non riusciva a respirare. Il suo cuore pugnalava i muscoli intorno alla gabbia toracica ad ogni pulsazione frenetica. Afferrò la sua tazza di caffè piena, cercando di impedire alle mani di tremare. «Quindi pensi che questo caso sia collegato all'omicidio di Decantor? Solo per la posizione, o cosa?» Si sperava che si sbagliasse perché se Ruby non era con un rapitore, uno stalker, qualcuno che potesse provare sentimenti per lei, era con un assassino.

«Lascerò che te lo mostri lui quando arriverà. Ma non possiamo ignorare il fatto che l'ultima vittima di Decantor fosse una volta proprietaria della casa dove abbiamo appena trovato un bambino abbandonato - il figlio di Hyde.»

«Se è il bambino di Ruby», mormorò, ma sapeva che era un'ipotesi remota. Anche se non avevano ancora la prova del DNA, le persone non abbandonano abitualmente i neonati nei seminterrati, e il furgone era una coincidenza troppo grande. Jackson, fortunatamente, non si preoccupò di rispondere. Sorseggiò il suo caffè. *Ruby è morta? Lo è?* Fissò la propria tazza, intatta sul tavolo, lo stomaco acido, il cervello che si contorceva, girava, facendolo sentire stordito. Cercò di immaginare che lei fosse qui, un altro giorno qualunque, e poi *poteva* sentirla dietro di lui, le scarpe che battevano contro le piastrelle con quel passo leggero, attento; presto, sarebbe stata al tavolo, offrendogli caffè corretto con quel grande sorriso dal dente scheggiato, un ricciolo o due di capelli rossi che le sfioravano lo zigomo, e-

Un campanello suonò. Decantor entrò a grandi passi nella tavola calda, un fascicolo sotto il braccio, il viso teso. Scivolò nel box accanto a Jackson e posò il fascicolo sul tavolo davanti a Petrosky senza una parola. Nessun preambolo. Nessuna stronzata. Bene.

«Ho sentito che hai un omicidio legato al nostro rapimento», disse Petrosky.

«Sì.» Decantor annuì. «Evan Webb si è trasferito da quella casa circa quattro mesi fa, poco prima di morire. Il posto è stato bloccato per un po' con il pignoramento, ma si sta preparando per andare all'asta.»

Asta... Le spalle di Petrosky si rilassarono un po'. Era questo - la spiegazione più semplice. «Forse il nostro rapitore ha dato un'occhiata ai fogli d'asta cercando un posto caldo dove lasciare il bambino. Forse i casi non sono collegati.» E poi aveva suonato il clacson per assicurarsi che qualcuno trovasse il bambino mentre era ancora abbastanza buio da nascondere il suo volto. Meno possibilità di essere catturato in quel modo che se avesse lasciato il bambino in una caserma dei pompieri o in un ospedale - troppe telecamere, troppe luci, troppi occhi indiscreti.

La fronte di Decantor si corrugò. «Cosa?»

Aveva qualcosa nelle orecchie? «Sto solo dicendo che tutto ciò di cui il nostro rapitore aveva bisogno era un posto dove lasciare il bambino. Questo non significa necessariamente che sia collegato al tuo assassino.»

Decantor si era immobilizzato. Anche Jackson era immobile, la schiena contro il sedile, le mani in grembo.

Finalmente, Decantor si schiarì la gola. «Non si tratta della casa. Doyle Fanning non era il padre del bambino. Lo era questo tizio.» Allungò la mano attraverso il tavolo e aprì il fascicolo su una foto a colori brillante.

Le viscere di Petrosky si contrassero, acido caldo e denso nell'esofago. *Morrison, oh dio, Morrison.* Ma non lo era. L'uomo aveva trenta, forse quarant'anni dalle sottili rughe intorno agli occhi e alla bocca. Capelli scuri, non come i biondi di Morrison, occhi marroni, non blu. Ma la scena intorno a lui - il telo di plastica macchiato di cremisi, il sangue sulle sue labbra. La voragine aperta attraverso la sua gola.

Nascose le mani tremanti sotto il tavolo e si sforzò di mantenere la voce ferma. «Se Evan Webb era il padre del bambino, Ruby probabilmente era con lui prima di separarsi ufficialmente da Fanning. Il tradimento potrebbe essere un movente, sia per l'omicidio che per il rapimento». Al diavolo il padre di Ruby. E Fanning non avrebbe voluto il figlio di un altro uomo: ovviamente se ne sarebbe sbarazzato. «Doyle Fanning sembra sempre più coinvolto in tutto questo». Ma la sua voce uscì strozzata. Troppo acuta. Abbassò la testa, cercando di evitare le immagini, di non ricordare, ma quando vide le sue dita, come artigli contro le cosce, tutto ciò che riusciva a vedere era sangue - il sangue di Morrison - cremisi sotto le unghie, striature scarlatte sulla pelle dei polsi. Sbatté le palpebre. Le sue mani erano di nuovo pulite.

«Doyle Fanning ha ucciso altri cinque uomini negli ultimi quattro anni e mezzo?» La voce di Decantor rimase ferma, senza esitazioni.

Petrosky alzò la testa. «Cosa?»

Decantor sbatté le palpebre guardando Jackson. «Non gliel'hai detto?»

Lei allungò la mano verso il suo caffè, fissando la tazza come se ci fossero minuscoli elfi che nuotavano sincronizzati nel liquido color caramello. *Guardami, dimmelo, Cristo santo.* «Ho pensato di lasciarti l'onore».

I pugni di Petrosky si strinsero, non più tremanti. Jackson gli aveva nascosto qualcosa, alla sua dannata partner, e sembrava che andasse avanti da un po'. «Se uno di voi non mi mette al corrente, giuro su Dio...»

«Oh, mamma mia». Tutti si voltarono a guardare Mary Ellen, con gli occhi spalancati e le spalle dritte come un fuso. Una piccola macchia marrone deturpava la sua camicetta rosa proprio sopra il seno sinistro.

Decantor chiuse di scatto il fascicolo e le fece un cenno. «Prenderò un caffè quando hai un momento», disse. Mary Ellen incrociò lo sguardo di Petrosky. Il suo labbro tremò. Poi se ne andò.

Petrosky si voltò di nuovo verso Decantor, che intrecciò le dita sul tavolo e raddrizzò le spalle. Nessuna traccia del suo solito sorriso, nessun accenno di divertimento in quegli occhi scuri. «Due serie distinte di omicidi», disse Decantor. «Ondate con una pausa nel mezzo. Tutte con lo stesso modus operandi di quello che ti ho appena mostrato. Le vittime sono state tutte uccise altrove, spesso nelle loro case, e poi l'assassino ha avvolto i corpi nella plastica, li ha messi sui sedili posteriori delle loro auto e ha abbandonato i veicoli in qualche vicolo. Il medico legale dice che il metodo è lo stesso ogni volta, senza variazioni: gole tagliate, con la mano destra, un rapido taglio da orecchio a orecchio, e tutto è finito».

«Quindi è un professionista».

«Ha pratica, ma professionista potrebbe essere una parola

grossa; questo non richiederebbe un addestramento medico o di combattimento. Sappiamo però che si tratta dello stesso tipo. Abbiamo un insieme di striature sul bordo delle ferite alla gola che mostrano che sta usando lo stesso coltello: fisso nel suo schema e nella sua arma. Ma nonostante le somiglianze sulla scena del crimine, quelle striature non corrispondono alla ferita di Morrison». La voce di Decantor si era addolcita nell'ultima frase. *Morrison... Decantor era amico di Morrison anche lui. Era lì quando ho trovato il suo corpo.* Petrosky si strofinò il petto, lo sterno in fiamme, aspettando che Decantor continuasse, ma l'uomo più grande si voltò mentre Mary Ellen si avvicinava al tavolo, lanciando occhiate di traverso al fascicolo, forse assicurandosi di non vedere accidentalmente qualcosa di peggio. Posò una tazza di caffè davanti a Decantor. Tintinnò.

Petrosky le afferrò il braccio, sfiorandole il gomito con la punta delle dita. «La troveremo».

Mary Ellen sbatté le palpebre e offrì un debole sorriso. «Grazie». Il suo labbro tremò di nuovo, più forte questa volta. «So che le piacevi molto. Diceva che le ricordavi suo padre».

Il suo petto bruciò ancora di più. *Il suo padre alcolizzato e buono a nulla con le briciole nella barba; non c'era da meravigliarsi che sapesse come aggiungere abbastanza alcol per togliere il dolore.* E il fatto che Mary Ellen ne parlasse al passato... Mary Ellen aveva già rinunciato, nonostante stesse disperatamente cercando di sperare.

«Ho dei testimoni che hanno visto un pickup scuro sulla scena di uno degli omicidi precedenti», continuò Decantor mentre Mary Ellen si ritirava. Le sue grandi mani erano strettamente avvolte intorno alla tazza di caffè, ma non tremavano mentre la portava alle labbra e beveva un lungo sorso. «E è diventato più attento; nessun testimone per nessuno dei crimini successivi. E non c'è nulla da preparare una volta arrivato sul luogo dell'abbandono; il corpo è già avvolto. Gli basterebbero pochi secondi per parcheggiare l'auto e scappare via». La sua tazza di caffè toccò di nuovo il tavolo: forte, più del necessario. «Quanto ai periodi di inattività, penso che fosse in prigione, ma non siamo ancora riusciti a trovare la registrazione di un pickup che corrisponda a qualcuno che è stato rilasciato durante quel periodo da una delle prigioni dello stato. O il camion è registrato a nome di qualcun altro, qualcuno che paga le bollette mentre il nostro colpevole va avanti e indietro dentro, oppure i periodi di inattività sono dovuti a un altro motivo. E non posso andare alla stampa senza una descrizione fisica, non con la parte del serial killer: la gente andrebbe nel panico. È più probabile che qualcuno venga picchiato a morte solo per aver guidato un pickup piuttosto che riusciamo a catturare un assassino».

Periodi di inattività. Ondate di omicidi. Era lo stesso tizio, *davvero* lo stesso tizio che aveva preso Ruby? Ma quel camion... quel dannato camion. Certo che era lui. E stava usando elementi dei crimini di Norton. Il taglio della gola, la plastica, i sedili posteriori, i vicoli, e ora l'abbandono di un neonato in un seminterrato: forse era per questo che aveva preso Ruby in primo luogo.

Petrosky prese il fascicolo e lo aprì di nuovo. La prima immagine era dell'uomo che aveva già visto: trentenne, gola tagliata, plastica. La successiva: maschio, trentenne, gola tagliata, plastica. La terza era uguale. E la successiva. Petrosky scosse la testa. I modus operandi di questi casi erano identici, e se lo schema dell'assassino si fosse mantenuto, la morte del signor Webb tre mesi fa era probabilmente l'inizio di una terza ondata. Ma il rapimento di Ruby... No, questo non era giusto. «Hai un serial killer che prende di mira uomini sulla trentina, abbastanza selettivo nel suo modus operandi da usare la stessa lama, da mantenere tutti gli altri elementi uguali dall'auto alla plastica al metodo. Ma non ci sono vittime femminili in questo fascicolo». Lo chiuse di scatto. «C'è qualche prova che il tuo sospettato abbia mai fatto del male a un'altra donna? Rapito qualcun altro?»

Decantor aggrottò la fronte. Il che era una risposta sufficiente.

Petrosky si appoggiò allo schienale del sedile, i suoi muscoli finalmente abbastanza rilassati da permetterglielo. «Ci sono collegamenti tra le altre vittime?»

«No».

«Allora perché cambiare il suo modus operandi qui? Perché prendere una donna legata a un'altra vittima?» Se fosse stata un testimone, le avrebbe tagliato la gola come agli altri. Non avrebbe fatto nascere il suo bambino per nasconderlo in un seminterrato, non avrebbe attirato l'attenzione su di esso. E di certo non avrebbe aspettato tre mesi per rapirla. Petrosky lo fulminò con lo sguardo, ma si sentiva trionfante. Forse l'avrebbero trovata dopotutto. Forse sarebbe stata bene, avrebbe potuto portare il suo bambino a casa nella cameretta gialla su cui aveva lavorato così duramente.

Ma Jackson non sembrava né trionfante né convinta. Abbandonò il suo caffè e lo fissò, con le narici dilatate. «Ti stai comportando come se fosse solo una coincidenza», sbottò Jackson. «Ma non c'è possibilità che lo sia. Il collegamento tra le vittime, il furgone...» Scosse la testa.

Petrosky si rivolse a Decantor. «Hai parlato con Ruby dopo la morte di Webb?»

Decantor annuì. «L'ho fatto. Ma non ha segnalato nulla di insolito.»

Non ha segnalato nulla... ma aveva detto a Mary Ellen che ultimamente si sentiva seguita, anche se pensava di essere paranoica. «Le hai parlato del furgone?»

«Il testimone ha visto il furgone quattro anni fa, non

eravamo sicuri che stesse ancora guidando lo stesso veicolo. Inoltre, faceva parte di un'indagine in corso.» Il volto di Decantor si rabbuiò. «Quindi no, non gliene abbiamo parlato.»

Ruby non sapeva di doversi preoccupare.

E ora era scomparsa.

CAPITOLO 8

Troppi camion. Nessuna cazzo di pista. E una donna in post-partum che stava esaurendo il tempo. *Se è ancora viva.*

Petrosky spinse da parte il fascicolo del caso e diede un'occhiata alla finestra dell'ufficio, l'unico indizio che il mondo reale esistesse al di fuori del grande spazio a forma di L. La brillantezza era fuoriuscita dal cielo a un certo punto nelle ultime due ore, il bianco accecante del pomeriggio ora era un grigio malsano come acqua sporca di piatti. Ma quello era meglio: non sarebbe riuscito a mantenere la calma se il mondo esterno avesse brillato di un blu come gli occhi di Morrison che lo osservavano mentre esaminava informazioni che potevano o meno salvare Ruby.

Ma da dove altro cominciare? Qualunque cosa avesse fatto cambiare il modus operandi a questo tizio, le somiglianze con i crimini di Norton non potevano essere ignorate, né l'uso di un veicolo comune. Erano tutti d'accordo: trovare l'assassino e avrebbero trovato il rapitore, e

Decantor aveva più informazioni dopo mesi di inseguimento di questo stronzo. Ma il pensiero che un serial killer avesse Ruby, che forse le avesse strappato il bambino dalle viscere... Il sudore gli colava lungo la schiena come olio, ma sembrava distante come se stesse accadendo a qualcun altro. Come se la sua pelle non fosse la sua.

Fece cadere il suo bicchiere di caffè in polistirolo nel cestino, schizzando fondi lungo il lato del contenitore. Scott aveva già chiamato dalla scientifica e aveva detto a Petrosky con toni professionali e taglienti che il neonato era indubbiamente il figlio di Wilona - *Ruby* - Hyde. Il neonato non aveva ossa rotte, nessun'altra lesione, quindi il rapitore lo aveva messo lì invece di gettarlo attraverso quella finestra rotta. Sembrava promettente: un gesto di gentilezza, anche se era come accarezzare la testa di un cane dopo averlo preso a calci. Ma le scatole, l'uso di un seminterrato... quei dettagli erano stati rubati direttamente dai fascicoli del caso Norton. Questo assassino era stato ossessionato da Norton per un po', uccidendo quegli uomini nello stesso modo in cui Norton aveva ucciso Morrison, scegliendo una donna incinta per rispecchiare gli altri crimini di Norton, allestendo quel seminterrato con tanta precisione. Ma fino a che punto intendeva spingersi? E cosa aveva provocato questo cambiamento nel modus operandi dal taglio della gola per includere crimini significativamente diversi dalla selvaggia lista nera di Norton? Voleva dirsi che Ruby stava bene, che se la sarebbe cavata sana e salva, ma sarebbe stato vero solo se fossero riusciti a trovarla: il loro sospetto non l'avrebbe lasciata andare via. E ciò significava che avevano bisogno di più indizi di un cazzo di camion scuro.

Dove sei, Ruby? Lasciò che i suoi occhi sfiorassero il telefono sulla scrivania come se potesse squillare, come se Scott potesse avere buone notizie questa volta, ma il telefono rimase silenzioso, l'aria punteggiata dal battere staccato delle dita di Jackson sulla sua tastiera. Oltre il telefono, oltre il pilastro che tagliava in due l'ufficio a forma di L, la scrivania di Decantor era vuota. Anche quella di Sloan, il robusto partner irlandese di Decantor, era vacante: sembrava che Petrosky e Jackson fossero gli unici abbastanza pazzi da essere qui con un assassino-rapitore in giro là fuori. Ma almeno stavano tutti cercando lo stesso stronzo. Se Petrosky avesse perso qualcosa, c'erano altri tre detective per coglierla, e in questo momento, non si fidava di se stesso.

Fissò il fascicolo accigliato e si appoggiò allo schienale della sedia. Chiunque poteva avere abbastanza informazioni sui crimini di Norton per copiarlo. Il neonato trovato nel seminterrato durante il caso Norton era stata una grande notizia. E il disinfestatore che era stato presente quando il bambino era stato scoperto era stato più che felice di concedere interviste: aveva descritto, nei dettagli, tutto, dalla finestra rotta alle pile di scatole, parlato con ogni dannato conduttore di notizie che volesse ascoltare. E se c'è sangue, fa notizia. Persino il corpo di Morrison avvolto nella plastica era stato sbattuto su internet nelle settimane successive alla sua morte: giornalisti sui tetti, che scattavano foto come se fosse un circo. Come se il suo ragazzo fosse un'attrazione secondaria. Petrosky si strofinò il petto con una mano che sembrava stranamente insensibile. La tastiera di Jackson divenne più rumorosa, poi svanì di nuovo. *Clack-click-clicky-clack*.

Sospirò. Non importava quanto simili fossero i metodi, quanto ossessionato potesse essere questo assassino da Norton, non potevano ignorare le differenze, e queste erano significative. Questo assassino era efficiente, veloce; Norton amava la brutalità a lungo termine, anni di torture disordinate. Questo assassino aveva una lama di scelta, mentre Norton aveva usato di tutto, dalle armi medievali a una picca con cui aveva impalato una delle sue vittime, alle catene e gabbie che teneva nella sua personale camera degli orrori.

Il clack-clack-claccare della tastiera di Jackson cessò improvvisamente.

La sua partner scivolò nell'altra sedia alla sua scrivania con uno sbuffo e gettò una pila di pagine sopra la sua cartella. La sua gabbia toracica si riscaldò, pungente. Dolorosa. L'espressione neutra di Jackson sembrava fuori luogo. «L'angolo del testimone non ha senso; non c'è modo che il nostro tipo sia andato dietro a Ruby perché lo aveva visto. Decantor ha una lista di testimoni, persone che hanno visto il camion, persone che hanno firmato dichiarazioni: guarda questo tizio». Batté sulla pagina in cima così forte che lui trasalì per lei. «Era *fuori*. Ha urlato al camion dell'assassino dal suo prato di fronte. Se il sospetto stesse andando dietro ai testimoni, quest'uomo sarebbe stato il primo della lista».

Petrosky annuì; i muscoli del collo si sentivano sciolti, a un tendine strappato dal dondolare come una bambola a molla. «Hai ragione. Sapevo che era una pista remota, io solo...» *Speravo*. Per cosa esattamente, non ne era sicuro. Sperava che Ruby fosse stata rapita così che il colpevole potesse scoprire se fosse una testimone? Sì, certo. L'avrebbe uccisa. Allora cosa voleva da lei?

Jackson lo stava fissando. «So che sarà difficile per te. E so che ti preoccupi per Ruby».

Ah, davvero? Ma non lo disse: non era per questo che il calore nel suo petto era divampato nel momento in cui si era seduta accanto a lui. Le bugie per omissione erano comunque bugie. «Perché non me l'hai detto prima?» chiese e finalmente incontrò il suo sguardo. «Del caso?

Morrison era il mio partner. Se ci fosse stato un imitatore là fuori...»

«Decantor non ha preso il caso fino a qualche mese fa quando il tipo ha fatto fuori Evan Webb entro i limiti della nostra città. E anche allora, non era sicuro che fosse collegato. Tagliare la gola non è così insolito, non abbastanza perché credesse fosse direttamente legato a Morrison. Beh, fino ad ora». Ma Petrosky non ci credeva, e dal modo in cui la sua mascella si era irrigidita, nemmeno lei. Decantor era stato sulla scena del crimine di Morrison: era lì quando Petrosky aveva trovato il suo partner, lo aveva tirato fuori da quella macchina, lo aveva trattenuto, le mani di Petrosky bagnate del sangue di Morrison. Nel momento in cui Decantor era arrivato sulla scena del crimine, l'avrebbe saputo, nello stesso modo in cui Petrosky l'aveva capito solo guardando le foto.

«Petrosky?» Jackson stava ancora parlando, ma lui non riusciva a parlare. La sua gola si era chiusa, i polpastrelli umidi: se avesse guardato in basso, sarebbero stati macchiati di cremisi? Per fortuna, lei non aspettò che rispondesse. «Penso che semplicemente non volesse coinvolgerti a meno che non fosse necessario, soprattutto perché sarebbe stato... delicato. Averti sul caso con quella storia alle spalle».

Appiccicoso. *Come il sangue, come il sangue del mio ragazzo.* Scacciò il pensiero, ma lei non aveva torto sulla complicazione di essere troppo vicini. Non sapeva nemmeno come avrebbe superato la giornata senza il suo caffè mattutino corretto; prepararlo a casa sarebbe stato tentare il destino di trascinarlo di nuovo nel buco dove aveva vissuto dopo la morte di Morrison, dove l'unica cosa che lo ancorava alla realtà era il duro acciaio della pistola alla sua tempia.

Aggrottò le sopracciglia guardando la pila di fogli sulla scrivania. «E adesso?»

«Adesso siamo tutti sulle tracce dello stesso tizio.»

«Lo stesso tizio o la stessa *coppia*.» Petrosky incrociò le braccia. «Norton ha avuto un complice per la maggior parte della sua carriera omicida, quindi se il nostro killer ha una fissazione per i crimini di Norton, potrebbe star lavorando con qualcun altro.»

Jackson alzò un sopracciglio. «Qualcuno che guida un camion?»

«Forse. È possibile che solo uno di loro continui a finire in prigione, e l'altro abbia la registrazione del camion, ecco perché non riusciamo a trovare sovrapposizioni con i registri carcerari. Inoltre, i crimini stessi richiedono molto lavoro. Ci vuole molto per avvolgere un uomo nella plastica e sollevarlo in macchina senza versare una goccia di sangue sul sedile posteriore.» E avevano esaminato la scientifica, setacciato quelle auto da cima a fondo, cercando qualsiasi prova dell'uomo che l'aveva fatto. E non avevano trovato nulla. Il bastardo probabilmente aveva rivestito di plastica persino il sedile del conducente; un'auto aveva un po' di residuo appiccicoso sul retro del poggiatesta. Probabilmente nastro adesivo.

Lo sguardo di Jackson era rivolto alla finestra, pensieroso. «Questo potrebbe spiegare il cambio di MO. Forse due fan di Norton si sono incontrati e hanno realizzato che a uno piace uccidere uomini, all'altro... rapire donne incinte.»

Rapire, non uccidere. Non era sicuro che lei fosse convinta dell'idea, né lo era lui, ma l'apprezzava comunque. E nonostante sapessero che il corpo di Ruby non era stato trovato, che il rapitore aveva lasciato vivere la bambina, entrambi sapevano che stavano finendo il tempo. Alla fine, il rapitore si sarebbe stancato di lei, o la sua fantasia avrebbe fatto il suo corso. Il loro scenario migliore era probabilmente un uomo che si immaginava un Norton reincarnato: significava che avrebbe tenuto Ruby viva. L'avrebbe torturata, sì, ma sarebbe vissuta abbastanza a lungo perché la trovassero.

Quindi come potevano farlo? Cosa avevano? *Cazzo.* Diede un'altra occhiata alle pagine sulla scrivania, poi le abbandonò e fissò il soffitto: sporco, macchiato, ma più luminoso della foschia fuori. «Supponiamo di avere un copycat omicida o due killer seriali che lavorano insieme e che improvvisamente hanno preso gusto per il rapimento. Dovremo ampliare la ricerca di altri crimini legati al rapimento di Ruby. Ma ogni vittima di omicidio che conosciamo era un maschio sui trent'anni, senza collegamenti tra loro al di fuori della descrizione fisica. Tutti uomini grossi; vittime robuste, difficili da sottomettere.»

Le dita di Jackson tamburellavano sulla scrivania, un ritmo costante di ossa sul legno. «Quindi il nostro tizio è probabilmente forte. Come lo era Norton.»

O ha un modo per distrarli mentre taglia loro la gola. E se avesse un complice, sarebbe molto più facile. Abbassò lo sguardo.

Jackson stava aggrottando le sopracciglia. «C'è...»

Aspettò, osservando l'esitazione giocare sul suo viso: labbra tese. Sopracciglia aggrottate. «Sputa il rospo, Jackson.»

Lei deglutì a fatica e continuò: «C'è qualche possibilità che Morrison sia stato ucciso da questo tizio invece? So che la ferita al collo non corrispondeva, quindi non la stessa lama, ma se è intelligente, avrà buttato l'arma originale per evitare che collegassimo i casi prima: l'omicidio di Morrison è stato enorme, pubblico, il nostro tizio non avrebbe mai tenuto un'arma che ogni poliziotto e sua madre stavano cercando. E il MO è semplicemente perfetto. Inoltre, Norton non ha mai fatto nient'altro di simile; l'omicidio di Morrison è stato un'anomalia, una deviazione dal pattern.»

Petrosky scosse la testa. «No, Norton ha ammesso di aver ucciso Morrison.» Non era così? Che Dio lo aiutasse, non riusciva a ricordare, e solo il pensiero di immergersi di nuovo nell'omicidio di Morrison, il pensiero di *ricordare*, gli faceva salire la bile in gola. *Spegnilo, vecchio bastardo. Sii logico. Puoi farlo.* Tossì per schiarirsi la gola: bruciava. «Inoltre, Morrison è stato ucciso la notte in cui ha trovato il nascondiglio di Norton. Sarebbe una coincidenza infernale.»

«Sì, sì, e non esistono le coincidenze. Dico solo... a Norton piaceva avere dei complici. Tutto qui.» Si passò una mano sulla pelle lucida: stava sudando? Il buio crescente fuori dalla finestra della sala sembrava più pesante di un momento prima; persino il soffitto sembrava più basso come se potesse schiacciarlo sotto il suo peso. «Che dire del fatto che gli omicidi sono iniziati dopo la morte di Morrison?» disse. «Non c'erano omicidi prima di lui, nessuno del genere.»

«Beh, non possiamo certo avere un copycat senza qualcosa da copiare» sbottò, ma la sua voce uscì strozzata.

Se Jackson era infastidita, non lo diede a vedere. Le sue dita battevano il loro ritmo costante sulla scrivania. «D'accordo. Quindi legge dell'omicidio, decide di copiarlo e va avanti a uccidere due vittime nell'anno successivo.»

E poi il periodo di inattività: un anno e mezzo. Poi un'altra serie di omicidi, altri tre corpi in otto mesi. Poi un altro anno e tre quarti, nessun omicidio. Poi Webb, tre mesi fa. Qualunque cosa stesse facendo, qualunque ragione avesse per fermarsi... doveva essere ricorrente. «Forse è stato istituzionalizzato.» Anche se avessero due colpevoli che lavoravano insieme, era possibile che uno non colpisse senza l'altro.

La fronte di Jackson si corrugò. «Esistono ancora gli istituti?»

Non proprio, e un ospedale era più propenso a rimandarti a casa con una prescrizione nel momento in cui dicevi di aver superato qualunque impulso omicida o suicida ti avesse portato lì. A meno che... «Se hai i soldi, ci sono ospedali privati. E se un familiare avesse sospetti che il nostro killer fosse coinvolto in qualcosa del genere, avesse queste inclinazioni più oscure...» Scrollò le spalle. Il petto gli bruciava.

«Guarda te con le parole difficili. Come un thesaurus ambulante.»

«So delle cose, Jackson.» Alzò la mano per massaggiarsi il petto: *dannazione, brucia*. «Ci sono un milione di ragioni per un periodo di inattività. Forse ha un lavoro che lo porta regolarmente fuori dallo stato, o forse i periodi di inattività non sono affatto periodi di inattività. Se avesse cambiato il suo MO solo un po' o commesso crimini fuori dall'area metropolitana di Ash Park, non lo sapremmo mai.»

Jackson annuì, estraendo il cellulare dalla tasca della giacca. «Chiamerò Scott, vedrò se ha qualche minuto per fare una ricerca più ampia su crimini simili a livello nazionale. Sai che adora quella roba.»

Petrosky annuì: «gratificazione istantanea» chiamava Scott quelle ricerche. Di nuovo, Petrosky guardò il telefono sulla sua scrivania, sperando che Scott lo stesse già chiamando con buone notizie...

Sobbalzò quando il telefono squillò.

Petrosky allungò la mano verso il ricevitore, ma Jackson fu più veloce. Ascoltò, poi incontrò i suoi occhi e sussurrò: *Scott*.

Bene. Era meglio che fosse lei a parlargli comunque. Scott, come suo padre, probabilmente pensava che

Petrosky fosse debole. E lo era... lo era davvero. Sperava di poter ancora aiutare Ruby. Forse era già scappata, magari l'avevano trovata mentre faceva l'autostop verso-

Sbatté le palpebre al tonfo della cornetta riagganciata; il volto di Jackson si era indurito, i suoi occhi erano impregnati di dolore. Il bruciore nel petto si intensificò, ma nessun massaggio avrebbe potuto aiutare, non ora.

Erano arrivati troppo tardi.

CAPITOLO 9

La brezza calda era una leggera pressione sul suo collo, ma il puzzo persistente in quelle molecole di aria sembrava come le dita insistenti di un cadavere. Morte. Anche controvento, si poteva sentirlo oltre il fetore marcio del cassonetto, oltre l'odore acre e stantio di urina vecchia. La morte recente vinceva sempre su quella vecchia: era il sapore più vivido e acuto del ferro. Della carne.

Era particolarmente inquietante al buio.

I ciottoli trasformavano i loro passi in una cacofonia irregolare di gomma sulla pietra che corrispondeva alla faticosa stretta nel suo petto. L'ultima volta che aveva lavorato a un caso del genere - *Norton, fottuto Norton* - aveva avuto un infarto. Stava andando di nuovo in quella direzione? Importava? Ma quando il sorriso di Evie gli balenò nella mente, scacciò quel pensiero. Importava eccome se il suo cuore esplodeva. Evie e Henry non avevano bisogno di subire un'altra perdita, almeno non prima di avere l'opportunità di rendersi conto di che idiota fosse. Dopo di che, avrebbero saputo di non dovergli mancare troppo.

«Se solo questo stronzo si attenesse a un solo vicolo», mormorò Jackson. «Potremmo sorvegliarlo finché non tornasse».

Se solo. Petrosky socchiuse gli occhi, i riflettori alla fine del vicolo erano fari luminosi nella penombra, ma gli edifici su entrambi i lati evocavano la claustrofobia ombreggiata del tunnel di un minotauro, alla fine del quale non c'era una via di fuga, ma un mostro cornuto pronto a sventrarli. Finora, il cassonetto grigio gli bloccava la vista del corpo. *Non pensarci. Non pensare.* I poliziotti stavano come cani da guardia muscolosi oltre l'immondizia, presumibilmente proteggendo la scena del crimine. *Cla-tonf, tonf, tonf-tonf* facevano le scarpe di Petrosky, il suo cuore batteva a ritmo triplicato, ogni pulsazione acuta come se i muscoli nel suo petto fossero seduti lungo il filo di un rasoio. *È solo un corpo, solo un altro corpo.* Le dita del cadavere gli graffiavano più ferocemente il collo appena sopra il colletto, sollevando i piccoli peli alla base del cranio.

Si strofinò il retro del collo. Avevano cercato uno schema nei luoghi di scarico, ma non ne avevano trovato nessuno; il loro killer era disposto a spostarsi dal lato ovest di Detroit al lato est, e più recentemente, all'interno dei confini di Ash Park. La maggior parte dei luoghi di scarico era in giurisdizioni diverse, ma l'assassino sicuramente sapeva che abbandonare un corpo ad Ash Park avrebbe fatto scattare qualche campanello d'allarme se avesse seguito la carriera di Norton.

Forse era stanco. Forse voleva farsi catturare.

Petrosky aggirò il cassonetto, strizzando gli occhi nella luce cruda dei riflettori, ma non ci volle molto perché i suoi occhi si abituassero. Il suo cuore urlò.

I suoi capelli rossi, un tempo così vivaci, apparivano spenti e senza lucentezza accanto al lago cremisi versato sui ciottoli. La sua pancia era ancora gonfia di gravidanza, anche se più morbida ora, vuota, e in qualche modo questo era un piccolo conforto. Qualunque cosa quello stronzo le avesse fatto, non le aveva squarciato la pancia - forse era entrata in travaglio naturalmente. Era riuscita a baciare il bambino prima che questo bastardo portasse via suo figlio? Il medico legale avrebbe fornito dettagli più concreti, ma sperava davvero che la sua morte fosse stata rapida. Forse era morta con il bambino tra le braccia. Forse aveva ancora avuto speranza.

Il suo cuore si strinse, ebbe uno spasmo, vibrando come se un taser fosse stato attaccato al suo petto. Si strofinò il punto dolente sopra lo sterno e finalmente rivolse lo sguardo alla testa di lei.

Il suo viso - oh, il suo povero viso. Una guancia era infossata, incrostata e sprofondata sotto l'orbita dell'occhio, rendendo la cresta del sopracciglio ancora più pronunciata, il naso troppo gonfio per capire che forma avesse avuto un tempo. *Forse non è lei.* Il suo cuore fece un balzo. *Ma i capelli, quei capelli rossi...*

Si accovacciò, con le ginocchia doloranti, e si chinò sul suo viso. *Per favore, sii qualcun altro.* Ma cosa sperava? Che fosse qualche altra ragazza innocente? Era un mostro. E non gli importava. Più di ogni altra cosa, in quel momento, voleva che questa ragazza fosse un'estranea. Guardò nella sua bocca - nessun rossetto rosso, niente di così ovvio, ma... quel dente. Un incisivo scheggiato.

Chiuse gli occhi. L'odore umido del sangue si raccolse in fondo alla gola. *Mi dispiace, tesoro. Mi dispiace tanto, tanto.*

«Quanto è simile, Petrosky?»

«Quanto è simile a...» Ma lo sapeva. Quanto era simile questa scena a quella di Lisa Walsh, la ragazza post parto che Norton aveva ucciso? Si costrinse ad alzarsi, con le cosce doloranti, le ginocchia in fiamme. Il suo sguardo si fissò sul muro di mattoni. Non poteva guardare oltre, non Ruby. *Povera, povera Ruby.*

Ma doveva guardare. Era il suo lavoro.

«Ci sono differenze». Le sue parole erano una supplica strozzata di aiuto, l'ultimo respiro ansimante alla fine del cappio di un impiccato. Inspirò il denso fetore di ferro, del sangue di Ruby, e guardò di nuovo in basso. *Solo un altro corpo, solo un'estranea.* «Lisa Walsh... aveva un buco nella spalla». Impalata. Perché Norton era interessato alla tortura medievale. Ma non questo killer. «Il nostro sospetto sembra ricorrere ai mezzi più rapidi per raggiungere lo scopo». Indicò la sua gola - tagliata, come le altre. «E si attiene a un modus operandi, anche se ha cambiato il profilo delle vittime». Il che diminuiva la probabilità di un secondo killer. Se il complice avesse avuto un tipo di vittima diverso, probabilmente avrebbe avuto il suo modo preferito di ucciderle. Woolverton avrebbe controllato il tipo di lama nel caso la differenza fosse così sottile - solo un'arma diversa - ma Petrosky non ci scommetteva. Questo era il lavoro di un solo uomo, sentiva la verità di ciò nel profondo delle sue viscere. I suoi occhi sfiorarono il ventre di Ruby. Il petto gli bruciava.

«Probabilmente non ha potuto trattenersi», disse Jackson. «Anche se avesse pianificato di ucciderla in modo diverso, magari attenersi più allo schema di Norton, aveva bisogno della scarica di adrenalina che ottiene usando quel coltello».

Petrosky annuì cupo. «Sì, quindi ha saltato il palo. Ma gli altri dettagli sono straordinariamente simili. L'ha picchiata a sangue, e il modo in cui l'ha posizionata, prona così, dietro un cassonetto...» Scrollò le spalle. «Erano tutte informazioni pubbliche. I dettagli che non sono stati resi noti... non sono qui.» Deglutì a fatica, cercando di mantenere il battito cardiaco regolare, disperato di prendere un respiro profondo, e rivolse l'attenzione alla sua partner. Il suo sguardo era addolorato e comprensivo ma anche determinato. Arrabbiato. Si aggrappò a quella rabbia condivisa, lasciandosi bruciare per un momento, permettendo al calore di ustionargli le viscere, e quando riemerse per respirare, gli riuscì più facile. Si schiarì la gola e continuò: «I piedi di Walsh erano stati mutilati, le dita dei piedi tagliate, probabilmente per renderle più difficile scappare. E aveva una cicatrice, un *#1* inciso sulla pelle.» Tutte le vittime di rapimento di Norton ce l'avevano. Era possibile che anche Ruby avesse quel simbolo in un'area non immediatamente visibile, ma ne dubitava: nessuna delle vittime maschili portava quel segno. Questo tizio poteva conoscere le basi dei crimini di Norton, ma non conosceva i piccoli dettagli che avevano contraddistinto Norton.

Petrosky guardò ancora una volta il corpo, poi alzò gli occhi al cielo, una striscia nera che correva sopra i muri di mattoni. «E si è assicurato che trovassimo il suo corpo dopo aver trovato la bambina. Come abbiamo fatto con Lisa Walsh.»

Ma perché? Perché tuffarsi nel repertorio di Norton ora dopo anni di perfezionamento del proprio modus operandi? Quello era un pezzo vitale del puzzle, uno che mancava, e non credeva fosse semplice noia: avrebbero visto altre escalation più sottili negli omicidi passati se il loro sospettato stesse inseguendo un'eccitazione in diminuzione. Una cosa era certa: quest'uomo stava ricreando i crimini di Norton. Ma li stava ricreando tutti? Quanto indietro stava andando? Qual era l'obiettivo finale?

I polmoni di Petrosky facevano male. Se quest'uomo aveva ricreato l'omicidio di Walsh, forse sarebbe andato ancora più indietro, cercando vittime che Norton aveva aggredito in passato, quelle che erano sfuggite intatte, ma non illese. Il viso di Shannon balenò nella sua mente: le piccole grinze intorno alle labbra dai rozzi punti che Norton le aveva messo. E il sorriso di Evie... era minuscola quando l'aveva presa, ma questo non la rendeva meno una vittima.

Tossì come se potesse liberarsi del nauseante sapore metallico che gli si era appiccicato in gola, ma rimase lì come la morsa che gli si era stretta intorno alla gabbia toracica.

Forse Shannon e sua figlia sarebbero state le prossime.

CAPITOLO 10

«Sei sicuro che abbia detto sì?»
«Sei diventato sordo adesso?» Jackson alzò gli occhi al cielo e azionò l'indicatore di direzione, il *tink*, *tink*, *tink* come un metronomo che contava i minuti prima che lui perdesse definitivamente la pazienza. Si sentiva stranamente tranquillo, ma non avrebbe dovuto. Aveva appena trascorso un'ora a fissare il cadavere di Ruby, la sua gola una ferita aperta, il viso insanguinato e martoriato, quella povera ragazza che lo aveva aiutato ogni mattina alla tavola calda. Le voleva bene, no? Stava diventando insensibile? O aveva finalmente perso il controllo? Ma non disse nulla di tutto ciò. Fissò Jackson, concentrandosi sulle linee del suo viso, sul bagliore di luce verde sugli zigomi mentre sfrecciavano attraverso un incrocio buio.

Quando rimase in silenzio, lei gli lanciò un'occhiata. «Sul serio? Quante volte devo ripeterlo?»

«Un'altra volta dovrebbe bastare.»

Controllò lo specchietto retrovisore e sospirò. «Shannon e i bambini sono con Decantor, stanno andando a casa tua, anche se lei pensa che tu sia iperprotettivo.»

Aggrottò le sopracciglia. Stava davvero esagerando con la protezione? Certo, erano passati solo pochi mesi da quando aveva fatto sorvegliare Shannon per assicurarsi che stesse bene, ma era importante, e anche allora, lei aveva rischiato di morire. Naturalmente, Shannon diceva che i pattugliamenti non erano serviti a nulla. E questa volta, Jackson aveva già chiamato il capo, che aveva detto che non avevano abbastanza personale per una scorta completa, soprattutto quando non c'erano prove che Shannon fosse in pericolo. Ma i pezzi grossi dicevano sempre così finché non era troppo tardi. Aspettò la familiare sensazione di panico alla base della spina dorsale, la stretta dietro le costole. *Mah*. Aveva ancora il sapore di ferro in bocca e probabilmente aveva del sangue sulle scarpe, ma il suo petto... niente.

E... Jackson aveva detto casa *sua*? Pensava che Shannon sarebbe andata da Billie - Duke era lì con Billie, e c'erano le telecamere. Non aveva nemmeno un allarme a casa sua.

E ora un pensiero più preoccupante si attaccò al suo cervello come una sanguisuga. Aveva messo via il whiskey o era ancora sul comodino? No, aveva buttato la bottiglia quella mattina insieme al resto della spazzatura. *Grazie a Dio per il giorno della raccolta*. Non che sarebbe riuscito a nasconderlo a lungo. Shannon non era cieca. Né stupida.

Forse dovresti semplicemente smettere di bere, vecchio mio. Andare in astinenza. Ma aveva la sensazione che avrebbe avuto bisogno della bottiglia più che mai nelle settimane a venire. Non sarebbe stato opportuno essere in crisi di astinenza, incapace di concentrarsi mentre l'assassino catturava vittime a destra e a manca. Certo, poteva essere una scusa per evitare di disintossicarsi, ma non gliene importava un accidente.

Jackson si fermò in un parcheggio e spense il motore, questa volta non davanti alla centrale, anche se l'edificio tozzo accanto era altrettanto squallido. Tre piani di mattoni marroni che avrebbero avuto bisogno di una mano di vernice, o almeno di un'idropulitrice, ma non si poteva dire ora - l'intero lotto era dipinto con ampie pennellate di onice, evidenziate dal bagliore giallo-bianco che trasudava dal lampione e schizzava le sue scarpe da ginnastica. La brezza sibilava contro la sua guancia.

«E Nace?» disse all'improvviso. Margot Nace era una ragazza che Norton aveva tenuto rinchiusa per oltre un anno e l'unica oltre a Shannon ad essere sopravvissuta. Lei e suo figlio - il figlio di Norton - ora vivevano a Pontiac. Se il loro criminale stava rivisitando i vecchi crimini di Norton...

«Sloan si sta dirigendo lì per assicurarsene, e ha già parlato con sua madre - Margot è al lavoro stasera. La sorveglierà e la accompagnerà a casa sana e salva, e domani mattina andremo lì per parlare con lei.»

Sua madre. *Giusto*. Margot era solo un'adolescente quando fu rapita - tredici anni se ricordava bene, quattordici quando l'avevano trovata. Quanti anni avrebbe ora? Diciannove? Forse venti? Tanta infanzia da recuperare. Almeno sua madre era stata più che felice di prendersi cura del bambino; crescerli entrambi. Dare a entrambi una possibilità.

Ma cosa sarebbe successo al figlio neonato di Ruby? Entrambi i suoi genitori erano morti, e suo nonno, il padre di Ruby, l'unico parente di sangue rimasto al bambino, non riusciva nemmeno a prendersi cura di sé stesso.

«Ehi, concentrati, vuoi?» disse Jackson, salendo sul marciapiede davanti all'edificio. Lui girò bruscamente la testa nella sua direzione - gli stava parlando? «È tardi, e abbiamo solo dieci minuti con il dottore.» Jackson spalancò la porta dell'ufficio, il silenzio sommesso dall'interno si riversò nella sera come uno stormo di uccelli in volo silenzioso, l'unico rumore l'aria sotto le loro ali. Ma l'aria smise di sibilare mentre seguiva Jackson nell'ufficio interno di McCallum attraverso la porta aperta.

McCallum non era solo. Un uomo nero alto era in piedi davanti alla scrivania del dottore, incombendo sullo strizzacervelli, la schiena rigida, i muscoli tesi - in atteggiamento di confronto. Gli occhi del dottore si spostarono verso di loro quando entrarono, e l'uomo si voltò. Baffi folti, barba folta, occhiali - Andre Carroll. Il marito del capo.

L'uomo li fulminò con lo sguardo e, con un'ultima occhiata a McCallum, si fece largo fuori dall'ufficio, urtando la spalla di Jackson. Il calore salì nel petto di Petrosky - finalmente, qualcosa oltre quel torpore doloroso e vuoto - ma svanì altrettanto rapidamente. Tuttavia, disse: «Guarda dove vai.»

«Come se ti importasse dei confini,» sbottò Andre sopra la spalla. La porta esterna si chiuse con un tonfo dietro di lui, portando via ancora una volta la notte.

«Di cosa si trattava?» disse Jackson.

«Oh, sai. Il solito.» Le guance da pallina da ping-pong di McCallum si sollevarono mentre forzava un sorriso, ma non raggiunse gli occhi. Era successo qualcosa? Il capo stava bene? Petrosky non aveva modo di saperlo; non faceva più parte della sua vita. Di nuovo, aspettò che le sue viscere si contorcessero, che il suo cuore reagisse in *qualche modo*, ma i suoi polmoni continuavano a funzionare e il suo cuore rimaneva freddo. Era morto - morto dentro.

«Conosce il caso?» chiese Jackson al dottore, scivolando nella poltrona di pelle di fronte alla scrivania di McCallum.

Il dottore annuì, gli occhi chiari brillavano alla luce della lampada, le iridi stranamente verdi contro la giacca di tweed verde lime che indossava: toppe sui gomiti e tutto il resto. Un mix tra un professore di letteratura con cattedra e il Dr. Freud.

Le ossa di Petrosky dolevano, le ginocchia scricchiolavano mentre si abbassava nella sedia accanto a lei. «Allora, cosa può dirci del nostro imitatore?»

«Beh, il suo recente cambiamento di schema è significativo e preoccupante - molto divergente dai suoi crimini precedenti. Ma credo che abbiate un fan, non un imitatore.»

Non un emulatore? Petrosky alzò un sopracciglio. «Non ha senso. Ha posizionato il corpo di Ruby» - *Hyde, non Ruby, una sconosciuta* - «proprio in quel vicolo, e ha lasciato il bambino in un seminterrato. Hyde era persino rossa di capelli, proprio come Lisa Walsh». Non se n'era ricordato fino a quel momento, ma ora le immagini del corpo di Walsh nel vicolo gli tornarono alla mente con prepotenza. Il suo ventre gonfio striato di smagliature viola. L'enorme buco nella spalla. Il viso schiacciato, senza un solo dente al suo posto. Ma non era lo stesso vicolo - il colpevole li aveva tenuti sulle spine in quel caso. Petrosky continuò: «Ha persino usato del nastro adesivo su scatole di cartone per imitare la scena originale del seminterrato. Non credo si sarebbe dato tanto da fare se non stesse cercando di replicare i crimini». Ed era stato attento. I tecnici non avevano trovato nemmeno una traccia di prove forensi, né sulle scatole, né sul nastro, né sul telaio della finestra o sulla maniglia della porta. Stavano ancora setacciando il posto, ma Petrosky avrebbe scommesso le palle di Andre che non avrebbero trovato nulla. Non le sue, però - almeno quella speranza gli rimaneva.

McCallum si appoggiò allo schienale della sedia, unendo le dita a punta e premendo gli indici sulle labbra - la più psicoanalitica delle mosse da psicoanalista. «Ma gli elementi più critici dei crimini di Norton non sono gli stessi; non sono nemmeno simili. La parte più degna di nota del modello più recente di Norton era l'elemento della tortura medievale. E la gola di Lisa Walsh non è stata tagliata come quella di Hyde; Norton ha impalato quella povera ragazza su un palo di legno, lasciandola morire lentamente. Il suo bambino è stato gettato da una finestra nel pieno dell'inverno, subendo gravi lesioni nel processo, e per poco non è morto di ipotermia. E la proprietaria di quel seminterrato è stata fatta a pezzi sul suo prato. Il vostro sospettato non ha copiato nessuna di queste cose, almeno non fedelmente».

«Anche questo proprietario è stato ucciso, solo non nello stesso giorno». E non sul prato davanti - l'assassino aveva tagliato la gola a Webb e lo aveva lasciato in un'auto, come le altre vittime. Più pulito di Norton, e molto più efficiente. «E il bambino di Lisa Walsh è sopravvissuto, come sopravviverà quello di Ruby». Margot Nace e suo figlio... erano sopravvissuti anche loro. Ma solo perché li aveva trovati in tempo.

McCallum stava scuotendo la testa, facendo ondeggiare le dita unite, avanti e indietro, avanti e indietro. «Vero, ma comunque non è la stessa cosa. La sua messa in scena è stata superficiale». McCallum abbassò le mani sulla scrivania e si sporse su di esse, e quando incrociò lo sguardo di Petrosky, c'era più che cameratismo professionale - Petrosky si sentì come un insetto sotto la lente d'ingrandimento di un bambino crudele. Il dottore stava osservando per vedere se si sarebbe spezzato dovendo riaprire il fascicolo del caso Morrison? Ma non si sarebbe spezzato; sarebbe stato un lento, silenzioso scivolare nell'oblio, osservando la luce scomparire centimetro dopo centimetro sempre più piccolo fino a quando non ci sarebbe stato più nulla. Nulla del tutto. Poteva quasi sentire quelle parole echeggiare come se fosse già nel vuoto.

«Non credo che si tratti di Norton», disse McCallum, riportandolo nella stanza, alla poltrona di pelle, alla scrivania lucida e al corpulento dottore avvolto in tweed. «Certo, forse pensa che Norton sia un genio del male, magari si è ossessionato con i ritagli di giornale-»

«Ritagli?» disse Petrosky. «Che è, il 1952?»

Jackson sbuffò. «Mi hai chiesto ieri cosa significa YOLO».

Il viso del dottore rimase serio. «Non è una coincidenza che sia qui ad Ash Park. Nessuno sapeva che i suoi crimini fossero collegati fino a quando Decantor non ha preso il caso di Webb - avrebbe potuto facilmente continuare con il suo schema in altri distretti, altri stati, ma non l'ha fatto. E nessun altro crimine nel fascicolo di Norton si avvicina a questi omicidi seriali, tranne la morte del detective Morrison». Con quest'ultima frase, Petrosky non era più un oggetto sotto una lente d'ingrandimento; gli occhi di McCallum erano fasci focalizzati di luce solare, il suo sguardo bruciava il viso di Petrosky. «L'uccisione di Morrison ha mostrato al vostro sospettato come voleva che apparisse il suo modus operandi. E lo ha ripetuto da allora. Fino ad ora».

Jackson si strofinò le tempie, ma abbassò le mani mentre chiedeva: «Quindi ha seguito la copertura mediatica di Norton e ha detto a se stesso: "Ehi, sembra una buona idea"?»

«Penso che abbia sempre avuto queste inclinazioni, ma non sapesse come metterle in atto fino a quel caso, e con il sensazionalismo...» Si interruppe, ma tutti sapevano la fine di quella frase: alcuni psicopatici amavano i riflettori, e se quegli stronzi potevano copiare un crimine di alto profilo e far apparire il proprio volto sui notiziari, lo avrebbero fatto.

«Ma non è interessato solo a ricreare Norton», continuò McCallum. «Se stesse copiando Norton da cima a fondo, avremmo visto altri crimini simili a quelli nel fascicolo di Norton. E non li abbiamo visti, non fino a questa settimana. E se il suo obiettivo fosse finire ciò che Norton ha iniziato, avrebbe preso di mira anche i sopravvissuti».

«E Shannon e i bambini?» sbottò Petrosky. La sua voce era uscita pressata, ma senza la corrispondente oppressione al petto - non sapeva di volerlo chiedere finché le parole non erano state nell'aria. Ma era contento di averlo fatto. Forse McCallum avrebbe potuto convincere il capo che Shannon aveva bisogno di una protezione migliore di qualche pattuglia e del suo stupido culo. Beh, e di Duke. Quel bestione si sarebbe assicurato che nessuno le si avvicinasse.

Il dottore scosse la testa. «È giusto essere cauti nel caso improbabile che cambi tattica, anche se sospetto che sarebbe già andato dietro a Shannon se quella fosse stata la sua intenzione. Anche se sa dove si trova Shannon, avete un sistema di sicurezza incredibile dai vicini, Duke a casa tua... Shannon, Henry ed Evie staranno bene. Inoltre, ho sentito dire che è molto brava con la pistola».

«Sì, Evie è una vera tiratrice scelta». La sua voce era un po' più leggera? La sua gola non era così stretta, forse, ma era difficile dirlo con certezza.

Lo sguardo del dottore si era oscurato. McCallum intrecciò le dita sulla scrivania e si sporse sulle mani giunte. «Questo salto al rapimento, a profili di vittime diversi, alla messa in scena di quelle scene... è preoccupante. Non sappiamo a cosa stia reagendo l'assassino. O quale potrebbe essere la sua prossima mossa».

Jackson si mosse accanto a Petrosky, colpendogli il gomito dal bracciolo con abbastanza forza da farlo sussultare, ma quando parlò, la sua voce era dolce. «Quando sarà il momento di avvertire il pubblico, cosa dovremmo dire loro di tenere d'occhio oltre al furgone?»

Petrosky aggrottò la fronte - la pubblicità poteva solo peggiorare le cose con un assassino che si nutriva delle lacrime della popolazione.

«I serial killer di questo tipo tendono ad essere maschi bianchi sulla trentina», disse McCallum. «Ed è forte abbastanza da sollevare quei corpi nei veicoli. Probabilmente agisce da solo: una persona così meticolosa riguardo alla lama e alla scena è probabilmente un solitario cauto che aborrirebbe l'idea di coinvolgere qualcuno che potrebbe tradirlo o, peggio ancora, mandare all'aria il suo schema. Ma con il cambiamento del modus operandi, non possiamo esserne certi». Il dottore sospirò, e in quel momento, i suoi occhi apparvero più scuri di quanto fossero stati tutta la sera, le sue iridi solitamente luminose cerchiate di blu navy. «Credo che ora tutte le scommesse siano annullate: c'è un piano finale, e questo cambiamento nel modus operandi non è un caso. E se ha seguito i crimini di Norton - ed è chiaro che l'ha fatto - ha seguito anche voi».

«Me?» Petrosky trasalì. «Pensa che stia cercando di-»

McCallum alzò una mano. «Intendo dire che ha seguito la polizia - le vostre azioni dopo i crimini di Norton. Il che significa che ha imparato da ogni errore commesso da Norton. E finora, è riuscito a evitare di lasciare una singola prova forense. In parte è questione di pianificazione. Osservazione. Pedina non solo le vittime, ma anche le scene del crimine e le persone che gli danno la caccia. Non commetterà errori, non come ha fatto Norton».

«Sembra che si creda più intelligente di Norton», disse Jackson.

Gli occhi di McCallum si strinsero, pensierosi, ed era molto meglio dello sguardo penetrante che aveva rivolto a Petrosky. «Credo che sia vero. Sta emulando i crimini di

Norton ma li sta cambiando, migliorandoli. Ha reso ogni omicidio molto più efficiente, il che significa che è più sicuro per lui. E se vuole dimostrare una volta per tutte di essere migliore di Norton...» McCallum fissò di nuovo Petrosky. «Cosa avrebbe considerato Norton un errore? Qual è stato il suo errore più grande?»

L'errore più grande di Norton? Quello che l'aveva ucciso. «Permettermi di trovarlo». E all'improvviso, Petrosky poteva sentire i gradini della scala sotto la sua schiena e il tirare dei punti freschi nel petto, poteva vedere Norton sopra di lui, ghignante, consapevole di aver vinto. E poi la testa di Norton che esplodeva. Il puzzo di polvere da sparo. La ragazza, quella povera ragazza, la pistola in mano.

Mantenere le sue vittime in vita era stato l'errore fatale di Norton. Se l'assassino avesse seguito questo nuovo percorso, le sue vittime non ne sarebbero uscite vive.

CAPITOLO 11

Petrosky ascoltò il tintinnio vivace del campanello, la luminosità del primo mattino che gli feriva gli occhi. La sua bocca sapeva ancora un po' del liquore che aveva nascosto nella sua Caprice, ma sapeva più di collutorio, e si sentiva notevolmente composto anche se il suo cuore palpitava con piccoli sussulti che probabilmente avrebbero dovuto essere controllati. Ma chi aveva tempo per un dottore con un serial killer a piede libero?

Avevano sistemato al sicuro sia Margot Nace che Shannon la notte scorsa, Shannon e i bambini nelle sue camere degli ospiti. Nessun segno che avesse visto la bottiglia di liquore non aperta dietro il pannello finto sotto il lavandino della cucina - così dannatamente ingegnoso. *Prendete questa, HGTV.*

Ma sebbene Shannon e Nace sembrassero al sicuro per il momento, c'era un altro bambino a cui un ammiratore di Norton poteva essere interessato: il bambino che la vittima di Norton aveva fatto passare attraverso una finestra del seminterrato anni fa. Questo killer non sembrava interessato a far del male ai bambini - i medici dell'ospedale avevano detto che il figlio di Hyde era perfettamente sano senza segni di abusi - e Bloomfield era molto fuori dalla sua zona di uccisione, ma la casa di Stella era sulla strada per Pontiac dove vivevano Margot Nace e sua madre.

Jackson suonò di nuovo il campanello. Questa volta, dei passi si avvicinarono, più simili a uno scalpicciare dall'altro lato della porta. Un mormorio, una donna. Una voce più alta rispose - un bambino.

La porta si aprì verso l'interno.

Stella, la neonata che aveva trovato nel seminterrato, debole e spezzata e nascosta dietro muri di cartone, non era più una bimba - solo un anno o due più giovane di Evie. Spesso si chiedeva se Morrison l'avrebbe adottata se fosse vissuto. Pensava di sì.

La bambina sembrava abbastanza felice, offrendo loro un sorriso sdentato, occhi luminosi, capelli rossi quanto quelli della donna accanto a lei erano biondi. Salutò con la mano - amichevole. Fiduciosa. Questo lo sorprese, anche se sapeva che non avrebbe dovuto; era troppo piccola per ricordare il trauma. Dio, assomigliava davvero a sua madre. Ma Lisa Walsh, sebbene l'avesse partorita, non era davvero sua madre. La donna in piedi alle spalle di Stella, i suoi occhi socchiusi verso Petrosky, interrogativi ma feroci - *quella* era una madre. E dalla rigida posizione della sua mascella, chiaramente sapeva fin troppo bene delle difficili prime settimane di Stella.

Petrosky e Jackson mostrarono i loro distintivi, e gli occhi marroni della signora Paltrow si allargarono. Stava indossando del mascara? Chi stava cercando di impressionare?

Li condusse in cucina e si sedette di fronte a loro al tavolo da pranzo. Stella sgattaiolò via verso la sua camera da letto, e meno male - vederla stava peggiorando quella strana sensazione di palpitazione dietro lo sterno, e non voleva avere un attacco di cuore prima di trovare quel bastardo.

«Sembra che stia andando meravigliosamente», disse Petrosky. «L'ultima volta che l'ho vista...» Abbassò lo sguardo sul tavolo, improvvisamente sicuro che avrebbe visto accusa negli occhi di Paltrow - *Non hai salvato sua madre, non hai salvato Ruby, non sei riuscito nemmeno a salvare il tuo partner, la cosa più vicina che avevi a un figlio. A cosa servi?*

Ma la voce di Paltrow era calma e notevolmente non combattiva. Anche questo lo sorprese. «Non ricorda nulla, giusto per farle sapere. Ho parlato con medici e psichiatri e psicologi, e tutti dicono la stessa cosa: che non ricorderà mai quelle prime settimane; che nessun bambino lo farebbe. Che sta bene».

Petrosky annuì al tavolo di quercia come se ne approvasse la lavorazione. Meglio così - non ricordare. Così tante cose che avrebbe preferito dimenticare.

Alzò la testa per vedere Paltrow che lo fissava. «Allora, mi direte di cosa si tratta?»

Jackson appoggiò gli avambracci sul tavolo, il suo sguardo sincero e fermo. «Non vogliamo allarmarla, ma abbiamo una serie di crimini che sembrano collegati a quelli commessi da Adam Norton».

Non avrebbero avuto bisogno di spiegare chi fosse - la donna si portò le dita alle labbra, gli occhi spalancati dall'orrore. «Pensa... siamo in pericolo? Stella...»

Forse. Ma Jackson scosse la testa. «Non abbiamo motivo di credere che qualcuno voglia far del male a sua figlia. Ma l'uomo che stiamo cercando potrebbe essere ossessionato da Norton, il che significa che potrebbe aver voluto dare un'occhiata a Stella. Vogliamo solo assicurarci che non sia stato da queste parti».

Paltrow scosse la testa. «Non ho visto nessuno». Ma qui fece una pausa, il viso pallido. I suoi occhi si strinsero. *Uh-*

oh. «Abbiamo ricevuto alcune chiamate di scherzo, ma non ci ho dato peso. Pensa... pensa che quelle chiamate potrebbero essere state lui, che cercava di vedere se lei fosse qui?»

«Cosa diceva chi chiamava?» chiese Jackson.

«Oh, niente - non parlavano affatto. Solo riattaccavano».

Questo potrebbe rivelarsi meno utile, ma almeno potevano rintracciare le chiamate. Rimase a fissare stupidamente mentre Jackson annotava le date e gli orari, le orecchie tese al minimo cambiamento nell'atmosfera, il clic di una maniglia, i passi felpati di un killer. E se il loro sospetto fosse già in casa? Era con Stella ora? Poteva quasi sentirla ridacchiare mentre saltellava verso il furgone del killer, seguendolo come bambini ignari che seguivano il Pifferaio Magico.

«Ha mai avuto la sensazione di essere osservata?» disse Jackson, strappandolo dalla sua bizzarra fantasia. Cosa c'era che non andava in lui? «Veicoli strani, qualcosa del genere?»

La mascella di Paltrow si abbassò. «Scusi?»

«Sto solo cercando di essere scrupolosa», disse Jackson. E non potevano guidarla. Se avessero detto a Paltrow che stavano cercando un furgone, avrebbe potuto immaginare un furgone dal nulla e mandarli in una caccia al fantasma. E non avevano tempo da perdere. Non c'era da meravigliarsi che Decantor non avesse detto nulla ai testimoni più recenti. A Ruby - *Hyde*. Il suo petto si contrasse e si rilassò, farfalle arrabbiate che eruppero da un punto sotto l'apice delle sue costole.

«No, non ho visto nessuno che ci osservasse. Non mi sono sentita in pericolo... fino ad ora». Sospirò e scosse la testa. «Non riesco proprio a crederci. Quando abbiamo adottato Stella, sapendo che entrambi i suoi genitori erano morti, che il mostro che era stato il suo...» Deglutì. *Suo padre*. Avevano tutti sentito la fine di quella frase, ma nessuno di loro l'avrebbe chiamato Norton così; non meritava quel titolo. Lisa Walsh era morta per sfuggirgli; aveva pagato con la sua vita perché Stella potesse essere qui con i Paltrow. E Petrosky sarebbe stato dannato se avesse visto tutto questo distrutto.

Paltrow sussultò a un rumore nel vialetto, e Petrosky era già in piedi quando la porta d'ingresso si spalancò con un tonfo. Passi pesanti. «Mamma!» Una ragazza adolescente - forse sedici anni - si precipitò nella sala da pranzo, i capelli biondi e ricci che volavano dietro di lei. Si bloccò quando li vide. «Oh, scusate.»

I suoi muscoli si rilassarono, ma la mano di Jackson - stava stringendo la carne del suo avambraccio, il suo sguardo preoccupato. Seguì i suoi occhi fino a... la sua pistola. Abbassò il braccio. Non ricordava nemmeno di averlo alzato al fianco, non ricordava di aver infilato il dito dietro il grilletto.

Per fortuna, Paltrow non lo stava guardando; era in piedi, di spalle al tavolo, rivolta verso la ragazza sulla porta. L'adolescente aveva la stessa corporatura snella della signora Paltrow. Gli stessi capelli. O era una figlia biologica o Paltrow aveva avuto la fortuna di avere una bambina che era il suo ritratto sputato.

Paltrow indicò le scale. «Heather, puoi andare a-»

«In realtà, potremmo aver bisogno di lei», disse Petrosky, ma quel nome - *Heather* - gli provocò una fitta sorda nella pancia; prima di Linda, c'era stata Heather. Scacciò il nome dalla mente. «Solo per un momento. Sarebbe utile sapere se ha visto qualcosa.»

Heather lo fissò, i suoi occhi azzurri spalancati come quelli di sua madre, le labbra altrettanto arricciate verso il basso. Acciglitata. Ma scivolò su una sedia vuota al tavolo. E aspettò che Petrosky andasse al sodo.

CAPITOLO 12

La giornata si era riscaldata rapidamente, il sole già bruciava i peli del suo braccio attraverso i finestrini oscurati di Jackson. Probabilmente avrebbe dovuto chiederle di fermarsi per prendere altro caffè, un panino con la salsiccia, qualcosa, ma non pensava di riuscire a mangiare anche se avesse voluto; lo stomaco gli sembrava pesante, acido e nauseato, ben lontano dal fremito distaccato con cui aveva iniziato la giornata. Avrebbe dovuto fare colazione. Di solito Billie gli metteva in mano una barretta di cereali mentre usciva per andare al lavoro, ma non aveva avuto bisogno di lasciare Duke dai vicini come faceva la maggior parte delle mattine, non con Shannon e i bambini a casa.

Si strofinò il braccio dolente e sospirò. Heather non sapeva nulla di più di sua madre: nessun veicolo strano, nessuno che la seguiva, nessuno fuori casa quando usciva presto per gli allenamenti di nuoto o tornava tardi dagli allenamenti di cheerleading. E i Paltrow avevano un campanello con videocamera funzionante: niente di sospetto. Era un bene; più che un bene. Se il loro sospettato non stava osservando Stella o la sua famiglia, non era interessato a loro nonostante il legame biologico di Stella con Norton. McCallum probabilmente aveva ragione: questo tizio stava selezionando i crimini di Norton e migliorandoli, diventando un assassino più efficiente di quanto Norton fosse mai stato. Certamente non si trattava di tortura; il medico legale aveva chiamato, e mentre c'erano alcuni segni di legatura intorno ai polsi di Hyde, il pestaggio era avvenuto post mortem, solo cercando di copiare la scena. Nessuna secrezione o segni di lattice, quindi non l'aveva violentata. Nemmeno droghe nel suo sistema, quindi probabilmente era entrata in travaglio da sola, aveva partorito ed era stata uccisa poco dopo. Poi l'assassino aveva abbandonato Hyde e il suo bambino.

Veloce. Efficiente. Il brivido del sospettato era nell'uccidere stesso. Ma dal modo in cui si stava atteggiando per la fama con questi crimini più sensazionali, voleva anche la notorietà di Norton, e dannazione se Petrosky gliela avrebbe concessa.

Cos'altro vuoi, stronzo? Dove si nasconderebbe un idiota ossessionato da Norton? Scott aveva già cercato gruppi di chat online relativi a Norton ma non aveva trovato nulla; per quanto Norton fosse stato famigerato durante la sua scia di crimini, la storia l'aveva per lo più dimenticato. Ma Petrosky no. E nemmeno le donne che stavano andando a vedere ora.

Jackson si fermò davanti a una casa coloniale in mattoni rossi, un alto cancello in ferro battuto che conduceva al cortile sul retro: due cani enormi stavano attualmente impazzendo dall'altro lato delle sbarre. Rottweiler. Gli animali facevano sembrare il posto più sicuro, e questo calmò un po' il suo cuore. Ma non abbastanza. Due volte, Petrosky si fermò mentre percorrevano il vialetto d'ingresso, la vertigine lo tirava, i suoi polmoni stretti e mal equipaggiati per farlo andare avanti. Due volte, costrinse i piedi a muoversi. Ma quando Margot Nace aprì la porta in persona, i suoi polmoni smisero di funzionare del tutto. L'aria si indurì come ghiaccio nella sua gola.

I suoi capelli erano di un arancione brillante, lo stesso delle altre vittime di Norton: aveva sempre avuto un debole per le rosse. Ma a differenza del disordine crespo che erano stati i suoi capelli quando Petrosky l'aveva trovata in quel seminterrato, con la sua amica morta incatenata al muro accanto a lei - *Ava, Ava Fenderson* - i suoi capelli erano lucidi, ondulati, fissati alla nuca con un nastro giallo. Forse un po' infantile, ma si era persa una buona parte della sua infanzia; Norton gliel'aveva rubata quando l'aveva rapita. Quando l'aveva costretta a portare in grembo il suo bambino e aveva rinchiuso il ragazzo in una gabbia.

Si fece forza e le rivolse lo sguardo, aspettando un barlume di riconoscimento, ma Margot si limitò ad annuire a lui e Jackson a turno e li condusse in soggiorno. La moquette inghiottì i loro passi, il che rese ancora più evidente il suono del pastello sulla carta; il bambino dai capelli rossi sul pavimento teneva gli occhi fissi sul libro da colorare aperto sul tavolino, scarabocchiando, scarabocchiando, scarabocchiando. La madre di Margot era già seduta sul divanetto, i suoi riccioli stretti attraversati da striature bianche come se l'esperienza con Norton l'avesse invecchiata. Si accomodarono sul divano di fronte a lei, ma nonostante le rassicurazioni di Jackson che erano lì solo per fare alcune domande, nonostante Jackson le dicesse che non avevano motivo di credere che Margot fosse in pericolo, il viso di Nace rimaneva carico di una preoccupazione al limite del terrore assoluto. Sicuramente ricordava il rapimento di sua figlia come se fosse ieri, sicuramente sentiva ancora il dolore di vedere la sua bambina maltrattata dopo un anno di prigionia, l'agonia di vedere la carne sfregiata di sua figlia, l'ansia di incontrare il neonato che Margot era stata costretta a portare in grembo per il suo rapitore.

Il bambino alzò lo sguardo come se potesse leggere i pensieri di Petrosky, un pastello stretto nel pugno come un'arma: gli occhi di Norton fissarono Petrosky, quel luccichio scuro che diceva più di quanto le parole potessero mai fare. Anche il ragazzino era uno psicopatico? Il sangue gli si gelò nelle vene, e tra quello e la stretta gelida nei polmoni, si sentiva come se stesse annegando in un lago di dicembre. I cani fuori abbaiavano, abbaiavano, abbaiavano.

«Petrosky?»

«Hm?» Guardò verso di lei. Jackson aveva le sopracciglia alzate come se gli avesse detto qualcosa, ma lui non l'aveva sentita parlare. «Mi scusi, vada avanti.»

Jackson si voltò di nuovo verso Margot, che si era sistemata sul divanetto accanto a sua madre. Gli occhi di Margot lo bruciavano come quelli di McCallum, come se anche lei stesse solo aspettando che crollasse. Ma ovviamente era così; se non avesse avuto bisogno di far uscire Margot da quel seminterrato, sarebbe morto volentieri lì con Norton, e Margot lo sapeva. Aggrottò le sopracciglia. Il suo dito sul grilletto aveva avuto un fremito?

«Come ho spiegato al telefono» stava dicendo Jackson, «volevamo solo assicurarci che le cose stiano ancora andando bene per voi qui. Che non abbiate avuto esperienze insolite.»

Margot e sua madre si scambiarono uno sguardo. Gli occhi di Margot erano spenti, quasi annoiati, ma il viso di sua madre era teso: la donna era davvero terrorizzata. La sua voce tremava mentre diceva: «Insolite come...»

«Avete visto veicoli in giro che non riconoscevate?»

Margot abbassò la testa, gli occhi sul suo grembo.

Stava evitando la domanda? Non aveva motivo di nascondere un veicolo sospetto. Ma le spalle di sua madre si rilassarono. «No, niente» disse. «E sono sempre all'erta per cose del genere dopo quello che... è successo. Cercando di proteggere Martin.» Fece un gesto verso il bambino, che si voltò a guardarla, sorrise e tornò al suo libro da colorare. Avrebbero dovuto fare questo davanti a lui? Forse era troppo piccolo per interessarsene.

«E persone per strada?» chiese Jackson. «Qualcuno che vi ha fatto sentire a disagio?»

La testa di Margot scattò all'insù. «È uno scherzo?» Il suo viso era impallidito, i suoi occhi non erano più annoiati: le fiamme divampavano nelle sue iridi. «Non posso andare da nessuna parte senza che la gente mi faccia sentire a disagio. Sto sempre aspettando che lui torni. Che qualcun altro mi rapisca. Non riesco nemmeno a salire su un ascensore, perché nel momento in cui le porte si chiudono, mi ritrovo di nuovo lì con lui. Persino qui, in questa casa...» Rabbrividì, e sua madre le mise un braccio intorno alle spalle. Margot non reagì al suo tocco. Martin continuò a colorare come se questi sfoghi accadessero tutto il tempo, e forse era così: queste donne sarebbero state in massima allerta per il resto delle loro vite. Faceva schifo, ma dannazione se questo non faceva sciogliere il ghiaccio nei suoi polmoni. Erano al sicuro. Se qualcuno avesse notato un pickup sospetto in agguato nell'ombra, sarebbero state loro due.

«Ci dispiace tirare fuori tutto questo», disse Petrosky, con voce bassa. «Ma dovevamo chiedere».

«Non ci avete nemmeno detto di cosa si tratta», disse Margot. «Volevate solo chiedere di esperienze insolite? Perché? Qualcuno sta cercando di farmi del male? Non ho dormito per niente, ho passato tutta la notte con il naso premuto contro la finestra».

Jackson alzò una mano. Il bambino al tavolo guardò di nuovo Margot, con gli occhi spalancati, la sua espressione ora meno simile a quella di Norton e più a quella di un bambino spaventato. *Dio, è solo un bambino, a cosa stavo pensando?*

«Non crediamo che il nostro caso attuale abbia nulla a che fare con voi», disse Jackson.

«Allora perché siete qui?» Stava praticamente urlando.

Il bambino lasciò cadere il suo pastello e corse verso il divanetto, ma non si avvicinò a Margot: si arrampicò in grembo a sua nonna e nascose la testa nel suo petto. Fuori, gli animali ricominciarono ad abbaiare con fervore, una sinfonia acuta e agitata di ululati, ringhii e morsi.

«Guarda cosa mi ha fatto!» Margot tirò giù la sua maglietta, esponendo una cicatrice rosa lucida sul petto, quella con cui Norton aveva marchiato tutte le sue vittime: *#1*. «Non voglio più fare questo». Scattò in piedi e uscì dalla stanza a grandi passi; sua madre la guardò andare via senza dire una parola. Il bambino premette il viso con più forza nella camicia della nonna.

«Ascoltate, detective, vi aiuterò in ogni modo possibile, lo sapete». Il suo sguardo rimase fisso sul corridoio, dove Margot era scomparsa. «Ma ci dovete la verità. Siamo in pericolo?» Finalmente si voltò di nuovo verso di loro, con gli occhi lucidi e il naso rosso.

Petrosky guardò Jackson, ma la sua partner era concentrata sulla donna di fronte a loro. «Non lo crediamo, signora. Ma tra noi, potremmo avere un uomo là fuori che venera Norton. Finora, non c'è alcuna indicazione che verrebbe qui, che andrebbe dietro a qualcuna delle precedenti vittime di Norton, ma...»

«Ma non potete esserne sicuri». La sua voce conteneva meno panico ora: rassegnazione, come un uomo nervoso con un neo incrostato che riceve una diagnosi di cancro e dorme per la prima volta in mesi. Con il reale si poteva avere a che fare. Il reale era più facile dei demoni dentro la tua testa.

Petrosky si schiarì la gola. «Se vedete qualcuno di sospetto, chiamateci. Avete un allarme?»

Lei annuì. «Assolutamente. Allarmi alle porte, sensori di rottura vetri, tutto il necessario. E quei cani dormono con Margot e mio nipote qui. Li tengono d'occhio con molta attenzione». Il suo viso si era indurito, i suoi occhi d'acciaio: non più lucidi. Non più spaventati. Determinati.

«Bene». Chiunque si fosse avvicinato a questa proprietà sarebbe diventato cibo per cani prima di poter reclamare un'altra vittima. *Questa è stata una perdita di tempo.* Si alzò in piedi. «Torniamo alla centrale, Jackson. Lasciamo in pace queste brave persone».

Di ritorno alla centrale. Dove c'era la sua auto. La sua piccola bottiglia di Jack. E che Dio lo aiutasse, ne aveva bisogno.

CAPITOLO 13

«Ho ricevuto i risultati del tracciamento», disse Jackson, lasciandosi cadere sulla sedia alla sua scrivania.

Petrosky spinse da parte la tastiera, insieme ai documenti inutili della motorizzazione. Decantor aveva già controllato i camion e tutte le telecamere di sicurezza intorno alle scene del crimine - niente. Cosa gli aveva fatto pensare che avrebbe potuto fare di meglio? Decantor era un buon poliziotto. E era sobrio.

«Il tracciamento?» disse. Per quanto ne sapeva, il loro sospettato non aveva lasciato nemmeno la più piccola traccia forense su nessuna delle scene del crimine. Non aveva nemmeno forzato la porta della casa dove aveva lasciato il bambino - probabilmente il tipo aveva preso una vecchia chiave dal proprietario quando l'aveva ucciso.

«Il tracciamento telefonico. Dalla casa dei Paltrow». Jackson posò un foglio sulla sua scrivania: un nome e un indirizzo.

Ah sì. Giusto. «E quindi?» Non pensava che il loro killer

sarebbe stato così negligente da chiamare, soprattutto quando il suo unico punto d'interesse avrebbe dovuto essere una bambina dell'asilo, ma forse erano stati fortunati.

«Le chiamate provenivano da un cellulare, il cui proprietario vive a tre miglia dai Paltrow: Tanner Beattie. Paltrow dice che conoscono il ragazzo; è un ex fidanzato di Heather».

«Quindi solo uno stupido ragazzino che fa scherzi telefonici alla sua ex?» Molto deludente.

Jackson annuì, ma non sembrava turbata, e nemmeno lui lo era, non veramente - meglio un ex fidanzato stupido che un serial killer alla ricerca della figlia di Norton. Ma un numero di telefono avrebbe potuto aiutarli a catturare il bastardo. Al momento, non c'erano indizi, nessuna prova che il loro uomo stesse pedinando le vittime passate, e nessuna prova che conoscesse qualcuna delle vittime prima di ucciderle. Il che lasciava... il camion. Quel maledetto camion. Almeno quattro o cinque anni, dato che era stato visto nei crimini più vecchi, ma questo non restringeva molto il campo.

«Stai per andartene?» La voce di Jackson arrivò da dietro - la sua sedia alla scrivania era vuota.

Si voltò per vederla infilarsi la giacca. «Sì, me ne andrò tra poco». Aveva solo una fermata da fare. E non aveva bisogno che Jackson lo guardasse farlo.

L'aria si era raffreddata con il tramonto, lasciando dietro di sé un brivido intrecciato con il sottile profumo di bella di notte e erba appena tagliata. Parcheggiò sul marciapiede tre case più in là dalla sua destinazione, all'ombra di una vecchia quercia. Uno shot di Jack gli bruciò la gola, coraggio liquido in circostanze normali, ma non questa sera.

Non aveva bisogno di coraggio per questo.

La casa dei Beattie sembrava identica all'immagine su Google Earth, con una piccola staccionata bianca che arrivava solo all'anca di Petrosky - qualsiasi animale che si rispetti l'avrebbe saltata a piacimento, quindi probabilmente avevano uno di quei cagnolini insignificanti. Topi cresciuti, in realtà. Ma nessuna minuscola creatura abbaiò oltre la staccionata mentre si dirigeva su per il vialetto. Nessun ringhio risuonò dall'oscurità opprimente lungo il fianco della casa mentre scivolava dietro il cancello sul retro. Sapeva per certo che il piccolo Tanner aveva l'allenamento di hockey stasera in un palaghiaccio a dieci minuti di distanza. E era finito cinque minuti fa.

Non dovette aspettare a lungo. Petrosky si premette contro i mattoni mentre una Sebring decappottabile strideva nel vialetto e si fermava esattamente al centro, l'ultimo "vaffanculo" ai suoi genitori o a qualsiasi altra persona che avrebbe voluto parcheggiare accanto a lui. Il ragazzo che emerse dal lato del guidatore aveva i capelli biondi rasati vicino al cranio, i fari sopra il garage facevano brillare le punte di bianco - la sua testa sembrava un dente di leone.

Tanner si diresse lontano da Petrosky verso la porta d'ingresso con la spavalderia tipica dei ragazzi bianchi di classe medio-alta che sapevano che i soldi di papà li avrebbero tirati fuori dalla prossima accusa di stupro - ma non aveva mai incontrato Petrosky.

Petrosky scavalcò il cancello ed emerse dalle ombre. «Ehi, faccia di merda!»

Il ragazzo si voltò, lo sguardo che cadeva sulla pistola al fianco di Petrosky - aveva lasciato la giacca in macchina insieme al distintivo. Ops. Gli occhi di Tanner si allargarono. «Mamma!»

«Non lo farei se fossi in te», disse Petrosky, alzando la mano. «Altrimenti dovremmo dirle come hai molestato la tua ex ragazza». Fece un passo avanti, il *thwap* delle sue scarpe da ginnastica come un segno di punteggiatura udibile. «Pensi che Heather abbia paura di te, Tanner? Speri che possa essere abbastanza nervosa da riprenderti se la chiami qualche altra volta? Respirare tutto caldo e pesante nel suo orecchio?»

«Non l'ho chiamata». Guardò verso la casa come se si aspettasse che qualcuno uscisse, ma suo padre lavorava al pronto soccorso e non sarebbe tornato a casa fino al mattino. La mamma era allo yoga, anche se Tanner chiaramente non lo sapeva. Curioso come fosse facile trovare persone che non stavano attivamente cercando di evitarti.

«Oh, ma l'hai chiamata, Tanner». *Thwap. Thwap.* «E quando Heather ha smesso di rispondere alle tue disperate, pietose suppliche sul suo cellulare, hai iniziato a chiamare il telefono di casa».

Tanner era impallidito - il ragazzo stava anche respirando? «Non voglio problemi, amico. Mi manca solo».

«Hai dei problemi, ragazzino, che tu li voglia o no». Petrosky fece una smorfia, mostrando quanti più denti poteva. «Ha detto qualcosa che indicasse che voleva che tu continuassi a provarci?»

Tanner strinse le labbra. Scosse la testa.

«Non hai alcun diritto su di lei. Non puoi chiamarla. Non puoi vederla. E non importa come ti senti a riguardo».

«Mi dispiace», sussurrò Tanner. La sua voce tremava.

«Dovrebbe dispiacerti». Petrosky incrociò le braccia e fissò il ragazzo. «Ora ho bisogno che tu lo dica - di' che non è tua. Dimmi che rispetterai i suoi limiti».

«Mi dispiace, non è mia, la rispetterò, non le farò del male».

«Di' che la lascerai in pace».

«Lo farò, lo giuro, io-»

«Dillo!» La sua voce echeggiò contro la porta del garage e spaventò gli uccelli notturni sulle querce, che presero il volo con un irritato schiamazzo.

«La lascerò in pace, non la chiamerò, la lascerò in pace». Parlava così velocemente che tutto uscì come una sola parola. Il ragazzo sibilò un respiro, gli occhi che saettavano verso la casa e tornavano su Petrosky, poi disse, più basso, «Chi sei tu?»

«Chiamiamola una parte interessata». Si chinò così vicino da poter sentire l'odore del sudore salato del ragazzo e un orribile aroma pungente che poteva essere solo deodorante per il corpo. «E se mai la disturbi di nuovo, ti strapperò le palle e te le farò mangiare».

Si voltò sui tacchi verso un altro scoppio di stridii dal cielo. Nel momento in cui scivolò dietro il volante della sua Caprice, le ombre sembravano più leggere, il mondo meno opprimente. Accese una sigaretta e sorrise.

CAPITOLO 14

Si svegliò sentendo delle risatine, il suono acuto e tintinnante non era fastidioso come la sua sveglia. Aprì un occhio.

Evie e Henry erano in piedi accanto al letto, la bambina con le mani giunte sulla bocca, Henry che fissava sua sorella come in attesa di istruzioni - era lui quello che rideva. Julie... era solita farlo. E Linda avrebbe gemuto nel suo orecchio, chiedendo se fosse ora di alzarsi. Una volta erano stati bene insieme; Julie era stata il loro collante. Ma ora se n'era andata. Come Linda, per quanto lo riguardava.

Evie evidentemente non riusciva più a trattenersi - scoppiò a ridere e salì sul letto, saltando, saltando, saltando. L'alcol della notte precedente gli si rimescolò nello stomaco, ma almeno non aveva lasciato nulla di compromettente sul comodino.

Evie strillò, Henry ridacchiò dal suo posto accanto al letto, le pentole sbatterono contro i fornelli, poi un tonfo che potevano essere i piatti sul tavolo da pranzo. «Bambini! Colazione!»

«Oh sì!» Gli occhi di Evie si spalancarono e si lasciò cadere in ginocchio sul materasso, sul cuscino dove di solito Duke appoggiava la testa. Dov'era il grosso cane adesso? «La mamma ha detto che ha preparato il porridge e che dovresti venire a mangiare prima di dover andare al lavandino della pipì.»

Henry rise più forte. *Il distretto.* Un lavandino per la pipì sarebbe stato probabilmente più divertente. Petrosky sorrise, allungando le braccia sopra la testa. «Ha detto così, eh?»

«È per questo che siamo qui!» disse Henry, poi rise di nuovo, le sue parole addolcite dalla lisca tipica dei bambini più piccoli.

«Sì, e ha detto di chiederti perché tutte le finestre erano chiuse quando fuori è così bello.»

Petrosky guardò la finestra dietro di lui - socchiusa, ma non completamente aperta. «Mi piace semplicemente la brezza. E mette un po' più a suo agio il postino.» Indicò Duke, che era entrato nella stanza e ora lo guardava da sopra la spalla di Henry. Il cane scodinzolò con la sua coda enorme. «Riesci a immaginare questa bestia che ringhia contro di te attraverso una finestra aperta?»

«Ringhia?» Gli occhi azzurri di Henry si spalancarono. Duke gli leccò il viso.

«Non contro di te, figliolo.» *Cavolo, assomiglia a Morrison.* Allungò la mano e scompigliò i capelli del bambino, anche se improvvisamente sentì il cuore spezzarsi. «Mai contro di te.»

Il viaggio verso la prigione sembrò durare molto meno delle quattro ore indicate dal suo GPS, anche se sapeva che il tempo era passato - aveva guardato il sole trascinarsi nel cielo centimetro per centimetro dorato, aveva visto le nuvole rosa e viola lasciare il posto a batuffoli bianchi su uno sfondo di azzurro accecante. Probabilmente era per via del silenzio; per quanto amasse vedere Shannon e i bambini, avere persone nel suo spazio tutto il giorno non era l'esperienza più rilassante. Forse era perché non poteva bere a piacimento, ma preferiva fingere che fosse solo una cosa da vecchio brontolone introverso.

Sbatté la portiera della sua Caprice, l'odore di tabacco che si attaccava alla sua giacca come l'abbraccio familiare di una coperta preferita. Sempre confortevole. Confortante. E ne aveva bisogno. Jackson aveva scelto di rimanere al distretto, lavorando con Decantor per rivedere i recenti fascicoli seriali e i casi chiusi di Norton - il fascicolo del caso Morrison, le foto del suo ragazzo con la gola tagliata in primo piano. Il pensiero di dover vedere di nuovo quello, di esaminarlo, gli aveva fatto rivoltare le viscere e il petto bruciare di dolore, ma questo... questo poteva farlo.

Alte mura di mattoni dipinte del colore della senape stantia circondavano il complesso carcerario, tutte sormontate da filo spinato dall'aspetto selvaggio che luccicava come diamanti contro il cielo cerulo. I suoi passi sull'asfalto accelerarono. Non vedeva l'ora di vedere quella stronza in carne e ossa.

Il passaggio attraverso la sicurezza fu rapido, così come la sua sosta nell'ufficio del direttore, e prima che se ne rendesse conto, era seduto di fronte a Janice Lynwood in persona. La seconda partner di Norton. La donna che aveva aiutato Norton a rapire Shannon e la sua figlia neonata. Senza Janice, Norton sarebbe rimasto ad Ash Park? Petrosky non lo credeva, il che rendeva Janice tanto responsabile dell'uccisione di Morrison quanto Norton stesso.

I capelli rossi di Lynwood avevano perso gran parte del

loro lustro, le punte crespe e spezzate, il cuoio capelluto visibile all'attaccatura dei capelli. Calvizie - era il minimo delle cose terribili che meritava. Anche i suoi occhi erano spenti, ancora di più delle anonime pareti beige; niente sbarre in questa stanza, solo blocchi di cemento dipinto, un pavimento di cemento grezzo e una porta di metallo con una finestra in plexiglass oltre la quale stava una guardia con le braccia incrociate. Lei sbatté le palpebre lentamente e si appoggiò allo schienale della sedia, le gambe di metallo che stridevano contro il pavimento di cemento con un rumore simile a quello di un osso in un tritacarne. «Cosa vuoi?»

«Nessun saluto?» disse Petrosky, posando la cartellina manila che aveva portato sul tavolo di fronte a sé. «Questa è probabilmente la cosa più eccitante che hai fatto tutta la settimana.»

Lei grugnì ma alzò le spalle, probabilmente cercando di apparire indifferente, ma il tic rivelatore all'angolo dell'occhio gli disse che non era affatto annoiata quanto fingeva di essere. «Allora, di cosa si tratta? È scomparso qualcun altro?»

Lui inarcò un sopracciglio. Sapeva di Hyde? Avevano lanciato un'allerta Amber quando pensavano si trattasse di un rapimento, ma non avevano detto nulla del collegamento di Hyde con il caso Norton. Persino l'articolo di giornale di 300 parole che riportava che era stata trovata morta non aveva menzionato il suo bambino o il suo legame con Webb o Adam Norton. E il collegamento era il motivo per cui era lì. Se il loro assassino fosse stato interessato a Norton ma avesse voluto assicurarsi di migliorare la tecnica di quello psicopatico, come aveva ipotizzato McCallum, avrebbe avuto senso andare alla fonte: Una donna che aveva lavorato con Norton. Una donna che sapeva quali errori avevano commesso, perché erano stati catturati. Se non altro, un imitatore sarebbe stato affascinato dalla seconda partner di Norton - l'unica ancora viva per raccontarlo. Su di lui.

«Cosa te lo fa pensare, Janice? Credi che qualcuno sia scomparso?»

«Tu sei qui. Non saresti qui se non ci fosse una buona ragione.» I suoi denti anteriori erano ingrigiti, un incisivo mancante. Solo pochi anni dentro, e stava letteralmente cadendo a pezzi. *Bene*.

«Strano che tu sia andata subito a pensare a una scomparsa - a un rapimento.»

Lei alzò una spalla magra, un angolo della bocca che si sollevava - *sorrideva?* «È quello che conosco.»

Fottuta stronza, hai quasi ucciso Shannon. La rabbia gli bruciava nello stomaco.

Forse vide il fuoco nel suo sguardo o la rigidità nelle sue spalle perché le sue labbra si piegarono di nuovo verso il basso. «So cosa vuoi che dica: Che mi dispiace. Che so qualcos'altro, che posso aiutare con qualunque cosa tu stia cercando ora. Ma non sono mai stata una pianificatrice come volevi credere. Pensavo fossimo in questo insieme, ma Adam mi ha usata come ha usato tutti gli altri - aveva amici di cui non sapevo nulla.»

Bugiarda. «Hai aiutato a torturare Shannon. Non facciamo finta che non ti sia piaciuto, che non ti abbia eccitato». Ma credeva che Norton l'avesse tenuta separata da qualsiasi altro complice; Norton era troppo intelligente per parlarle di chiunque altro con cui fosse associato.

«Forse ho aiutato, e forse mi è piaciuto». L'angolo della sua bocca si contrasse di nuovo, così brevemente che quasi non se ne accorse. «Ma penso-»

«Non me ne frega un cazzo di quello che pensi». I suoi

pugni erano strette palle di ossa e tendini contro le cosce. «L'hai maltrattata, hai maltrattato mia nipote».

«Non sei imparentato con nessuna di quelle persone, e lo sai bene: il tuo unico figlio è morto». I suoi occhi brillarono con cattiveria.

Non colpirla, non colpirla. Ma non c'era davvero pericolo di farlo. Sebbene fosse arrabbiato, sebbene il suo stomaco fosse caldo, era un fuoco smorzato da legna bagnata, troppo debole per fargli perdere il controllo. «Ci vuole più del sangue per essere parenti, non che tu sappia qualcosa sulle relazioni. Altrimenti, qualcuno sarebbe venuto a trovarti». Era la prima cosa che aveva controllato, sperando che il loro sospettato si fosse presentato qui di persona. Non aveva avuto un solo visitatore oltre a Petrosky, in parte a causa della sua tendenza a finire in isolamento: scomodo. Anche se il sospettato fosse venuto, non gli avrebbero permesso di visitarla, rendendo più efficace, e sicuro, contattarla in un altro modo.

Lynwood stava aggrottando le sopracciglia.

«Nessun visitatore», ripeté, rilasciando le mani; le sue nocche scricchiolarono come spari attutiti. «Tutto quello che ottieni sono questi». Aprì la cartella manila e sparse le pagine sul tavolo, una per una: Note di altri psicopatici o persone che adoravano gli psicopatici. Stronzi che pensavano che Janice e Norton fossero eroi degni di ammirazione. Il tipo di stronzi che potrebbero copiare i loro crimini. «Riconosci queste lettere?»

Non sembrava vedere i fogli; i suoi occhi rimasero concentrati su di lui. «I giorni si confondono tutti per me. Puoi immaginare di essere rinchiusa? Mangiare la stessa cosa giorno dopo giorno?» Annusò e si appoggiò all'indietro, incrociando le braccia sul petto scarno. «Forse varrebbe la pena guardare con più attenzione se rendessi le cose più interessanti».

Il suo petto era forgiato di acciaio fuso, ma sebbene ne fosse consapevole, c'era una disconnessione tra il suo corpo e il suo cervello come se il petto di qualcun altro stesse bruciando. «Cosa vuoi, Janice? Un po' di filo? Vuoi cucirti le labbra?» Sbatté i palmi sul tavolo e si chinò sui fogli. «Di solito non sono favorevole a dare oggetti appuntiti ai detenuti, ma nel tuo caso farei un'eccezione. Forse la tua compagna di cella potrebbe usare uno stiletto. Chi ti odia di più in questo posto?»

Le sue narici si dilatarono. «Vuoi che muoia, Detective?»

Cazzo sì, lo voglio. «Voglio che la mia famiglia sia al sicuro. Voglio che i cittadini di Ash Park siano al sicuro. Ognuno di loro vale un inferno di più di te». Era un rischio metterla in questi termini, ma lei aveva aiutato a plasmare Norton in ciò che era diventato. Dopo che Lynwood era stata arrestata, Norton aveva iniziato a rapire ragazze che le assomigliavano: McCallum aveva ipotizzato che fosse perché Lynwood lo aveva emasculato. Certo, forse aveva semplicemente una predilezione per le rosse, ma prendendole così giovani, quando non potevano opporgli resistenza... stava compensando qualcosa.

Petrosky fissò i fogli, desiderando di poter trascinare in commissariato per le palle ogni stronzo che aveva scritto una lettera. Forse lo avrebbe fatto a meno che Lynwood non gli avesse dato qualche informazione. Alzò la testa, pronto a fissarla, ma Janice aveva abbassato lo sguardo sul tavolo.

«Dimmi cosa sai di quest'uomo». Petrosky fece scivolare una delle pagine attraverso il tavolo, la sua prima scelta per il fottuto imitatore. La lettera proveniva da un uomo dell'Ohio: amante delle armi, survivalista, teorico della cospirazione, anti-polizia in ogni senso, e quello che McCallum chiamava un "troll di internet", il che lo

rendeva statisticamente più probabile essere uno psicopatico o un narcisista. Ma più critico qui, l'uomo era un appassionato di coltelli da caccia, qualcuno che potrebbe essere particolare sul tipo di lama che usa, che saprebbe come tagliare al meglio la muscolatura di una gola umana.
«Forse posso leggerti la prima riga? Dove ti elogia per essere stata vicina a un grande uomo, per aver aiutato a pianificare la morte di un poliziotto». La lettera era arrivata pochi mesi prima del primo omicidio sulla lista di Decantor, subito dopo la morte di Morrison. Aspettò che il suo cuore si stringesse, ma l'acciaio nel suo petto si era solidificato, lasciando i suoi polmoni stretti ma freddi.

«Non conosco quest'uomo, e non ho ucciso un poliziotto, né l'ho pianificato: ero già rinchiusa. E sapresti se Adam mi avesse contattata, proprio come sai delle lettere». Agitò una mano sul tavolo come una maga stanca. «Hai dovuto chiedere un favore al direttore per ottenere queste, vero? Non conservano la posta di nessun altro, la leggono e basta». Il suo tono era diventato altezzoso, i suoi occhi più luminosi, compiaciuti. «Sembra che tu sia più ossessionato di tutti questi tizi».

Inspirò un respiro sottile e si appoggiò all'indietro, il più lontano possibile da lei. Sì, aveva chiesto al direttore di tenere sotto controllo attento la sua corrispondenza in entrata, ed è così che sapeva che Norton non l'aveva coinvolta nella morte di Morrison. Ma gli idioti che le mandavano lettere non sembravano capirlo. E con Norton morto, Janice era la cosa migliore dopo di lui.

«E questo tizio?» disse Petrosky, battendo su un'altra pagina. «Ha chiesto cosa ti ha attirato verso Norton, ha detto di aver seguito il tuo processo, voleva essere il tuo ragazzo. Ha promesso che poteva renderti felice». Fece scivolare la pagina verso di lei; lei alzò gli occhi al cielo. «Gli hai detto cosa poteva fare per renderti felice, Janice?

Forse gli hai detto di continuare l'eredità di Norton? Perché se l'hai fatto, è un altro crimine da aggiungere alla tua già lunghissima lista».

Lei ridacchiò. «È per questo che sei qui? Vuoi vedere se puoi impedire che mi diano la libertà condizionale? Ho altri venticinque anni *se* sono fortunata. Per allora...» Scosse la testa. «Non varrà la pena vivere. Non vale la pena vivere nemmeno ora. Se solo avessi un ago e del filo, forse la gente smetterebbe di farmi domande stupide». Strinse gli occhi verso di lui, e lui piantò i gomiti sul tavolo e si chinò vicino, con la bile amara in gola: il solo guardarla gli faceva accapponare la pelle.

«Non sono qui per la tua condanna. Sono qui per proteggere persone innocenti come tu non hai fatto per Shannon. Sono qui per quel ragazzino che Norton ha ucciso: so che quello non è stato opera tua». Un minuscolo barlume di colpa attraversò i suoi lineamenti, poi svanì. «Janice, non sono qui per il passato, e se hai informazioni che possono aiutare con questo caso, metterò una buona parola per te». *Col cavolo.* «Ho bisogno di sapere cosa hai scritto a questi uomini». Il direttore non aveva posta in uscita nel fascicolo, quindi o non aveva risposto, o le sue lettere non erano state salvate, o qualcun altro le aveva spedite per lei. «Hai detto a qualcuno di questi uomini di trovare una vittima? Li hai aiutati a capire quanto fossero sadici come hai fatto con Norton? Sei sempre stata brava in questo». Fece una pausa, aspettando un altro sorriso arrogante, o un lucciichio narcisistico nei suoi occhi, ma il suo viso rimase immobile, inespressivo. Il tavolo gli premeva contro la pancia. «Hai parlato loro di me, Janice? Di Shannon?»

«Ho cose migliori da fare che parlare di te». Ora, un mezzo sorriso. «E non te lo direi se l'avessi fatto».

La odiava. Improvvisamente, ogni molecola del suo

essere voleva allungarsi attraverso il tavolo e afferrarla per la gola, e se non avesse buttato giù due bicchierini di Jack in macchina, sicuramente l'avrebbe fatto. Forzò la sua voce a rimanere calma. «Ultima volta, Janice: hai scritto a qualcuno che sembrava intenzionato a far del male a un'altra persona? Magari qualcuno a cui piacciono i coltelli tanto quanto piacciono a te?»

Il silenzio si prolungò. Da qualche parte oltre la porta proveniva il tintinnio delle manette sulle sbarre, acciaio contro ferro. «Penso che molti di loro abbiano una cosa per i coltelli», disse lei dolcemente. «Ma non posso aiutarti». Si chinò verso di lui, i loro nasi quasi si toccavano - il suo alito era nauseabondo. «Spero che uccidano tutti quelli che ami», sussurrò. «Che ti rovinino come tu hai rovinato me».

La sua furia si era attenuata quando mise di nuovo piede sull'asfalto, come se il cemento beige avesse assorbito il suo odio. Forse sarebbe tornato a infiltrarsi nella cella di Lynwood, occupandosi di lei al posto suo. Se si fosse uccisa, il mondo sarebbe stato un posto migliore.

Sospirò, lasciando che il sole accecante bruciasse la pelle della sua fronte, bruciando le ragnatele che si erano dipanate nel suo cervello mentre guardava Lynwood essere ricondotta nella sua cella. Aveva fatto trattenere tutta la sua posta dal direttore per il momento, e l'uomo aveva accettato di inviare a Petrosky copie di qualsiasi corrispondenza. Ma non pensava che ne sarebbe venuto fuori qualcosa. Se il loro assassino stava cercando di dimostrare di essere migliore di Norton, non sarebbe tornato indietro una volta stabilito fermamente il suo modus operandi. Lynwood sarebbe stata una fonte di informazioni, un trampolino di lancio. L'assassino era ormai oltre quel punto. E se qualcuno degli uomini della sua precedente corrispondenza fosse stato coinvolto, l'avrebbero saputo abbastanza presto. Diede un'occhiata alla cartella che aveva in mano, le copie delle lettere - indirizzi di ritorno per ognuna. E gli era costato solo una cassa di bourbon di prima qualità.

Scivolò nel sedile del conducente e infilò il fascicolo accanto al passeggero. Il suo telefono lampeggiava dal portabicchieri: chiamata persa. Un'altra richiesta di Jackson su una delle scene del crimine di Norton? Forse una domanda sul corpo di Morrison.

Quanto era profondo il taglio nella sua gola? Le tue dita hanno toccato la sua spina dorsale? Ti sei davvero puntato la pistola alla testa?

Infilò la chiave nell'accensione e mise in moto dolcemente, guardando la prigione rimpicciolirsi nello specchietto retrovisore mentre buttava giù un altro bicchierino - solo uno in più. Poi guidò. Lasciò che la brezza estiva gli accarezzasse le guance. Lasciò che il sole al tramonto gli riscaldasse l'avambraccio. Lasciò che il fumo si disperdesse nel nulla.

Osservò il sole tramontare.

Era a mezz'ora da casa quando il cellulare squillò di nuovo. Questa volta, sollevò il telefono e diede un'occhiata all'ID del chiamante. Billie.

«Parte del tuo harem?» poteva quasi sentire Jackson chiedere.

«La mia famiglia», disse all'auto vuota. Probabilmente stava chiamando per la cena. O voleva portare Duke da qualche parte - Billie amava quel vecchio cane tanto quanto lui. Sorrise e portò il telefono all'orecchio. «Ehi».

«Devi tornare a casa». Non era Billie. Candace? La sua voce tremava - ci mise un momento per capire cosa avesse detto. E perché aveva il cellulare di Billie? Cercò di forzare la bocca a funzionare, cercò di forzare l'aria nella gola, ma non riusciva a riprendere fiato.

«Billie... lei...»

Il suo petto sembrava sul punto di collassare. *Non dirlo. Dio, non dirlo.*

Candace lo disse comunque. «Se n'è andata».

CAPITOLO 15

cartelli stradali sfrecciavano sfocati oltre il finestrino dell'auto, il sole al tramonto gli bruciava la nuca, le dita troppo strette sul volante per riuscire anche solo a fumare. Era riuscito a farsi qualche sigaretta con le mani tremanti sull'autostrada, ma l'alcol era l'unica cosa che lo teneva in equilibrio, che lo manteneva sano di mente.

L'Escalade di Jackson era già parcheggiata nel vialetto dei vicini quando lui arrivò stridendo, le sue gomme che spruzzavano ghiaia sul prato facendola risuonare contro il sottoscocca della sua vecchia auto come una grandinata di proiettili. Shannon aprì la porta dei vicini e uscì sul portico con Henry in braccio, le sue nocche bianche sulla spalla di Shannon, spaventato. Le cicatrici raggrinzite intorno alle labbra di Shannon apparivano ancora più pronunciate, rosa e arrabbiate come se Norton le avesse suturate proprio oggi. Le strinse il braccio e scompigliò i capelli di Henry mentre li superava per entrare in casa.

Candace era seduta sul divano accanto a Jackson, la sua camicetta di seta lucida alla luce della lampada, un asciugamano tra le mani che strizzava come se stesse cercando di strangolare la persona che le aveva rubato l'amica. I suoi occhi scuri erano abbassati sul grembo, le spalle curve. Conosceva quella postura: vergogna. Al tavolo da pranzo, anche Jane sembrava afflitta e colpevole, i muscoli tesi, il labbro tremante, ma le sue mani erano ferme mentre porgeva a Evie un pastello per il suo libro da colorare.

Si inginocchiò accanto a Candace, e lei si voltò verso di lui. Le lacrime avevano lasciato scie sul suo viso, piccoli fiumi di sale e mascara, ormai asciutti. Ma i suoi occhi si riempirono di nuovo quando lui le mise la mano sulla sua. «Va tutto bene. La troveremo. Non è colpa tua».

Lei crollò contro di lui come se fosse una marionetta a cui avessero improvvisamente tagliato i fili. La circondò con un braccio, lasciando che bagnasse la sua camicia con le sue lacrime. «Va tutto bene. Farò tutto il possibile».

Lei si rimise a sedere di scatto. «Ma se non potessi fare nulla? Se...»

Lui le mise le mani su entrambe le spalle tremanti. «Una volta ti sei fidata di me quando non avevi motivo di farlo, sei salita sulla mia auto per strada. Potrei non essere bravo a soddisfare le aspettative di nessuno, ma ora ho bisogno che ti fidi di me».

Lei sbatté le palpebre e annuì, un respiro le uscì dai polmoni tremando con un ritmo che corrispondeva al fremito nel suo petto. Aveva la pancia oleosa, nauseata.

Lanciò un'occhiata a Jackson e si sedette sui talloni. Il volto della sua partner era grave, ma non in preda al panico: logico. Il panico non avrebbe aiutato Billie. «Cosa è successo?» chiese a Candace. Anche se Jackson aveva sicuramente già chiesto, probabilmente aveva pagine di appunti custoditi nella sua mente, aveva bisogno di sentirlo da lei.

Candace deglutì a fatica, ma il suo respiro si era stabilizzato. «Ho sentito degli pneumatici. In realtà pensavo fossi tu». Le sue parole erano concitate, ma raddrizzò le spalle e continuò: «E poi Duke... potevo sentirlo fin da qui, anche se era a casa tua». Petrosky annuì, anche se questo gli fece contrarre i muscoli del collo. Il cane doveva essere alla finestra, come al solito, ma era troppo grande per passare attraverso la fessura. Shannon aveva ragione: avrebbe dovuto lasciare le finestre completamente aperte. Allora Duke sarebbe saltato attraverso la zanzariera, avrebbe inseguito l'uomo che aveva preso Billie. Duke l'avrebbe protetta.

Perché ho pensato che stessero bene? Avrebbe dovuto pretendere una sorveglianza continua su entrambe le case, ma i vicini non erano nemmeno stati sul suo radar. Perché Billie? Non aveva nulla a che fare con Norton. Non avevano avuto motivo di pensare che fosse in pericolo.

«Per favore, continua», disse Jackson, con il cellulare stretto in mano.

«Mi sono affacciata per vedere cosa stesse abbaiando Duke, e ho visto Billie che lottava con lui giù per la strada, più su della nostra casa». Più su della casa dove la telecamera non poteva vederlo. Ma l'avrebbero comunque ripreso mentre guidava per la strada. «L'ha colpita molto forte alla testa, come un pugno, e lei ha...» Deglutì di nuovo. «Pensi che sia viva?»

Sì. L'assassino aveva dei piani per lei, no? Un altro vicolo? Un'altra scena del crimine di Norton? Ma quale? La sensazione di nausea nel suo stomaco si intensificò: sentiva odore di sangue, lo assaporava in gola. «Probabilmente l'ha solo resa incosciente».

Candace annuì, anche se non sembrava convinta. «L'ha sollevata e l'ha messa dentro, e io stavo correndo verso la porta, ma io... non sono riuscita a raggiungerla».

«Puoi descrivere il veicolo?» Sarebbero stati in grado di determinare marca e modello dalla telecamera, ma non il colore: la telecamera era in bianco e nero.

«Voglio dire... un camion. Un pickup blu».

Blu. Era meglio delle precedenti dichiarazioni dei testimoni, anche se ci sarebbero state ancora migliaia di opzioni. I pollici di Jackson volavano sullo schermo del telefono, probabilmente stava mandando messaggi a Decantor: avevano sicuramente già diramato l'allerta. Una descrizione del veicolo sarebbe stata la prima cosa che avrebbe chiesto.

Petrosky si schiarì la gola. «E l'uomo? Che aspetto aveva?» Probabilmente Jackson l'aveva già chiesto, ma era sempre bene chiedere due volte in caso ci fossero discrepanze.

«Non riuscivo a vedergli il viso; indossava un passamontagna».

«Come quello che potrebbe indossare un rapinatore di banche?» Non era così che la gente rapinava le banche di questi giorni - stava diventando un crimine per gli hacker - ma Candace capì il riferimento. Annuì. «Sì. Un passamontagna».

«Alto?» chiese Petrosky. «Basso? Magro?»

«Era di altezza media. Ma era un bianco: potevo vedergli il collo». Chiuse gli occhi come se potesse vederlo chiaramente dietro le palpebre. «Un po' in sovrappeso, soprattutto intorno alla vita. Ma era forte; doveva essere forte per sollevarla in quel modo. Era come se lei non pesasse nulla. E quando aveva Billie sulla spalla... ha salutato». Aprì gli occhi. «Poi è saltato sul camion ed è sparito».

«Ha salutato?» Jackson aggrottò la fronte. Sembrava essere un'informazione nuova.

«Sì, come se si fosse voltato a guardarmi e avesse...» Alzò una mano e fece un movimento secco con il polso.

Petrosky socchiuse gli occhi. Quello sembrava meno un saluto e più come se stesse scacciando un'ape. E anche il fatto che Candace fosse qui... «Non avrei dovuto venirti a prendere io sulla strada di casa?»

Lei lo guardò sbattendo le palpebre, la fine rete rossa intorno alle sue iridi come fili di capelli insanguinati. *Come i capelli di Ruby*. «Sono uscita prima: il Dr. Gifford ha avuto un paio di cancellazioni. Mi ha accompagnata».

Lanciò un'occhiata al tavolo da pranzo, e Jane si voltò a guardarlo. Evie teneva gli occhi fissi sul libro da colorare, il pastello rosso stretto abilmente tra le dita. «E tu, Jane? Hai visto qualcosa?»

Jane scosse la testa. «Non ero qui. Sono tornata presto da scuola perché Candace mi ha chiamata».

E se non avesse chiamato... *Cazzo*. Billie avrebbe dovuto essere qui da sola. E il loro sospettato lo sapeva. Non si era preoccupato della prole di Norton, le donne che erano riuscite a scappare; no, questo tizio era a caccia di un gruppo completamente nuovo di vittime, e tutte sembravano essere...

La voce di McCallum risuonò nella sua testa: *E se avesse seguito anche i crimini di Norton... ha seguito anche te*. Il dottore aveva poi spiegato l'affermazione, dicendo che intendeva che l'assassino aveva osservato la polizia per trovare modi di sfruttare le loro carenze, ma se la sua prima interpretazione fosse stata quella corretta? Se non si trattasse solo di essere un Norton migliore; se il brivido supremo fosse riuscire dove Norton aveva fallito? L'assassino stava già sbandierando i suoi successi in faccia a Petrosky prendendo persone che Petrosky conosceva, e il fallimento definitivo di Norton era stato quello che lo aveva portato alla morte: aveva permesso a Petrosky di trovarlo.

Questo stronzo non stava cercando di dimostrare di essere migliore di Norton - lo sapeva già. Voleva essere migliore di Petrosky.

Si alzò in piedi e incontrò lo sguardo di Jackson. «Prenderò la telecamera-»

Ma Jackson stava scuotendo la testa. «Ho già inviato le riprese. Nessun furgone. Deve aver fatto retromarcia lungo la strada; sapeva esattamente dove era puntato il tuo obiettivo.»

Cazzo. «Ok, facciamo venire Scott qui, che tiri fuori quello che può dalle tracce degli pneumatici.»

Sperando che ciò avrebbe ristretto la loro ricerca. Si voltò di nuovo verso Candace. «Ti mostrerò alcune foto, va bene? Vediamo se riusciamo a restringere il campo sulla marca e il modello del furgone che hai visto.» Si allontanò dal divano, ma Candace gli afferrò la mano. «Aspetta,» disse. «Il furgone. C'era un segno sul lunotto posteriore.»

Lui alzò un sopracciglio.

«Come un adesivo per paraurti?» chiese Jackson.

«No... qualcosa scritto sul lunotto posteriore, nella polvere. Come un simbolo, ma potrebbero essere state solo delle lettere.»

Alle sue spalle, la sedia da pranzo cigolò contro il pavimento di legno, e poi Jane era lì, porgendo a Candace uno dei pastelli di Evie e un pezzo di carta. Il suo cuore vibrava, pungendo. Chiuse gli occhi, inspirando profondamente, cercando di alleviare l'orribile tensione che stava cercando di schiacciare il suo cuore - cercando di impedirgli di battere.

«Petrosky...» disse Jackson. La sua voce era tesa.

Si costrinse ad aprire le palpebre e guardò il foglio sul tavolino. La sensazione di stretta nel petto si trasformò in una fitta bruciante e luminosa.

Sulla pagina, Candace aveva disegnato una *G* maiuscola. E una *H*.

L'ultima cosa che Morrison aveva mai scritto. Mentre stava morendo, suo figlio aveva tracciato quelle due lettere con il proprio sangue.

CAPITOLO 16

l seminterrato puzzava di muffa, anche se ne aveva sentiti di peggiori, e la brezza dalla finestra aperta stava trascinando l'odore più pungente nella notte. Ma il cemento era freddo e duro sotto di lei, la fascetta di plastica le mordeva la carne dei polsi, il cranio le doleva dove lui l'aveva colpita a tradimento come un vero stronzo. E più di tutto - la paura. Le tirava il petto da dietro, come se l'elettricità si fosse insinuata lungo la sua colonna vertebrale e avesse fatto strada in avanti oltre i polmoni, lasciandoli tremanti di corrente mentre avvolgeva il suo cuore in un pugno scintillante.

«Ti fanno male i polsi?» La sua voce era gentile e stranamente sincera - premurosa. Finora era stato notevolmente piacevole, aveva persino sorriso mentre tirava indietro il pugno per colpirla, e questo da solo le faceva venire la pelle d'oca tra le spalle. Gli uomini che sorridevano troppo, quelli che i vicini definivano «tranquilli e timidi» - erano quelli che i notiziari in seguito definivano «pazzi» dopo qualche atrocità. Ma Billie sapeva meglio.

Quegli uomini non erano mai pazzi, né folli. E questa era la parte più spaventosa di tutte.

«No», disse con tutta la calma che riuscì a controllare. «I miei polsi non fanno male».

«Bene». Sembrava che stesse sorridendo, ma lei non poteva vedergli il viso. La stanza era troppo buia per vedere molto altro che il vago contorno della finestra alla sua destra e le sue stesse cosce, tinte di grigio dalla luna. Non era nemmeno sicura che il posto avesse l'elettricità ora che ci pensava. Tese le orecchie, ascoltando il caratteristico clic del condizionatore che si accendeva al piano di sopra, il ronzio monotono di un frigorifero o di un'asciugatrice, persino il lontano ronzio di un'autostrada, il fischio di un treno, qualcosa che indicasse dove si trovavano. Nient'altro che la brezza dall'esterno e il sottile sibilo del respiro del suo rapitore, basso e minaccioso nonostante le sue parole benevole. Come un serpente.

«Perché stai facendo questo?» Quando Eddie l'avrebbe trovata, quando l'avrebbe fatta uscire di qui, avrebbe potuto dargli qualche frammento di informazione che lo avrebbe aiutato a catturare questo tipo prima che uccidesse un altro uomo. Non solo uomini però - aveva ucciso quella cameriera, vero? Non avrebbe dovuto saperlo, non veramente, ma Shannon l'aveva menzionato perché era preoccupata per Eddie, era sempre preoccupata per Eddie, ma questo...

No. Billie aveva passato così tanto, e finalmente, *finalmente*, era viva - libera. Felice.

Si sforzò di sorridere, sperando che questo avrebbe in qualche modo cambiato la tensione nell'aria, che lui avrebbe abbassato la guardia anche se non poteva vederla, ma i suoi polsi bruciavano troppo per fare più di una smorfia. Le sue dita erano bagnate. Stava sanguinando? L'uomo rimase in silenzio - ovviamente non avrebbe risposto alla sua domanda. Si appoggiò all'indietro, cercando di allentare la pressione sulle articolazioni dell'anca, ma poi lui rise, e lei sussultò, graffiandosi la schiena contro il muro mentre la sua voce vibrava fuori dall'oscurità nell'angolo lontano.

«Perché, eh?» Era sconcertante non poterlo vedere, come parlare con un fantasma. «È strano, lo so», disse. Rise di nuovo, e se non fosse stato per i legacci ai suoi polsi, avrebbero potuto chiacchierare del perché preferisse il calcio al baseball. Strano? Non era quella la parola. Scioccante, forse. Sadico.

Incasinato di sicuro.

«Avrei potuto continuare a condurre questa perfetta vita americana, questa vita di cui tutti sognano - ce l'avevo. Segui le regole, succedono cose buone, giusto?» Si spostò nell'oscurità, sporgendosi dall'angolo in ombra con i gomiti sulle ginocchia, ma ancora, il suo viso rimase nascosto - tutto ciò che poteva vedere era il bagliore del chiaro di luna sui suoi denti. «Hai seguito le regole, Billie?»

Regole? Aveva fatto cose di cui non era orgogliosa, certo, ma finalmente era arrivata ad accettare tutti quei pezzi di sé che una volta le facevano male allo stomaco. «No», disse. «Ma ora segue le regole. Tutti commettono errori, giusto?» Le lacrime le pungevano gli occhi, ma le ricacciò indietro prima che potessero cadere, prima che lui potesse vederle brillare nel chiaro di luna. La lezione più importante che aveva imparato dalla sua famiglia - forse l'unica - era di non far mai vedere a nessuno che stavi piangendo.

Ma poi lui si alzò, e il desiderio di piangere si asciugò insieme alla sua bocca. Se si fosse concentrata, forse sarebbe riuscita a vederlo; forse avrebbe potuto discernere il bordo esterno dei suoi occhi, la forma delle sue labbra, vedere la linea dritta del suo naso, ma tutto era notevolmente nella media e non così terrificante quanto il collare nella sua mano. Anche nella penombra, poteva vedere i pezzi affilati, un'appendice come una forchetta da barbecue a doppio lato; il metallo verticale formava una sinistra croce con un collare aperto. *Che diavolo è quello?*

«Gli errori sono errori. Sto parlando di azioni - schemi». La sua voce era diventata quieta. «Alcune persone fanno tutto il possibile per seguire le regole, ma il tuo amico... è un fallito. E lui continua a venirne fuori alla grande. Tutti quelli che ama lo proteggono». Sputò l'ultima frase - *proteggono*.

Sta parlando di Eddie? «Per favore». La sua voce sibilò nell'aria e fece vibrare i piccoli peli nelle sue orecchie. *Tieni duro, sarò lì, resisti ancora un po'.* Ma questa volta non era la sua voce nella sua testa: era la voce di Eddie. E lei gli credeva - gli aveva sempre creduto. Gli aveva creduto quando era salita sulla sua macchina la notte in cui l'aveva tirata fuori dalla strada. Gli aveva creduto quando le aveva detto che si sarebbe preso cura di lei così che potesse andare a scuola. Credeva che non volesse niente da lei tranne passare un po' di tempo con Duke mentre era al lavoro, e persino quella era stata un'idea sua. Non gli credeva quando diceva di essere sobrio, ma quella bugia era auto-protettiva, colpevole - non maliziosa. A differenza dell'uomo che ora si avvicinava a lei sotto l'ombra della notte.

Perché Eddie non è ancora qui?

Quando l'uomo parlò di nuovo, la sua voce aveva riacquistato la sua cordialità. Calma - troppo calma. «Pensavi che avrei avuto persone che mi proteggessero anche. Diavolo, l'ultima volta che ho bevuto è stata al mio diploma di scuola superiore. Ma persino il mio stesso sangue...» Si mosse con un suono graffiante, stoffa contro stoffa - una scrollata di spalle. «Immagino che non importi ora. E ancora non riesco a convincermi a gettare la cautela al vento». Ridacchiò. «Forse il tuo amico mi aiuterà anche in questo».

Sarà qui; persino questo tipo pensa che Eddie sarà qui. Doveva solo resistere ancora un po'. Inspirò aria troppo calda nei polmoni e la trattenne lì, cercando di forzare il suo cuore a rallentare mentre lui si chinava su di lei. Aveva un odore muschiato, ma non di sudore - colonia.

«Ehi, va tutto bene», disse. Le spazzolò i capelli dal collo, e lei si ritrasse, facendo una smorfia. «Scusa, ti ho fatto male? Mi preoccupo molto di questo, sai».

E questo più di ogni altra cosa fece accelerare di nuovo il suo cuore; gli uomini amichevoli erano pericolosi. Volevano sempre qualcosa. «Perché sei così gentile con me?»

«Non devi aver paura» continuò come se non l'avesse sentita. «Te lo prometto. Solo un po' di teatralità per mandare un messaggio».

«Teatralità» disse lei, ma la parola fu un sussurro che non raggiunse le sue orecchie - aveva davvero parlato? Ma capì di averlo fatto dal modo in cui le dita di lui si tesero sul bordo della sua clavicola - dure e calde, la pelle più liscia di quanto avesse immaginato.

Lui rise di nuovo e tornò ad armeggiare con i suoi capelli, fissando le ciocche sciolte dietro le orecchie, prima da un lato, poi dall'altro, ogni delicata pressione della sua mano le faceva venire la pelle d'oca come se avesse depositato un nido di vermi brulicanti nella sua carne.

«Odio anch'io i drammi» disse lui, raddrizzandosi. «Sono sciocchezze, se chiedi a me».

«Allora perché farlo? Perché non scrivere semplicemente una lettera?» La sua voce tremava - tutto il suo corpo vibrava, dalla testa ai piedi fino alla punta delle dita. Ma le sue mani... le fascette erano più lente di prima? Mosse delicatamente i polsi, il sangue rendeva la plastica scivolosa e... sì, sembravano più lente con la lubrificazione. Se ci avesse lavorato, forse sarebbe riuscita a liberare le mani, e quando lui non avesse guardato-

Lui si inginocchiò bruscamente e le portò il collare alla gola. Lei si ritrasse ancora una volta, ma lui le avvolse le dita intorno alla nuca e la afferrò saldamente mentre fissava il collare, il materiale freddo e in qualche modo umido come pelle umana bagnata. E l'appendice metallica attaccata ad esso... oh dio. Una punta affilata le punzecchiava il punto morbido sotto il mento, così vicino alla giugulare, la parte inferiore le si conficcava nella carne del petto appena sopra il cuore. L'avrebbe uccisa se si fosse mossa nel modo sbagliato, e quest'uomo non avrebbe dovuto fare nulla. Se ne sarebbe stato lì a sorridere.

Rimase il più immobile possibile, e anche con il metallo più luminoso e freddo contro il petto e la gola, poteva sentire il dolore sordo della fascetta, la banda stretta sulle ossa del polso. Se solo avesse potuto-

Lui assicurò il fermaglio alla base del collo e si alzò. «Va tutto bene, piccola. Basta che non guardi in basso o sarai abbattuta». Rise di nuovo, la risata grossa di una iena.

«Vaffanculo». Le sfuggì prima che potesse trattenersi, e nel momento in cui le parole furono nell'aria, se ne pentì. La pelle sulla parte anteriore del collo le bruciava; il metallo le mordeva il petto. Si sedette più dritta, tenendo il collo più alto, cercando di alleviare la pressione.

«Ora, non è molto gentile» disse lui, ma la sua voce riusciva comunque a suonare gioviale. «Se fossi mia figlia, ti metterei sulle mie ginocchia».

«Se fossi tua figlia, mi ucciderei». Anche questo era sbagliato da dire - decisamente sbagliato - ma lui si limitò a voltarle le spalle e si diresse verso l'angolo. Lei chiuse gli occhi, ruotando i polsi, attenta a non muovere troppo le spalle, stringendo la mascella quando la plastica appiccicosa scivolò sul cuscinetto carnoso sotto un pollice. In pochi minuti, sarebbe stata libera. Forse Eddie sarebbe arrivato anche prima di allora.

CAPITOLO 17

G. H.

G. H.

Il killer sapeva di Gertrude Hanover, certo che lo sapeva, cazzo. Morrison aveva usato il suo ultimo respiro per dipingere una *G* e una *H* col suo stesso sangue sull'unico pezzo di carta che aveva, per poi infilarlo in un thermos da viaggio. Per Petrosky. E a casa Hanover, Petrosky aveva trovato Margot Nace e suo figlio, il corpo di Ava Fenderson, incatenato al muro lì vicino, con un *#1* inciso sul ventre. Se chiudeva gli occhi, poteva vedere il sangue che colava lungo la gabbia toracica, le profonde perforazioni sul petto e sulla gola causate da quello strano congegno intorno al collo - poteva sentire l'odore del sangue e degli escrementi di Ava, poteva udire l'orribile rumore umido che il metallo affilato aveva fatto quando aveva cercato di sollevare la testa di Ava, sperando contro ogni speranza di essere arrivato in tempo per salvarla. E sebbene Petrosky non ricordasse di aver detto al mondo come avesse finalmente capito dove Norton teneva le ragazze, era sicuro che fosse di dominio pubblico.

Il sangue di Morrison aveva salvato Margot e suo figlio. Ma avrebbe aiutato a salvare Billie?

Jackson sembrava pensare di sì. Il motore dell'Escalade gemeva mentre lei premeva più forte sull'acceleratore.

La casa dove Norton aveva nascosto le sue vittime era a solo un isolato o poco più dalla casa dove avevano trovato la piccola Stella sul pavimento del seminterrato, e proprio sulla strada dove Norton aveva ucciso Morrison. Mentre Jackson svoltava in Beech, i suoi muscoli si annodarono, il punto sopra lo sterno pulsava, doleva; sibilò un respiro tra i denti stretti. Il dottor McCallum l'avrebbe chiamata memoria muscolare, forse una reazione di panico o una reazione traumatica, ma perché gli toglieva sempre il respiro? Il passato non dovrebbe far così male, cazzo. Ma non poteva nemmeno pensare agli eventi attuali; se si fosse lasciato immaginare cosa stava facendo il killer a Billie, sarebbe impazzito. Si strofinò più forte il petto.

A differenza dei vialetti coperti di neve degli anni passati, il prato verde di Hanover luccicava alla luce del lampione dall'altra parte della strada. Vasi di magnolie profumavano l'aria mentre si facevano strada su per i gradini verso il portico, ma non riusciva a distinguerne il colore - le luci del portico non erano accese, lo spazio sotto le gronde era un misterioso acquerello in sfumature di grigio. Ma Hanover viveva ancora qui; le stesse tende di pizzo spalancate facevano capolino da dietro i vetri delle finestre.

Jackson suonò il campanello, e i muscoli di Petrosky si contrassero, la mano sulla pistola. Fissò l'oscurità, sforzando gli occhi per individuare chiunque si nascondesse fuori dall'alone del lampione, ma vide solo l'erba verdeggiante. La casa dall'altra parte della strada era stata demolita, lasciando dietro di sé un guscio vuoto di terreno. Un cartello di un costruttore spuntava dalla terra su esili gambe di metallo, le lettere di un rosa sgargiante - sembrava un fenicottero appiattito.

Rumori di passi dall'interno. Una fioca luce gialla si riversò sul portico dal vestibolo mentre la porta si spalancava rivelando un giovane uomo con occhi scuri e capelli ancora più scuri arruffati dal sonno. *Sei tu, stronzo? Hai la mia ragazza?* Quale modo migliore per il killer di entrare nella testa di Norton se non vivere nello stesso posto in cui Norton stesso era stato? Ma non vedeva alcun motivo per cui il killer dovesse dir loro esattamente dove si nascondeva. No, questo era qualcos'altro - un altro segno, un altro messaggio, anche se non avrebbe saputo dire cosa significasse.

«Posso aiutarvi?» La voce dell'uomo era cauta, stanca - a meno che non stesse recitando. Chi era questo stronzo? L'uomo si immobilizzò quando vide il distintivo di Jackson, strizzò gli occhi, poi fece un passo indietro dentro casa, la sua mano scattò di lato dietro lo stipite della porta dove non potevano vederla. Stava prendendo un'arma? Le dita di Petrosky si strinsero sulla pistola.

«Non si muova, signore», abbaiò Jackson.

«Sto solo accendendo la luce del portico». Alzò le mani in aria, anche se Jackson non gli stava puntando un'arma contro, non ancora. La luce del portico rimase spenta.

«Il suo nome, signore?»

«Scusate, sì, sono Lev, Lev Hanlon. Cosa sta succedendo?»

Un profondo rumore di raschiamento proveniva da qualche parte oltre il vestibolo, e lo sguardo di Petrosky si spostò oltre l'uomo mentre un'altra voce echeggiava lungo il corridoio. «Richard? Chi è?»

Richard; aveva quasi dimenticato il nome di suo nipote. Richard non aveva mai vissuto qui, ma la demenza era subdola, e la povera Gertrude lo vedeva in ogni giovane uomo dai capelli scuri che incontrava - i capelli del vero Richard erano diventati grigi da tempo.

«È la polizia, Gerty».

«La polizia?» squittì praticamente. «Beh, non ci posso credere! Accendi quella luce e fammi dare una buona occhiata - la luce non dovrebbe essere spenta a quest'ora della notte comunque».

«L'hai spenta di nuovo tu, Gerty», rispose Lev come se l'avesse detto un milione di volte prima. «Resta lì, ok?»

«Non essere ridicolo». Ed eccola lì. Gertrude Hanover sembrava la stessa della prima notte in cui si erano incontrati, fino al bastone e alla vestaglia, anche se prima era arancione... no? E pantofole giallo fluorescente. I suoi capelli erano una massa bianca che spuntava selvaggiamente dalla cima della testa. «Siete fortunati che avessi le orecchie inserite, è tutto quello che ho da dire, venendo qui fuori a salvarti il culo, Richard». I suoi occhi vagarono su Petrosky; si appoggiò più pesantemente sul bastone. Si ricordava di lui? Riusciva anche solo a vederlo qui fuori nella penombra del portico? «Sono Gertrude Hanover», annunciò. Poi si sporse in avanti, allungandosi oltre l'uomo sulla porta-

Il bagliore accecò Petrosky per un momento, ma si riprese quando lei disse: «Solo Gertrude per te... signore». Gli fece l'occhiolino.

Petrosky lasciò cadere la mano al fianco, improvvisamente sopraffatto da un déjà vu così forte che gli tolse l'aria dai polmoni come se qualcuno gli avesse infilato un tubo dell'aspirapolvere in gola.

Gertrude non sembrò accorgersene; tenne lo sguardo fisso su Petrosky, sbattendo i suoi grandi occhi come un cucciolo in cerca di attenzioni. «Ora, cosa posso fare per un uomo grande e forte come te?»

«Prima, puoi presentarci il tuo amico qui», disse Petrosky. Lev aveva ancora le mani in aria, ma sembrava troppo smidollato per essere una minaccia per chiunque. «Magari dirgli di abbassare le braccia».

«Quello è solo mio nipote», disse Gertrude, agitando una mano come per scacciare una mosca - un uomo del tutto insignificante. Ma suo nipote... era così che Norton si era fatto strada in casa sua. Si era finto suo nipote, Richard, e la demenza della vecchia era troppo avanzata perché si rendesse conto che non lo era. E questo non era cambiato.

La schiena di Petrosky si tese di nuovo. Si stava sbagliando? Era questo un altro uomo pericoloso che viveva sotto il tetto di Hanover? Ma Lev stava già scuotendo la testa, le mani ora giunte in vita. «No, Gerty, non sono tuo nipote». Guardò prima Petrosky, poi Jackson. «Sono il suo badante, un infermiere domiciliare. Lavoro tramite il Grand River Medical. Le mie credenziali sono nella mia stanza se volete vederle». Deglutì a fatica, e la sua prominente pomo d'Adamo sobbalzò.

I muscoli di Jackson si rilassarono; annuì. «Daremo un'occhiata a quelle prima di andarcene, signore. Possiamo entrare?»

L'uomo esitò, ma Gertrude gli diede una gomitata e sbottò: «Ora, Richard, togliti di mezzo, stai facendo il maleducato con i nostri ospiti». Gertrude fece l'occhiolino di nuovo a Petrosky, e Jackson ridacchiò, facendo cenno verso la porta - *dopo di te*.

Entrarono in un atrio spoglio con pavimento in linoleum, senza nemmeno una sedia - più luminoso di quanto ricordasse, ma l'ultima volta che era stato qui, si era intrufolato nel cuore della notte. E dubitava fortemente che avrebbero trovato vittime questa volta. Quindi cosa stavano cercando? Perché l'assassino aveva tracciato una *G* e una *H* sul suo furgone perché le vedessero?

«Ha avuto altri visitatori di recente?» chiese Jackson a Lev, chiudendo la porta dietro di loro. «Magari fattorini, o qualcuno venuto a riparare il tetto? Anche un pacco che non ricorda di aver ordinato?»

L'infermiere scosse la testa, ma Gertrude stava annuendo. «C'era quel ragazzo, quel bravo giovane che ha portato la mia posta mentre tu eri sotto la doccia.»

«Oh... sì.» La fronte di Lev si corrugò. «È venuto e ha portato alcune lettere che erano finite per errore nella sua cassetta postale. Gerty gli ha fatto il tè.»

«E ha riparato la lavatrice.» I suoi occhi erano schegge luccicanti di pietra in un mare di rughe. «Ma non si preoccupi, Detective, a me piacciono gli uomini con un po' di sale e pepe.»

Lev trasalì. «La lavatrice... Aspetta, è sceso in cantina? Come ha aperto la porta?» Petrosky aggrottò la fronte. Era difficile aprire la porta? O Lev la teneva chiusa a chiave come faceva Norton? Petrosky deglutì a fatica mentre Lev scuoteva la testa, la bocca aperta come se fosse sul punto di dire qualcos'altro, ma l'infermiere si fermò di colpo, lo sguardo interrogativo - scettico. *Interessante*. Non stava cercando di capire se rimproverare Gertrude per aver fatto entrare l'uomo in cantina; sembrava non crederle affatto.

«Ha visto quest'uomo?» chiese Petrosky.

«No, è arrivato mentre ero sotto la doccia. Non avevo motivo di dubitare di lei, però; ho visto le lettere e la tazza di tè in più, anche se era ancora... piena.» Il suo sguardo tornò su Gertrude come se cercasse di decifrare la verità dalle linee del suo viso.

«Quando è successo?» disse Jackson.

Lev strinse gli occhi. «Credo che fosse... domenica?»

Domenica. Il giorno in cui Ruby era stata uccisa. Aveva lasciato una brutta sorpresa per loro? Questo riparatore di lavatrici era il loro sospettato? Ma quelle non erano le domande a cui davvero aveva bisogno di risposte. *Questo ci aiuterà a trovare Billie? È già morta?* Una fiammata gli divampò nel petto e si placò.

«Dovremo dare un'occhiata alla cantina,» disse Jackson, seguendo il dito di Lev verso la cucina. Petrosky raggiunse la soglia e si bloccò - i piedi incollati al pavimento, le gambe intorpidite. L'ultima volta che era stato qui, la porta della cantina era completamente nascosta dietro una libreria - Gertrude non sapeva nemmeno che esistesse. Ora, quella libreria era sparita, così come le sbarre metalliche che aveva svitato per scendere; la stanza brillava di una vernice arancione fluorescente, la porta bianca della cantina come un faro sul fondo della stanza. Ma... non tutto era diverso.

Si costrinse a muovere i piedi, una marcia sconnessa verso la porta, e sfiorò il lucchetto, poi il tastierino numerico appena sopra la maniglia. «Cos'è tutto questo, Lenny?»

«Lev. Ed è per la sicurezza di Gertrude. Le piace curiosare, scendere in cantina, ma le sue gambe...»

«Non ti azzardare a parlare di me, testa di cazzo,» sbuffò Gertrude.

La solita Gertrude. «Qualcun altro conosce la combinazione?»

«Nessuno, e anche se lei mi ha visto farlo un paio di volte, non se lo ricorda mai. Zero-quattro-due-sei. Potete scendere, ma non lasciate che venga con voi a meno che non vogliate portarla in braccio.»

«Quell'uomo può portarmi dove vuole, Richard.» Sorrise.

«Se non le dispiace, Gertrude, vorrei che restasse proprio qui,» disse Petrosky, sorpreso che la sua voce suonasse ferma. «Così, so che sarà al sicuro. Non potrei perdonarmi se le accadesse qualcosa.» Questo, almeno, era vero.

Lei ridacchiò come una scolaretta, allegra e felice, senza una preoccupazione al mondo. «Oh, *Detective*, lei ha sempre saputo come arrivare al cuore di una signora.»

«E io che pensavo non si ricordasse di me.» Si sforzò di sorridere - lo scambio di battute lo stava aiutando ad allentare un po' la tensione nelle spalle, ma non sarebbe servito a lungo perché doveva scendere in quella cantina e *Billie è là fuori, Billie è là fuori da qualche parte che mi aspetta*. Ricacciò indietro quel pensiero, desiderando che fosse whisky.

«Certo che mi ricordo,» lo rimproverò. «Lei è l'amico di Richard, vero?»

Non c'era da meravigliarsi che Lev non le credesse riguardo al riparatore della lavatrice. Incrociò il suo sguardo, annuì, poi digitò il primo numero sul tastierino. Il petto gli si strinse. *Quattro-due*. Il cuore gli faceva male. *Sei*. I cardini cigolarono... No. Non un cigolio. Qualcuno stava urlando.

Gli si mozzò il respiro, ma nessun altro reagì al rumore, e quando si fermò, col cuore in gola, si rese conto che non sentiva nient'altro dalla stanza sottostante - solo un silenzio denso e vuoto. *Solo perché qualcuno urlava l'ultima volta, non significa che qualcuno stia urlando adesso*. Trovò l'interruttore con mano tremante.

Alla luce, il vano scale della cantina era irriconoscibile quanto la cucina: moquette sui gradini, vernice fresca sulle pareti, brillanti applique gialle come le pantofole di Gertrude. E la scala era più larga, molto più larga ora, abbastanza spazio per le sue spalle e anche di più. Ma nonostante l'arredamento nuovo, ogni volta che sbatteva le palpebre, riusciva a vedere l'imbottitura insonorizzata claustrofobica che Norton aveva avvolto sulle pareti. Sebbene potesse sentire i suoi passi risuonare sui gradini, non udiva i suoi passi, solo il costante *tonf, tonf, tonf* di Margot Nace mentre sbatteva la testa contro quel palo, quasi impazzita per gli orrori che aveva subito. L'aveva tirata fuori, ma non abbastanza presto. Mai abbastanza presto. *Dove sei, Billie? Mi dispiace, mi dispiace tanto.*

Raggiunse il pianerottolo inferiore e girò l'angolo. La finestra era stata sostituita con vetrocemento, i mattoni rimossi dall'esterno dove Norton aveva chiuso la stanza. Giallo - tutto giallo. Prima, una piccola lampada faceva sembrare la stanza gialla, no? Seguì Jackson con lo sguardo mentre attraversava lo spazio, esaminando le pareti, guardando dentro alcune scatole, scrutando la moquette. Niente gabbie per tenere i bambini. Niente catene alle pareti. E mentre avanzava nella stanza, ogni passo più pesante del precedente, non vide armi appese, nessuna falce con una terribile ascia di metallo da un lato e un uncino affilato e seghettato dall'altro. Ora, l'angolo che conteneva quegli orrori ospitava una lavatrice e un'asciugatrice e un set di armadietti, una pila di asciugamani piegati sopra il coperchio chiuso dell'asciugatrice.

Raggiunse la parete di fondo e si girò, gli occhi sul palo, una trave di sostegno; nessuna ristrutturazione avrebbe potuto cambiare quello. Poteva quasi vedere il sangue di Margot su di esso, e quando guardò oltre, da questa angolazione...

Ava. I suoi capelli rossi brillavano, il suo sangue vistoso contro il bagliore dorato, i polsi inchiodati al legno dietro di lei - *crocifissa*. La testa di Ava giaceva sul petto, i rebbi di quella forchetta affondati nel punto morbido sotto il mento. Ferro, sapore di ferro sulla lingua. I punti nel petto gli tiravano forte.

Sbatté le palpebre. La ragazza morta non c'era. L'aria non era densa del fetore di merda e sangue. Non aveva punti nel petto, non ora. Pareti gialle. Solo pareti gialle.

Inspirò sibilando, ma il suono era molto più minaccioso del silenzio: il sibilo d'avvertimento di un gatto rabbioso. Jackson lo guardò da sopra la spalla. «Stai bene?»

Assolutamente no. Sto avendo delle allucinazioni. «Bene». Si costrinse a esaminare le pareti, i piccoli punti che un tempo ospitavano le telecamere di sicurezza di Norton, ora solo cartongesso. Anche lo spazio aperto sotto le scale, dove si era rannicchiato con Margot, era scomparso; qualcuno aveva costruito una piccola stanza rettangolare come quella nei libri di Harry Potter che Evie adorava. A meno che non fosse una porta finta, una decorazione.

Si avvicinò furtivamente e si inginocchiò. Nessuna maniglia, ma c'era una piccola rientranza con un chiavistello, poco più elaborato di una corda annodata.

La porta non cigolò. Il buio al di sotto era assoluto. Tirò fuori il telefono e premette il pulsante per la torcia, poi sbirciò nell'apertura.

«Che hai trovato?» La voce di Jackson arrivò da lontano come se stesse parlando sott'acqua, ma lui non poteva rispondere: non riusciva a respirare.

Passi alle sue spalle. «Merda», mormorò Jackson.

Fissò la lama, macchiata di scuro vicino al manico di legno, i bordi del coltello lisci e terribilmente affilati: poteva quasi sentire la puntura del metallo contro la sua carne. Il piccolo quadrato di plastica spessa sottostante luccicava alla luce del suo telefono: Visqueen. La stessa plastica usata per avvolgere i corpi.

Il bastardo aveva pianificato tutto questo, ogni dettaglio. La presenza di Candace quando aveva preso Billie non era stato un errore: le aveva persino fatto un cenno, per l'amor del cielo. Sapeva che Candace era a casa, che avrebbe visto quel messaggio - *G.H.* - che Petrosky l'avrebbe collegato a Hanover.

Il loro assassino lo aveva attirato qui.

Ma non li aveva condotti da Billie.

Gli occhi di Petrosky si fissarono sul coltello, sul manico macchiato - *sangue, c'è sicuramente del sangue* - l'odore della merda di Ava che gli stava invadendo la gola.

Per favore, non ucciderla. Il suo cuore, oh Dio, il suo cuore. La stanza ondeggiò, la lama si oscurò, e finalmente chiuse gli occhi, cercando di calmare il dolore nel petto dove un abisso profondo stava cercando di aprirsi ancora di più: un buco più grande per un'altra persona che amava. Un'altra persona che aveva perso. Ma un'altra che non poteva sopportare di perdere.

Per favore, lascia solo che Billie viva.

CAPITOLO 18

«È tardi», disse Jackson.

«Non me ne frega un cazzo». Afferrò l'artiglio d'orso dalla sua scrivania, il regalo di Decantor; il sacchetto di carta era stato lasciato accanto al suo computer quando erano tornati da Hanover. Ma il cioccolato era insipido, viscido sulla lingua, e la ciambella sottostante era secca e croccante per lo zucchero secco.

Jackson si sedette accanto a lui, anche se gli aveva appena detto che sarebbe dovuto andare a casa a dormire un po'. Forse aveva capito che dirgli di riposare era inutile. Cosa avrebbe fatto, starsene seduto a casa accanto alla sua finestra insufficientemente aperta a fissare la casa dove Billie era stata rapita? Immaginare il loro sospettato che la violentava ripetutamente? Immaginare cosa quel sadico bastardo le stesse facendo? E che Dio non volesse che chiudesse davvero gli occhi. Anche ora, ogni battito di ciglia conteneva un lampo del corpo di Ava Fenderson, la sua pelle scivolosa di sangue, ma i suoi capelli non erano rossi, erano grigi, e i suoi occhi erano blu, e Billie non sorrideva più né grattava le orecchie di Duke, era morta, morta, morta.

«Non possiamo vagare in giro a mezzanotte, bussando alle porte, e aspettarci che qualcuno ci aiuti», disse lei. Lui la guardò accigliato - di cosa stavano parlando? - mentre lei continuava: «Torneremo nel quartiere e faremo un sopralluogo domattina presto. Ma potrebbe essere utile sapere con chi abbiamo a che fare prima; forse uno di questi nomi ti suonerà familiare». E sarebbe stato ancora meglio se uno di loro assomigliasse al tipo che Hanover aveva fatto entrare in casa - il "riparatore di lavatrici" che per caso conosceva il codice del lucchetto. Ma come? Lev non glielo aveva dato, e Gertrude non lo conosceva.

Ingoiò un altro boccone di cartone e lo mandò giù con il caffè, strizzando gli occhi sulle pagine che avevano sparso sulla scrivania. I vicini di Hanover dal vecchio fascicolo del caso di Norton, tutte le persone che vivevano nelle vicinanze mentre Norton torturava donne in quel seminterrato, ogni pagina adornata con una calligrafia troppo ordinata per essere chiamata scarabocchio - quella di Morrison. Si strofinò distrattamente il petto. C'erano solo pochi nuovi arrivi nel quartiere, ma non sembravano promettenti. Jackson fissava torva lo schizzo davanti a loro, la stessa cosa che lui aveva fatto nell'ultima ora.

Avevano fatto venire un disegnatore a casa per disegnare il "simpatico riparatore di lavatrici", ma l'immagine che Gertrude aveva dato loro non era assolutamente l'uomo "più robusto in vita" e forte che Candace aveva visto - questo tizio era attraente, con la mascella marcata come suo nipote Richard nella foto nel corridoio, anche se quest'uomo era molto più giovane. E Gertrude una volta aveva detto a Petrosky che le piaceva Justin Bieber, giusto? Lo schizzo sembrava come se qualcuno avesse preso Justin Bieber e il suo nipote dai capelli scuri e li avesse fusi in un diciannovenne del social media. E forse è quello che aveva fatto Gertrude; l'uomo non corrispondeva a nessun vicino che avevano trovato. Una cosa di cui si fidava di lei: aveva detto che l'uomo aveva uno zaino, gettando quel piccolo dettaglio mentre uscivano. Ma aveva senso; Gertrude non avrebbe lasciato entrare uno sconosciuto con una lama grande - smemorata o no, non era stupida. Beh, a meno che non l'avesse distratta alzandosi la maglietta - forse un addominale scolpito era sufficiente per far passare un coltello da caccia.

Ma perché avrebbe dovuto dare loro il coltello? Significava un cambiamento più drastico nel modus operandi all'orizzonte? Quel bastardo si stava preparando a diventare un Norton completo, torturando e confinando le sue vittime? E in tal caso, significava che Billie aveva più tempo? *È ancora viva? Per favore, fa' che sia viva.*

Incontrò gli occhi del figo nello schizzo - l'uomo ideale di Gertrude. Toccò l'angolo, poi lo spinse via, afferrando invece il suo caffè. Domani, l'immagine sarebbe stata diffusa alla stampa, insieme alla descrizione del sospetto e del camion fatta da Candace. Erano oltre il punto in cui il silenzio potesse essere utile. Con gli schizzi contrastanti, il pubblico avrebbe potuto credere che avessero una coppia di assassini, ma non potevano comunque escludere una squadra di serial killer.

Jackson si alzò in piedi. «Scott non avrà nulla sul coltello fino a domattina, quindi potremmo anche-»

«Cosa ha detto a prima vista, però?» Le prime impressioni del ragazzo erano spesso più utili di un esame completo fatto da qualcun altro.

Lei si risedette. «Ha detto che è un coltello da caccia, che è il tipo di arma usata dal serial killer di Decantor». Cosa che sapevano già. Ingoiò altro caffè e si sforzò di dire: «Ma il sangue sull'impugnatura... Se è l'arma usata nei casi di Decantor, il fatto che ce la stia dando cosa significa? Che non ha più bisogno del coltello perché sta pianificando di cambiare le cose?»

O il sangue è di Billie. Vuole che tu sappia che è morta anche se nasconde il suo corpo - forse si assicurerà che non lo troverai mai. Il suo petto ebbe uno spasmo, un dolore acuto, ardente e lancinante, ma fu la spalla a farlo sussultare; i muscoli lì facevano un male cane.

«Non credo», stava dicendo Jackson. «Non possiamo essere sicuri della sua prossima mossa, ma non ha cambiato affatto il suo metodo di uccisione nonostante i cambiamenti di scena. Ha usato un coltello su tutte le sue vittime maschili, ha usato una lama su Hyde - non l'ha fatta soffrire». Il pensiero che avesse detto quest'ultima parte per lui, che stesse cercando di attutire il colpo per quando avrebbero trovato Billie morta, emerse nella sua mente, e lo spinse via piantando i gomiti sulla scrivania, strizzando gli occhi sui fascicoli. Probabilmente aveva ragione; questo bastardo era fisso nel suo schema, almeno nel modo in cui uccideva. Sicuramente aveva un altro coltello. Ma non avrebbe dato via questo a meno che l'atto stesso non significasse qualcosa.

Petrosky si raddrizzò. «Abbiamo già ricevuto il rapporto del medico legale su Hyde?»

Lei annuì. «Sì, è in questo casino da qualche parte». Sfogliò alcune pagine e gli consegnò i fogli stampati, e lui andò alla descrizione delle ferite.

«Ecco, questa parte - le ferite di Hyde mostrano che una sezione del coltello è seghettata. E Decantor non aveva detto che c'era un motivo di striature su tutte le sue vittime? Dalla lama?»

Lei annuì, realizzando. «E quello che abbiamo trovato da Hanover è liscio».

Era un'arma diversa. «Voleva solo mandarci un messaggio, non rinunciare al suo schema o al suo coltello».

«Hai ragione». Si alzò di nuovo in piedi. «Ma non c'è nient'altro che possiamo fare stanotte - se non riesci a dormire, vai a passare del tempo con Shannon, vai a trovare Candace e Jane». Quando lui aggrottò le sopracciglia, lei alzò una mano e la voce. «Abbiamo diffuso lo schizzo, le descrizioni. Scott ha la lama. All'alba, setacceremo quel quartiere da cima a fondo, cercheremo chiunque possa aver visto il riparatore di lavatrici di Gertrude o qualcuno che gironzolava intorno alla casa degli Hanover. Per ora, abbiamo bisogno di riposare un po'».

Ma non avevano tempo. Billie era scomparsa.

Jackson incontrò il suo sguardo. «Non puoi trovarla se sei fuori di testa, Petrosky», disse tranquillamente.

Ma lui poteva.

CAPITOLO 19

Il sole emerse dal suo manto di nuvole proprio mentre si fermavano davanti alla casa di Gertrude Hanover.

Questa volta, invece di parcheggiare nel vialetto, Jackson si fermò dolcemente sul marciapiede. Poi partirono, diretti nel mattino che lentamente si schiariva per trovare un assassino prima che Billie finisse come Ruby Hyde.

Petrosky si affrettò per stare al passo, i polmoni gli dolevano un po' ma non terribilmente. Meglio di quanto si sarebbe aspettato da uno che aveva fumato tre pacchetti in macchina la notte prima e aveva arricchito il caffè da asporto di oggi con più alcol di quanto ne avesse bevuto in qualsiasi mattina di questo mese. Ma il whisky era probabilmente l'unica cosa che gli permetteva di seguire Jackson lungo la strada e su per i gradini della casa del vicino di Hanover, evitando il vaso di tulipani morti e l'erba ornamentale ancora più morta. L'unico motivo per cui il tonfo del battente della porta non gli faceva scoppiare la testa. L'unico motivo per cui sentiva di poter respirare.

Se Jackson, o Shannon, avessero scoperto dell'alcol, potevano giudicare quanto volevano.

La giovane donna che aprì la porta aveva capelli color biondo spento arruffati dal sonno e una maglietta oversize che le arrivava alle ginocchia, ma l'uomo di pelle scura dietro di lei era impeccabile quanto la camicetta a righe di Jackson. Sorseggiò dalla sua tazza e mise un braccio intorno alle spalle della donna. «Possiamo aiutarvi?»

Il braccio di Petrosky si sentiva troppo pesante per sollevare l'angolo della propria giacca, ma non ne aveva bisogno. Jackson mostrò il suo distintivo e spiegò perché erano lì.

La donna scosse la testa in risposta alla domanda se avesse visto qualcuno corrispondente alla descrizione di Candace, ma l'uomo, che si presentò come Bernard Faral, alzò le spalle. «Un bianco con la pancia? Ce ne saranno probabilmente una trentina in questa zona, ma non posso dire di aver visto un furgone in giro. Sono in specializzazione al Henry Ford, però - lavoro molte ore, quindi l'unico modo in cui me ne accorgerei è se qualcuno lasciasse la propria auto in strada.»

Nessuno dei due aveva visto nessuno aggirarsi furtivamente intorno alla casa degli Hanover. «Me lo ricorderei», disse Faral. «Devo sempre tenere d'occhio quella casa.»

Jackson inclinò la testa. «Tenere d'occhio per...»

Le sue guance arrossirono - stava arrossendo. La donna, sua moglie, a giudicare dalle fedi d'oro identiche, alzò un sopracciglio verso Faral. «Beh», disse lui, «ogni volta che esco per prendere la posta, quella signora mi rivolge apprezzamenti dalla casa. Parla del mio... del mio sedere.» Lanciò un'occhiata a sua moglie quando ridacchiò.

Jackson annuì. «Naturalmente lo fa.» Il viso dell'uomo

si fece ancora più scuro - persino la punta delle orecchie sembrava calda.

Petrosky poteva assolutamente vedere Gertrude sul suo portico, fischiare a questo povero gentiluomo, cercando di farlo entrare per un tè e forse per molto di più. Voleva sorridere. Ma le sue labbra semplicemente non collaboravano.

Non c'era nessuno nella casa successiva, e i proprietari della casa dopo avevano risposte simili ai Faral - nessuno aveva visto nulla. Ma Petrosky si fermò all'angolo tra Beech e Whitmore, il mondo sotto i suoi piedi familiare come se quelle pietre avessero un tempo punto proprio quegli stessi cuscinetti di carne. La casa di mattoni rossi lo fissava. Quelle finestre con le sbarre. La tenda che si muoveva... *la tenda che si muoveva*. Qualcuno li stava osservando.

«Stai bene?» chiese Jackson.

«Sì.» Si costrinse ad andare avanti. «Andiamo a vedere il signor Lockhart.»

Le scale sembravano più ripide di quanto apparissero, molto più ripide di quanto ricordasse, lo squillo del campanello acuto e arrabbiato. L'uomo che aprì era magro, proprio come l'ultima volta. I suoi jeans pendevano dal suo corpo scheletrico. Ma i suoi occhi nocciola si strinsero quando vide il distintivo di Petrosky. «Di nuovo voi?» Il tatuaggio della ballerina hula della prigione tremolò sul suo avambraccio.

«È passato molto tempo, Lockhart», disse Petrosky, sorpreso dalla freddezza del suo tono. «Ti sono mancato?»

«Come ogni proiettile finora», scherzò Lockhart, poi sembrò rendersi conto che era la cosa sbagliata da dire ai poliziotti.

«Stai diventando audace con l'età, vero?» Petrosky appoggiò un gomito sullo stipite della porta. Lockhart si morse il labbro inferiore con i denti gialli sporgenti. «Hai molestato qualche ragazzina ultimamente?» Era per questo che Lockhart era stato arrestato? Non riusciva a ricordare.

Jackson gli lanciò un'occhiata di disapprovazione, ma lui la ignorò. La carne già pallida di Lockhart era diventata grigia. «Questa è molestia. Non potete continuare a venire qui quando sapete che non ho fatto nulla di male.»

«Non lo sappiamo.» Lockhart aveva ammirato Norton da lontano e aveva pensato di saltare sul treno dell'omicidio una volta che Norton fosse morto? Ma questo tizio non corrispondeva alle descrizioni di Candace o di Hanover, e... non aveva nemmeno molestato nessuno, vero? No, questo tizio aveva tirato fuori il suo cazzo davanti a una signora alla fermata dell'autobus. Ed era un grande salto dall'esibizionismo all'omicidio.

Lockhart fece un passo indietro dalla porta come se stesse considerando se sbattergliela in faccia. «Forse dovrei chiamare il mio avvocato.» Incrociò le braccia, e il terribile viso deforme della ballerina hula tremò - sembrava che stesse urlando.

«Sembra una reazione esagerata», intervenne Jackson. «Vogliamo solo sapere se hai visto un furgone blu girare intorno.»

Scosse la testa, le labbra strette.

«E quest'uomo?» Lei alzò lo schizzo del bel ragazzo di Hanover.

Lockhart tirò su col naso - agitato, ma nessun barlume di riconoscimento in quegli occhi da topo. «No.» E prima che Petrosky potesse staccarsi dallo stipite della porta, Lockhart chiuse la porta con uno sbuffo di aria stantia.

«Beh, è stato utile», mormorò Petrosky. Ma la sua rabbia era spenta, un mero sussurro di calore vicino all'apice delle costole. *Forse c'è davvero qualcosa che non va in me.*

La mascella di Jackson era tesa - per una volta, era più agitata di lui. «Scaverò nella storia di quel bastardo quando torneremo in centrale», disse. «Se c'è anche solo una multa non pagata, lo arresteremo.»

«Ehi, quella è la mia battuta.» Lanciò un'occhiata in tempo per vederla scrollare le spalle. «Sappiamo entrambi che è un idiota sospettoso, ma non corrisponde.» Anche Gertrude saprebbe se avesse fatto entrare il suo vicino, anche se Lockhart non era un granché da vedere. Petrosky aggrottò la fronte mentre tornavano su per l'isolato dall'altro lato, di fronte a Hanover. Avevano controllato i nuovi residenti la notte scorsa, pensando che se questo tizio volesse avvicinarsi a Norton, forse avrebbe cercato di vivere vicino al covo di tortura di Norton - vicolo cieco. Nessuno dei nuovi residenti corrispondeva alla descrizione di Candace o allo schizzo di Hanover. Nessuno aveva nemmeno un pickup blu.

Raddrizzò le spalle e andò avanti in uno stato di incoscienza. Bussando alle porte. Muovendosi su e giù per l'isolato il più velocemente possibile, ma sembrava che si muovessero nella melassa - o in cerchio. Era lui quello che aveva una storia qui, ogni passo su questa strada come un giradischi che si ripete, una canzone che odiavi che continuava e continuava e continuava. Ma cos'altro avrebbe dovuto fare? La stampa aveva diffuso gli schizzi, le descrizioni, e tutta la forza stava cercando il furgone. Il viso sorridente di Billie era stato in primo piano nelle notizie oggi. Doveva essere qui; doveva essere lui - quel messaggio era *per lui* - ma le sue terminazioni nervose formicolavano con il desiderio di combattere un nemico che non poteva vedere e proteggere una donna che non era qui.

Ti prego, fa' che Billie torni a casa.

Socchiuse gli occhi guardando il cartello "Vendesi" mentre passavano davanti alla casa dei Salomon. Il luogo dove avevano trovato il neonato di Lisa Walsh nel seminterrato, con la proprietaria uccisa sul prato, era ora di proprietà della banca. Sembrava difficile vendere una casa dove era stato commesso un omicidio, e per una buona ragione: poteva quasi vedere la povera signora Salomon sul prato davanti, con la vestaglia intrisa di sangue. Non si erano nemmeno preoccupati di mettere un lucchetto dell'agenzia immobiliare sulla porta. Perché il loro attuale sospettato aveva nascosto il bambino di Hyde nella casa di Webb quando sarebbe stato altrettanto facile lasciare il neonato qui, il luogo originale del crimine di Norton? Solo per dimostrare che era diverso? Ma se questo fosse un gioco per il loro assassino, se questo bastardo stesse cercando di dimostrare di essere più intelligente di Petrosky, avrebbe voluto assicurarsi di avere un degno avversario in grado di collegare i puntini quando non fossero così ovvi.

Arrivarono all'angolo di Pike e svoltarono a sinistra. «Questa si sta trasformando in una dannata caccia al tesoro», mormorò. Ma non importava finché il premio finale fosse una Billie viva e vegeta. Si asciugò il sudore dal collo e, sebbene sapesse che le sue dita erano bagnate, non riusciva a sentire l'umidità. Solo freddo.

«Che diavolo vuole farci vedere?» disse Jackson, più a se stessa che a lui. «Era davvero solo per il coltello? Doveva sapere che avremmo controllato l'isolato». I loro passi echeggiavano nel suo petto invece che nelle sue orecchie. Lei si fermò a metà della strada e si girò, allungando il collo, scrutando le case come se potesse apparire dal nulla qualche nuova informazione. Tutto era familiare, tutto, ma niente era lo stesso: qui, nuova vernice brillava sulle persiane, là, aiuole fiorite prosperavano libere dal ghiaccio, e attraverso tutto ciò c'erano vialetti di cemento asciutti non segnati dalla neve e dal sale che erano presenti l'ultima volta che era stato qui.

I suoi occhi indugiarono sulla vecchia casa di Zurbach,

e poteva quasi sentire la voce dell'uomo: «Wendell Zurbach, con la *H*. È tedesco». Zurbach aveva venduto la casa anni fa, secondo i registri. Peccato. Quel vecchio era stato il cane da guardia del quartiere, e aveva avuto da ridire su tutto, dal cane randagio dall'altra parte della strada alle feste rumorose di Lockhart e alle ragazze troppo giovani che aveva visto lì, fino a...

Le viscere di Petrosky si contorsero in un groviglio infuocato. Ma spostò lo sguardo sulla casa di fronte a quella di Zurbach: Garage separato. Vialetto crepato. Un prato come una giungla.

È lì che l'ha fatto: è lì che Norton ha ucciso il tuo partner. Lo ha fatto a pezzi come se non fosse nulla.

«Quel posto è ancora abbandonato?» chiese, ma le parole suonavano estranee, lontane. Jackson aveva raccolto fascicoli su tutte le case direttamente collegate a Norton, ma non riusciva a ricordare la proprietà che stava fissando ora. Forse il suo cervello stava cercando di impedirgli di pensarci. Ma poteva sentire l'odore del seminterrato da qui: metallico. Acido.

Jackson annuì; se aveva notato la stranezza che lui sentiva nella sua voce, non lo diede a vedere. «Ad oggi, sì. È stata acquistata recentemente all'asta, ma nessuno è venuto a fare lavori, da qui il disordine».

Strizzò gli occhi guardando ancora una volta il prato disordinato, poi la porta, poi il sentiero, poi la finestra sul lato del garage, il vetro crepato come una ragnatela: la minima pressione, e tutto sarebbe crollato. Come lui. Ma... «Di chi è quello?»

Jackson seguì il suo sguardo. Aggrottò le sopracciglia. «La bicicletta?»

Non una bicicletta qualsiasi. Una bici da corsa blu a dieci velocità. Una blu... I suoi polmoni smisero di funzionare. Non avevano mai trovato la bicicletta quando stava lavorando al caso Norton, ma avrebbe sempre ricordato il loro piccolo testimone che l'aveva vista sfrecciare via dalla scena del crimine. Era stato quello il primo omicidio di Norton?

E poi Petrosky stava correndo, le sue scarpe da ginnastica volavano sul cemento, verso il garage, verso la bicicletta, il respiro ansimante nelle orecchie, ma non poteva sentire nulla, vedere nulla se non il blu del metallo, i pneumatici di gomma sbiaditi.

Si inginocchiò, il vialetto scheggiato pungente contro il suo ginocchio. Toccò la catena della bicicletta - scivolosa ma granulosa - e un odore chimico gli entrò nel naso. Olio. *Non una coincidenza, assolutamente no.* Avevano trovato olio normalmente usato per catene di biciclette incastrato in un graffio sul lato dell'auto di Morrison... dove Norton aveva abbandonato il suo corpo. Non sapeva se questa fosse la stessa bicicletta usata da Norton, e non l'avrebbero mai saputo: le prove forensi sarebbero state degradate se l'assassino avesse lasciato qualcosa. Ma la bicicletta sembrava un altro messaggio. L'assassino sapeva della bici da corsa blu a dieci velocità, e il suo furgone... il suo furgone *blu*. Un omaggio alla bicicletta blu di Norton, ma comunque un miglioramento rispetto al suo predecessore.

Più veloce. E molto più efficiente.

CAPITOLO 20

Entrarono dalla porta sul retro, con Petrosky che armeggiava con la serratura con le dita tremanti.

La cucina era più o meno come la ricordava, ma la pentola a cottura lenta che una volta giaceva abbandonata sulle piastrelle della cucina era sparita, e questo, più dei ripiani di linoleum vuoti o della moquette sporca nel soggiorno, sembrava in qualche modo profondo. Era come se senza quel piccolo elettrodomestico, la stanza avesse improvvisamente perso ogni traccia di umanità. Nessun cane, ovviamente - era quello che era venuto a cercare la prima volta che era stato qui. Un cagnolino che i precedenti occupanti avevano lasciato. Gigi. Quella piccola cagna era una morditrice, e di lei non sentiva la mancanza.

Jackson aprì l'armadietto più vicino alla porta e lo richiuse delicatamente con un *tonfo* sordo. «Forse dovremmo chiamare i rinforzi». Trascinò lo sguardo lungo il bordo dove il soffitto incontrava la parete, poi verso il corridoio. «Se ti ha portato qui di proposito, se sapeva che avresti capito cosa significava la bicicletta, se sapeva che saresti stato in questa casa... forse l'ha collegata».

Petrosky scosse la testa. «Non è il suo gioco - troppo facile». Non c'era motivo di mostrarsi a Candace o di lasciare la bicicletta o persino di piantare quel coltello; quelle cose erano disordinate. Rischiose. Quando si trattava di Petrosky, il loro sospettato non cercava un mezzo per raggiungere un fine. Ogni pezzo che aveva lasciato era un indizio - e chi avrebbe tormentato se Petrosky fosse sparito?

«Non intendo una bomba», disse Jackson. «Pensavo a una telecamera, così potrebbe guardarti. E in realtà non sappiamo quale sia il suo gioco; l'ha cambiato abbastanza volte finora».

Petrosky la sentì a malapena. Proseguì verso il soggiorno, con gli occhi socchiusi verso il tappeto appiattito, gli escrementi di topo - o forse di coniglio - nell'angolo, la finestra anteriore oscurata dalla polvere e dal tessuto ingiallito e dalle zanzariere sporche. Nient'altro da vedere, ma poteva sentire il bastardo nel posto, sentirlo come l'olio che gocciolava tra le scapole, una presenza che si fondeva con il pensiero insistente che era già stato qui, che aveva già fatto questo. L'assassino era nel suo sangue.

E Morrison era morto nel seminterrato - se il colpevole aveva lasciato un indizio, sarebbe stato lì. Si diresse lungo il corridoio, oltre la camera da letto dove Jackson stava sbirciando nell'armadio, con il naso che gli pizzicava per l'odore metallico del ferro; la sua bocca sapeva di polvere. Poteva quasi sentire la voce di Morrison, che sussurrava dalle viscere della casa, che lo chiamava dalla cantina: *Avanti, capo!* Ma...

No, questo non era giusto.

Strizzò gli occhi guardando oltre la spalla verso l'ingresso della cucina. Le stanze non erano cambiate molto, una porta su ogni lato. Un bagno, una camera da letto, anche se ora non c'era nessun materasso, nessun preservativo usato sparso in giro. Più pulito di prima. Ma all'estremità del corridoio...

Aggrottò la fronte verso la parete vuota.

C'era stata una porta lì; ne era sicuro.

Cosa stai facendo, Petrosky? sussurrava la voce di Morrison, ma sembrava come se stesse annegando, cercando di parlare attraverso una marea crescente. *Aiutami!* E poi Petrosky poteva vederlo, le labbra rosse di sangue, le braccia e le mani segnate da ferite da difesa, l'osso bianco del suo avambraccio che brillava sotto la carne recisa. Lottando per sopravvivere su quel maledetto pavimento del seminterrato. E quando Norton era andato a prendere la lama per finirlo... Morrison aveva scritto quel biglietto con il suo stesso sangue e l'aveva messo al sicuro in una tazza da caffè. *Per me.* Perché quella era stata la sua unica scelta. Petrosky non era stato lì quella notte, non era stato lì per aiutare il suo ragazzo. *Ero un ubriaco.* Proprio come adesso.

Non ricordava di aver camminato fino al vicolo cieco del corridoio, ma ora appoggiò una mano contro il muro, la vernice fresca nonostante il caldo fuori, nonostante l'aria umida che gli stava incollando la camicia alla pelle. Il suo cuore pulsava, irregolare e acuto; il sudore gli pizzicava la fronte.

«Ehi... c'è un seminterrato, vero?» disse Jackson da qualche parte alle sue spalle. Ah, sì, anche lei aveva letto i fascicoli. «Dov'è?»

«Qui». Bussò, fece scorrere la mano lungo il muro e bussò di nuovo. Vuoto.

«Sembra un muro». Più vicina ora. «Pensi che l'abbia coperto-»

«Sì». Sentiva la certezza di ciò nel midollo. Si guardò

intorno, cercando un martello, una chiave inglese, una pala, persino un'altra pentola a cottura lenta, qualsiasi cosa potesse aiutarlo, ma il pavimento era vuoto. Jackson gli posò una mano sul braccio. «Petrosky?»

Fece un passo indietro, sollevò il piede e calciò con tutta la sua forza.

La sua scarpa attraversò facilmente il cartongesso - niente oltre, nessun isolamento, nessuna trave di supporto. *Lo sapevo - non sono pazzo*. Almeno non su questo. La pelle del suo polpaccio doleva dove il cartongesso si era scheggiato contro di essa. Liberò il piede e colpì di nuovo, ancora e ancora, la sua pelle che bruciava, i suoi muscoli che urlavano, e Jackson - anche lei stava urlando.

«Basta!»

Si fermò, ansimando, e guardò giù per le scale, la lenta discesa nell'oscurità.

I gradini erano ripidi - claustrofobici. Tastò lungo il muro, facendosi strada giù per un gradino, poi il successivo, il legno marcio che gemeva sotto le sue scarpe. Instabile. Come lui, come lui.

Poteva vedere la luce dal buio sottostante, una sorta di foschia cupa che penetrava a malapena le ombre del pianerottolo. I suoi polmoni non funzionavano bene; ogni passo creava una debole sensazione di gonfiore dentro il suo petto che si sgonfiava quando cercava di inspirare - come cercare di succhiare aria da un sacchetto di plastica per sandwich. E sebbene sapesse che il suo cuore stava effettivamente funzionando, sapesse che il suo pacemaker ne avrebbe assicurato il funzionamento, sapesse che non aveva punti freschi nel petto ora, poteva sentirli, dio, poteva sentirli - piccoli punti acuti che tiravano la sua carne come se qualcuno gli stesse strappando i peli del petto.

Scese dalla scala ed entrò nel seminterrato - lentamente, tutto si muoveva *così lentamente*. Non ricordava di aver estratto la pistola dalla fondina, ma eccola lì, che brillava opacamente nella sua mano. Jackson gridò qualcosa nel buio che suonava come «Polizia!» ma non riusciva a vedere immediatamente a chi stesse urlando nella penombra sfocata. Una brezza gli sfiorò le guance ispide con le sue dita fresche - una brezza dalla fila di vetrocemento che correva lungo la parte superiore del muro di cemento, con una larga sezione mancante. Ma non portava via il denso odore di muffa. Non portava via il metallo sulla sua lingua. Sangue, il sangue di Morrison, che si coagulava nella sua gola, che gli tappava il naso con il ferro. Il suo ragazzo era qui; era morto qui. Forse era ancora qui. Era a lui che Jackson stava urlando? No, non aveva senso.

Socchiuse gli occhi, i suoi punti fantasma tiravano più forte, strappandogli un grugnito dalle labbra, ma non riusciva a capire cosa stesse guardando; sapeva solo che era argenteo, più luminoso della sua pistola. Un'orbe all'altezza della coscia, appena visibile nell'ombra vicino al pavimento: la luce dalla finestra non arrivava lì, come se il sole se ne stesse volutamente alla larga. Fu solo quando sbatté di nuovo le palpebre che riuscì a distinguere i filamenti di capelli che scendevano verso il pavimento, i ciuffi grigi che facevano sembrare l'orbe più simile a una cometa che si muoveva lentamente verso il soffitto, la coda gassosa orlata di un cremisi infuocato anche nella penombra.

Una mano malvagia afferrò i suoi punti immaginari e li strappò, i bordi filamentosi lacerandogli il petto.

Non era polvere o una coda gassosa. La sfera non era una cometa.

«Oh merda» disse Jackson. «Oh merda.»

Non sentì la pistola cadere, ma la udì colpire il pavimento, un tintinnio acuto che lo strappò dal suo torpore. Billie era seduta proprio come era stata Ava Fenderson, ma le sue braccia, le sue mani, erano legate dietro la schiena - non l'aveva crocifissa, grazie a Dio non l'aveva crocifissa. Anche i suoi vestiti erano intatti, la maglietta le pendeva floscia addosso, la frangia dei suoi pantaloncini visibile sotto. Tutto intriso di sangue. Le sue ginocchia urlarono quando si gettò a terra al suo fianco, ma non importava, nulla importava se lei era morta.

Allungò la mano verso le sue mani legate e cercò delicatamente la curva del suo polso, premendo leggermente, cercando di localizzare il pulsare di un battito sotto la sua carne fredda e appiccicosa. La sua arteria radiale rimase immobile - era solo lui? Il suo cuore vibrava così forte che forse non riusciva a sentire la vita che ancora pulsava in lei. E lei sarebbe stata stanca, disidratata, certo che lo sarebbe stata - un polso debole non significava morta. Le mise una mano su entrambi i lati del viso. «Billie.» La parola fu un gracidio, timido e terribile.

Lei non disse nulla. La sua mascella era fredda contro il suo pollice. Le sue guance erano bagnate - lacrime o sangue?

«Billie» disse di nuovo, più forte, e questa volta tirò, sollevandole il viso, allontanandole il mento dal petto. Per un momento, si incollò, oh Dio, quel suono come uno strappo bagnato, e poi vide la forchetta, i rebbi erano conficcati nel suo petto, il metallo affilato emergeva dal profondo del suo mento. Ma non era quello che l'aveva uccisa. Appena sopra il collare malvagio, la gola di Billie era un abisso che si sarebbe spalancato come una seconda bocca sanguinante se le avesse reclinato la testa all'indietro.

La tenne ferma, tracciò i suoi zigomi con i polpastrelli dei pollici e fissò il suo viso, i suoi bellissimi occhi blu - spalancati, freddi, privi di vita.

Aveva ucciso Billie non appena l'aveva presa. Non avevano mai avuto una possibilità.

CAPITOLO 21

Il tempo passò in un istante, un turbine di ricordi e sangue.

Il corpo di Morrison sul sedile posteriore della sua auto, la gola tagliata, il Visqueen che luccicava sotto di lui.

I tecnici della scientifica si affaccendavano intorno a Billie. Lui sedeva sul cemento accanto a lei, ma non riusciva a guardarli mentre raccoglievano, frugavano, raschiavano.

Ruby, quel dente scheggiato nel suo viso frantumato, la ferita spalancata nella gola, le striature cremisi sul suo addome gonfio.

Premette la gamba contro quella di Billie, immaginando di poter sentire l'ultimo calore scivolare via dal suo corpo e disperdersi nell'aria. Nel nulla.

Gli occhi azzurro brillante di Billie, il sangue sulla sua camicia, il luccichio argenteo dei suoi capelli.

Udì vagamente se stesso minacciare l'uomo che voleva metterla in un sacco. Il cielo divenne arancione, poi viola.

Le tenne la mano nell'ambulanza - niente sirene. Non ne avevano bisogno.

Qualcuno nell'ambulanza gli stava parlando. Qualcuno

gli toccò il braccio. Lui continuava a fissare gli occhi di Billie, le piccole fessure bianche sotto le palpebre. Lo lasciarono in pace.

Il veicolo si fermò e per un momento credette che fosse il suo cuore ad aver smesso di funzionare, un ultimo battito, poi il nulla. E poi stava correndo per stare al passo con la barella, le ruote così veloci, così veloci. Woolverton alzò lo sguardo quando portarono dentro Billie. Sbatté le palpebre.

L'inserviente della barella parlava.

Woolverton si spinse gli occhiali sul naso.

Petrosky teneva la mano di Billie. La teneva stretta perché non fosse sola. Woolverton non contava. Anche lui la stava punzecchiando, sondando, raschiando.

Woolverton pensava che fosse morta.

Aveva la bocca secca. Gli occhi gli bruciavano. Le gambe gli facevano male per lo sforzo di tenersi in piedi accanto al tavolo d'acciaio.

Clink-raschia facevano gli strumenti di Woolverton. *Clink-raschia. Clink-raschia.*

Jackson era sulla porta, con il telefono in mano. Era per lui? Era Billie?

Incrociò il suo sguardo e abbassò il cellulare. «Vuoi farlo tu? Dobbiamo dirlo a Candace e Jane; non possiamo lasciarle nell'incertezza».

«Dire cosa a Candace?»

Lei si morse il labbro. «Petrosky...»

Il *clink-raschia* si fermò, poi ricominciò. *Clink-raschia. Clink-raschia. Clink-raschia.*

Avrebbe dovuto dire qualcosa. Non aveva nulla da dire. «Chiamale tu».

«Hanno bisogno di te; vorranno parlare con...»
«Chiamale tu».
Lei lo guardò negli occhi. Poi se ne andò.
Lui strinse la mano di Billie. Era fredda - quando era diventata così maledettamente fredda?
Clink-raschia. Clink-raschia. Osservava Woolverton al lavoro. La lama. L'incisione a Y. Il suo cuore, il suo cuore così buono. Ma non riusciva a muoversi. Non poteva fare nulla.
Aveva troppo freddo.
Come lei.

Vedeva solo il buio - era morto? Aprì gli occhi. E gemette.
I fianchi gli facevano male per essere rimasto seduto sulla dura sedia di plastica, e la testa... merda. A un certo punto, aveva appoggiato la testa contro i mattoni dipinti, e ora l'osso gli doleva come se qualcuno gli avesse dato una mazzata sul cranio. Si alzò a fatica e scrutò il tavolo d'acciaio di Woolverton - ora vuoto. E niente Woolverton. Si guardò indietro; da dove era venuta quella sedia comunque? Non c'era una sala d'attesa nell'obitorio, e... *Billie.* Dov'era Billie? Non ricordava di essersi seduto, non ricordava che l'avessero portata via, ma ricordava il seminterrato, ricordava di aver cercato di sollevarle la testa...
Resistette all'impulso di crollare di nuovo sulla sedia. Si sentiva svuotato, con i nervi a fior di pelle - non era un uomo; era il vuoto dolorante nel mezzo del suo petto. Sbatté le palpebre, ma i suoi occhi si rifiutavano di mettere a fuoco; forse avevano capito che non aveva senso guardare quando tutto ciò che vedeva alla fine diventava orribile.
Gli occhi senza vita di Billie, il sangue, il sangue.

Un suono attirò la sua attenzione da sinistra, appena fuori dalla porta. Jackson? Ah, e c'era il medico legale che parlava con la sua partner. Ma per quanto tendesse le orecchie, non riusciva a distinguere le loro parole. «Ehi, Jackson?»

Il suo sguardo rimase fisso su Woolverton. Anche il dottore sembrava non averlo sentito. Forse era davvero morto. Tanto meglio.

«Jackson», disse di nuovo, più forte, ma lei continuava a non girarsi. Un'ondata di calore gli salì dalla pancia al petto, e sebbene potesse identificare la sensazione, sebbene sapesse logicamente che era rabbia, si sentiva incapace di reagire. Il suo cervello si era scollegato, i fili recisi dal corpo.

«Che cazzo sta succede...? Cosa...?» Non riusciva a completare la frase - il suo cervello, le sue labbra, qualcosa era rotto. E i suoi muscoli... stavano tremando, vero? Il suo braccio quasi si contorceva. Stava avendo un attacco epilettico? Aveva la vaga idea che avrebbe dovuto far male, ma non sentiva niente, non veramente.

Jackson si voltò verso la porta, verso di lui, Woolverton alle calcagna, e mentre entrambi entravano nell'obitorio, l'orrore sul suo viso innescò un filo vivo nella sua testa. Il suo cervello si schiarì improvvisamente, i neuroni si riconnessero scacciando via la nebbia.

Jackson incrociò lo sguardo di Petrosky. «Mi dispiace. Come ti senti?»

Woolverton non offrì alcuna scusa. Aggirò Jackson per raggiungere il suo tavolo, lanciando a malapena uno sguardo alla sedia contro il muro - *l'ha messa lui lì. Per me.*

Petrosky si sforzò di parlare. «Candace l'ha presa male?» In quel momento, non gli venne in mente nient'altro da dire.

«L'ha presa il meglio possibile, date le circostanze». Le

sue narici si dilatarono - era nervosa anche lei, quasi... ansiosa. Era successo qualcos'altro?

«Che c'è?»

Lei si schiarì la gola. «C'è qualcosa che devi sapere.»

Oh merda. Shannon? I bambini? «Sputa il rospo!» Woolverton si girò di scatto e si allontanò di nuovo dal suo tavolo, tornando verso di loro, con gli occhi spalancati e i muscoli magri tesi. *L'ho urlato contro di lei?* Woolverton si spostò di lato come per mettersi tra Petrosky e Jackson, ma Petrosky alzò le mani e fece un passo indietro. «Dimmelo e basta.» Riusciva a malapena a formulare le parole. «Maledizione, solo-»

«Scott ha ricevuto i risultati del coltello che abbiamo trovato da Hanover.» *Oh, grazie a Dio, Shannon sta bene, stanno tutti bene.* Il silenzio si prolungò, la bocca di Jackson si muoveva come se stesse cercando le parole giuste ma continuasse a fallire. Finalmente, concluse: «Il sangue non appartiene a nessuna delle sue vittime recenti.»

«Noi...» Ok, aspetta, era una novità? Il suo cervello sembrava fritto, ma avrebbe potuto giurare... «Lo sapevamo già, no? Il coltello che abbiamo trovato non ha la lama seghettata, non-»

«Il coltello trovato da Hanover era coperto del sangue di Morrison.»

Woolverton non c'era più, l'obitorio era solo un ricordo.

Morrison... no.

Com'era possibile? Certo, non avevano mai trovato l'arma usata per uccidere Morrison - avevano testato tutte le lame nel piccolo nascondiglio in cantina di Norton per il DNA ma non avevano trovato nulla. E ora Norton era morto. Come aveva fatto quest'uomo ad ottenere il suo coltello? Norton non l'avrebbe mai regalato. Norton aveva forse un altro nascondiglio, uno che questo tizio conosceva? Questo stronzo aveva semplicemente trovato l'arma? Ma anche se l'avesse trovata per caso, non avrebbe fatto il collegamento con la morte di Morrison a meno che...

Sapesse esattamente per cosa era stato usato il coltello. Il sangue nelle vene di Petrosky si raggelò all'istante, il mondo pulsava intorno a lui. Norton non aveva agito da solo. Norton poteva aver torturato quelle ragazze da solo, forse le aveva anche uccise da solo, ma quando era arrivato il momento di eliminare un poliziotto... aveva avuto aiuto.

L'uomo che aveva ucciso Morrison era ancora là fuori. Si era tenuto nascosto tutti questi anni perché sapeva che era meglio non usare la stessa lama. Ora era pronto a uscire allo scoperto - pronto ad annunciare al mondo chi era e cosa aveva fatto.

Petrosky sbatté le palpebre guardando Jackson. Gli occhi blu senza vita di Morrison lo fissavano dal suo viso. I capelli di Billie luccicavano dal suo cranio.

La bicicletta. La lama.

Non avevano mai avuto un imitatore. Il loro assassino era qualcuno che era stato coinvolto con Norton. Qualcuno che lo conosceva.

Un partner nascosto. Più intelligente. Più attento.

Ma altrettanto selvaggio.

CAPITOLO 22

Petrosky non ricordava di aver guidato fino a casa. Non ricordava di essere andato a letto. Ricordava le ragazze della porta accanto - Jane e Candace lo avevano aspettato sul suo portico, volevano abbracciarlo, gli dicevano che andava tutto bene. Non andava bene. Non ricordava di averle mandate via, ma doveva averlo fatto - ricordava le loro lacrime.

Il Jack gli bruciava lo stomaco finché la bottiglia non fu vuota, e anche allora si rifiutò di lasciarla andare, stringendo il collo di vetro contro il cuscino. La lingua enorme di Duke gli massaggiava la mano, il pesante ansimare del cane gli sibilava nell'orecchio. Ma il cane non emise altri suoni, a differenza di ogni altro maledetto giorno, come se il vecchio ragazzo avesse capito che stanotte non sarebbe stato il benvenuto.

«Mi dispiace». Lo disse al soffitto, a tutte le persone che aveva deluso, lo sussurrò finché la sua voce non divenne roca e i suoi occhi asciutti. Duke gli leccò la mano. Petrosky si girò su un fianco, affondò la testa nel morbido pelo del cane e trovò altre lacrime. Un killer che idolatrava

Norton, che aveva il coltello di Norton, era ancora là fuori. E il cuore di Petrosky era troppo pesante per permettergli anche solo di respirare, figuriamoci inseguire quel bastardo. Che senso aveva?

Nessuno. Non era niente. Non aveva protetto Morrison da Norton, e non aveva protetto Billie - non poteva proteggere nessuno da questo nuovo stronzo. *Spero che mi trovi. Spero che mi trovi e mi faccia fuori.*

Dormicchiò a intervalli, e quando il cielo si schiarì, aveva un nuovo tipo di dolore alla testa, un dolore profondo che pulsava nelle tempie come se gli sparassero ripetutamente con un proiettile debole - alla fine avrebbe rotto le fragili ossa del cranio e lo avrebbe ucciso, ma non prima di averlo fatto soffrire.

Toc-toc-toc.

Strinse gli occhi. Shannon aveva già bussato due volte ma si era fermata prima di mandare dentro i bambini, il che sarebbe stato un ricatto emotivo - grazie a Dio era meglio di così.

Il bussare riprese.

«Vai via. Sto dormendo».

«Un corno che stai dormendo». Non era Shannon. Era Jackson.

Si tirò su a sedere, e la stanza girò, i suoi occhi annebbiati dal sonno e dall'alcol. «Vai via, mi sto masturbando».

«Oh, per l'amor del cielo», scattò Jackson. «Apri questa porta o la sfondo, e non pagherò per sostituirla».

Sospirò. Duke allungò le sue grandi zampe, sfiorando la schiena di Petrosky come per spingerlo giù dal letto. «Sto andando, ragazzo. Sto andando». Quella dannata palla di pelo pensava sempre di sapere cosa fosse meglio.

I suoi piedi sembravano pesanti e i suoi muscoli incerti - deboli ma ancora tesi come un elastico che qualcuno aveva stirato oltre l'utilità mentre tirava la porta verso l'interno. I cardini erano sorprendentemente silenziosi. «Beh, che piacere incontrarti qui, *a casa mia*».

Jackson strinse gli occhi su di lui, con le braccia incrociate - valutandolo, forse cercando di decidere cosa dire per migliorare le cose. *Buona fortuna con quello; vuoi provare ad abbracciarmi anche tu?* Non lo fece; Petrosky fu improvvisamente spinto all'indietro, e prima che se ne rendesse conto, lei lo aveva superato e stava tirando fuori il cassetto del suo comò.

Si girò di scatto, una mano tesa per mantenersi in equilibrio. «Che cazzo stai-»

«Ti sto vestendo. E poi ti porto al lavoro».

«Non vado al lavoro». Billie era già morta. E ora avevano poliziotti che sorvegliavano le case, tenevano d'occhio i vicini, Shannon, Margot e Stella. Jackson glielo aveva detto... no?

Barcollò di nuovo all'indietro quando una maglietta nera lo colpì in faccia.

«Se pensassi che stessi elaborando il lutto e fossi sobrio, va bene». Sbatté il cassetto e fece cenno alla bottiglia vuota sul letto, il tappo tolto, la base nascosta sotto il cuscino. Le orecchie di Duke si drizzarono. Scodinzolò debolmente verso di lei, ma riabbassò la testa quando lei si voltò di nuovo verso il suo padrone. «Mettiti quella maglietta. Abbiamo un caso da risolvere».

«Ti ha mandato Carroll?» Aggrottò le sopracciglia; i suoi denti erano pastosi e nauseanti.

Lei alzò un sopracciglio. «Ti piacerebbe, vero, avere Stephanie Carroll tutta preoccupata? Forse speri che venga qui a fare un pisolino con te». Si avvicinò a grandi passi, le spalle quadrate, la mascella dura. «Come sta il capo ultimamente? L'hai vista di recente? Magari proprio in questa stanza?»

Mi sta prendendo in giro. «Non ho bisogno di una babysitter, Jackson».

«Forse non hai bisogno di una babysitter, ma hai informazioni anche se non lo sai, e non ho intenzione di lasciare che qualcun altro muoia mentre te ne stai qui seduto a compatire te stesso. Questo era il tuo caso. I tuoi cari. Devi finirlo con me. Poi potrai cadere nel tuo buco e affogare». I suoi occhi brillavano. Arrabbiati.

Ho bisogno di una babysitter. Sono un fottuto pezzo di merda inutile.

Abbassò lo sguardo sui suoi boxer, la pancia che spuntava da sotto l'orlo della canottiera. *Al diavolo.* Non è che potesse peggiorare le cose. Si tolse la maglietta e la lasciò cadere a terra. Jackson scomparve nel suo armadio - le grucce sulla barra stridettero.

Quando ebbe finito di infilarsi la nuova maglietta e un paio di jeans che aveva trovato per terra, lei gli porgeva una giacca. «Vuoi pisciare prima, o te la tieni?»

«Cristo santo, Jackson».

Lei incrociò le braccia.

«Ti aspetto in cucina», disse lui, ma le sue gambe sembravano di gomma - ce l'avrebbe fatta? Sì, ce l'avrebbe fatta; i poteri forti non lo amavano abbastanza da lasciarlo semplicemente morire.

«Lavati anche i denti», disse Jackson alle sue spalle. «Puzzi come una dannata distilleria». Una pressione costante sulla sua spalla lo fece fermare - la sua mano era ferma, decisa, il suo respiro caldo contro il suo orecchio. «E questa sarà l'ultima volta che ti do un'opportunità, che tu stia elaborando il lutto o no. Hai capito?»

L'ultima volta. Non doveva dirgli per cosa. Annuì il suo

accordo - *resterò sobrio* - ma non ci credeva, nemmeno ora che era ancora un po' ubriaco.

Petrosky fece i suoi bisogni e si diresse verso la porta d'ingresso, aspettandosi che Jackson fosse pronta con il suo SUV, intenzionata a portarlo di corsa al distretto. Invece, lei gli tese un'imboscata in cucina. Shannon ed Evie erano già sedute al suo tavolo bistrot, Shannon con una tazza di... urina? Probabilmente tè. Jackson gli spinse qualcosa in mano e lo trascinò in soggiorno, le sue gambe ancora instabili - fuori equilibrio. Il tavolino era disseminato di fascicoli.

«Pensavo che mi stessi portando al lavoro», disse.

«Lo sono». Afferrò un rotolo di nastro giallo da scena del crimine dal divano e ne fissò un lato all'arco dell'ingresso. «Creeremo la nostra piccola zona. Non vogliamo spaventare i bambini». Fece un cenno verso il tavolo da pranzo. Evie sorrise e agitò la mano, piena di panino schiacciato al prosciutto e formaggio. Un pezzo di formaggio cadde sul tavolo. Shannon lo afferrò rapidamente e se lo mise in bocca, ma la sua espressione... occhi socchiusi e narici dilatate. Era arrabbiata anche lei con lui.

Proprio quello che mi ci voleva. Ma non si sentiva irritato; dentro di sé c'era solo un vuoto freddo. E dannazione se non gli piaceva di più così.

«Abbiamo entrambi bisogno di un po' di tempo per lavorare lontano dall'ufficio», stava dicendo Jackson. «Andrà bene». Fissò l'altro lato del nastro e gettò il rotolo sulla poltrona Lay-Z-Boy.

Bene? Forse, ma questa era una situazione che richiedeva tutte le forze disponibili, e Decantor stava lavorando al distretto... Socchiuse gli occhi guardando Jackson. «Carroll non sa che sto lavorando a questo caso, vero?»

«Papà Ed!» *Addio al nastro del crimine.* Petrosky barcollò quando Henry gli si schiantò contro il retro delle ginocchia, ma il ragazzo gli evitò di cadere stringendolo più forte. «Cos'è mas-tur-barsi?»

«Era nascosto nella stanza accanto quando ho bussato alla tua porta», disse Jackson. «Buona fortuna con quella domanda». Henry lo fissava ancora, con le braccia bloccate intorno alle sue gambe, in attesa di una risposta.

«È un tipo di biscotto».

Henry lo lasciò andare e fece un passo indietro. «Perché lo chiamano così?»

«Per via di tutta l'esca extra».

«Cos'è l'es-»

«Wow, è quello un T-Rex?» Petrosky indicò la cucina.

Henry corse via ridacchiando, allungando il collo come se si aspettasse di vedere un enorme rettile di guardia vicino al frigorifero. Quando si rese conto che la stanza conteneva solo sua madre e sua sorella, si unì a Shannon al tavolo, concentrandosi sul suo pranzo. Niente più domande.

Jackson alzò gli occhi al cielo. «Bella mossa, nonno. Ora mettiamoci al lavoro».

Si sistemò sul divano, Jackson accanto a lui, ma la sua mano era in fiamme. La guardò, vagamente sorpreso di vedere un bicchiere di carta cerato in mano: quello di Rita. Quando aveva preso il caffè? Erano andati da Rita oggi?

«Questo è ovviamente collegato al caso Norton, ma in un modo che non avevamo previsto», disse Jackson, con voce probabilmente normale, ma alle sue orecchie le parole suonavano attutite. «Probabilmente un complice, ma forse solo un amico. In ogni caso, non credo che il nostro tipo abbia avuto nulla a che fare con le ragazze rapite da Norton».

Petrosky annuì, sbattendo le palpebre mentre la sua mente cominciava a schiarirsi. Troppe incongruenze con Hyde e Billie. Nessuno dei due era stato torturato o violentato come le vittime di Norton, il che non era una consolazione: se il loro assassino avesse avuto il tempo di torturare Billie, forse avrebbero avuto il tempo di salvarla. Attese la familiare stretta al cuore, il dolore lancinante, ma sentì solo un pesante intorpidimento. Come se il suo petto fosse silenziosamente collassato in una voragine.

Scricchiolio: sobbalzò. Shannon si era spostata dal suo posto al tavolo e stava sbirciando nel soggiorno da dietro il nastro; i bambini erano scomparsi. «Forse dovremmo lavorare da un'altra parte», disse piano, troppo piano perché Shannon potesse sentire.

Ma non abbastanza piano. «Col cavolo», sibilò lei, passando sotto il nastro. «Norton e il suo amico stronzo... mi hanno portato via mio marito, l'hanno portato via ai miei figli. Non me ne andrò da questa storia». La sua voce si incrinò, ma raddrizzò le spalle, rigida. Le sue mani erano chiuse a pugno.

Jackson si appoggiò allo schienale del divano, lo sguardo neutro, per nulla sorpresa. *Ecco perché siamo qui: Shannon sa della morte di Morrison quanto ne so io*. Di nuovo Petrosky attese di provare qualcosa, diavolo, *avrebbe dovuto* provare qualcosa per il modo in cui la voce di Shannon si era incrinata, per il dolore appena velato sul suo volto. Niente. La stanza stessa sembrava diversa, realizzò, un paesaggio grigio ombreggiato come se stesse guardando un vecchio film della sua vita. Forse la sua camicia non era affatto nera. Forse era di qualche tonalità di blu o verde: importava? Importava qualcosa? Abbassò lo sguardo sul tavolo. *Le devi almeno questo, vecchio mio. Hai lasciato morire suo marito.*

Sospirò. L'unico modo per uscirne, l'unico modo per mettere a riposo questa storia per Shannon, era risolverla, e pezzo di merda inutile o meno, doveva provarci. Poi, come aveva detto Jackson, poteva affogare. Da solo. Era meglio così.

Aprì il fascicolo del caso.

Interviste, nomi, date; poteva quasi vedersi parlare con le madri delle vittime, dando loro le cattive notizie e guardando la speranza svanire dai loro occhi. Poi vennero gli schizzi: disegni lineari di lame - armi medievali in possesso di Norton, le forme e le dimensioni dedotte dalle ferite delle sue vittime. Pagina dopo pagina dopo pagina di ragazze scomparse e armi e sangue e torture. Ma non aveva bisogno degli appunti, non per questo. Gli orrori in queste pagine poteva recitarli a memoria.

Il retro della copertina del fascicolo si avvicinava e con esso la piccola e regolare scrittura di Morrison: gli appunti del suo partner, deturpati da macchie scure d'inchiostro della fotocopiatrice. Gli originali erano stati macchiati di sangue.

11/12 18:45: Perlustrazione dell'isolato completata. Tre adolescenti, afroamericani, circa 17-19 anni, avvicinati, tutti hanno dichiarato nessuna attività sospetta nella zona.

Il giorno prima che Morrison morisse. *Cosa mi sfugge?*

13/11 14:20: Perlustrazione dell'isolato: Hanover, ritira la posta, aiutata a rientrare in casa. Dichiara nessuna attività sospetta, dichiara che il nipote sarà a casa stasera. Da seguire.

Ma suo nipote Richard non era mai tornato a casa; probabilmente l'aveva detto ogni giorno per anni finché Richard non aveva assunto quell'infermiera. E le 14:20...

Poche ore prima della morte di Morrison. Stava perlustrando gli isolati intorno alla casa dei Salomon, cercando indizi su da dove fosse venuta Lisa Walsh, facendo sopralluoghi da solo. *Perché io ero un pezzo di merda ubriaco.* Ma nemmeno quel pensiero colpì Petrosky come avrebbe dovuto. Forse perché era vero.

13/11 16:20: Decantor indica che Alicia Hart potrebbe conoscere Walsh. Indirizzo nel fascicolo. Da seguire.

13/11 17:50: Gioiellerie: vicolo cieco. Non rintracciabili. (Dettagli nel fascicolo.)

13/11 18:30: Alicia Hart non in residenza. Da seguire domani.

13/11 19:45: Perlustrazione dell'isolato: maschio caucasico, circa 65 anni, passeggia con un Labrador, identificato come Wendell Zurbach. Indica attività sospette nella casa all'angolo, festa un anno prima. Possibile traffico/prostituzione di ragazze minorenni.

E Morrison era andato direttamente da Lockhart subito dopo. Aveva trascorso le sue ultime ore con quello stronzo inquietante esibizionista. *Avrei dovuto essere io: avrei dovuto morire al suo posto.* Non era la prima volta che aveva quel pensiero, e anni dopo, era ancora altrettanto vero.

13/11 20:22: Database dei sex offender ha identificato il proprietario della casa al 584 di Pike Street come Ernest Lockhart.

13/11 20:50: E. Lockhart interrogato, permessa perquisizione dei locali, nulla di sospetto. Da indagare sulla festa con minorenni: Lockhart nega illeciti, da seguire con altri presenti al mattino.

13/11 22:30:

E poi le lettere di sangue. Una *G* maiuscola. E una *H*. Per Gertrude Hanover. Era così che Petrosky aveva capito dove andare, dove trovare quelle ragazze. Ma mancava qualcosa. Lanciò un'occhiata a Jackson. «Hai rimosso le foto?»

Anche Shannon si voltò verso la sua partner - non l'aveva notata sedersi sulla poltrona reclinabile, ma eccola lì, il rotolo di nastro della scena del crimine gettato sul pavimento, i gomiti sulle ginocchia. Oltre l'arco che portava in cucina, il tavolo bistrot era ancora vuoto. I ragazzi stavano guardando la TV in camera da letto?

Jackson tirò su col naso, riportandolo alla realtà. Stava annuendo. «Decantor ha esaminato ogni centimetro di quelle foto, le ha confrontate con il caso seriale attuale quando pensava fosse un imitatore. Ma...» Distolse lo sguardo.

Aggrottò la fronte, la nebbia finalmente si diradava mentre il battito cardiaco accelerava. «Decantor ha trovato qualcosa?»

«Non nelle foto.»

«Da qualche altra parte?» Questa volta era Shannon - la sua voce tremava.

«È solo che... Decantor ha avuto un'idea.» Jackson sfogliò le pagine e afferrò quella che Petrosky stava guardando. «Riguardo le lettere stesse - lo... scarabocchio.»

Il sangue, il sangue del suo ragazzo che formava quelle lettere. Non c'era da meravigliarsi che non volesse tirarlo fuori. «La *G* e la *H*? Cosa c'è?»

«E se non fosse stato lui per niente?»

«Non fosse stato chi?» Strinse gli occhi sulla pagina tra le sue mani - *che diavolo stava...* «Aspetta, Decantor pensa che Morrison non abbia scritto questo? Allora chi cazzo l'ha fatto?»

«Decantor non crede che Norton fosse coinvolto nella morte di Morrison.» La voce di Shannon risuonò vuota, i suoi occhi fissi su Jackson. «Vero?»

Petrosky aspettò che lo negasse, ma Jackson si strinse nelle spalle. «È una possibilità.»

La sua mascella cadde insieme allo stomaco, e per un momento, non ebbe le parole per rispondere. Poi balbettò: «Morrison è morto perché aveva scoperto dove si trovava Norton. Mi stai dicendo che Decantor pensa che Morrison sia stato attaccato casualmente da un secondo serial killer? Che la tempistica sia una coincidenza?»

«No, non una coincidenza; pensa che l'assassino di Morrison fosse coinvolto con Norton, che il colpevole sapesse esattamente chi fosse Norton e cosa stesse facendo. Ma questo non significa che stessero lavorando insieme alla fine, che avessero pianificato l'omicidio di Morrison.» Jackson abbassò la pagina e studiò Petrosky e Shannon a turno come se cercasse di valutare la loro reazione. «Forse si era stancato delle stronzate di Norton, voleva mettersi in proprio. O forse sapeva che ci stavamo avvicinando e non voleva farsi prendere. E piantando questa nota in una tazza da caffè che nessun altro avrebbe notato...»

Le parole rimasero sospese nell'aria, e improvvisamente poteva sentire la tazza di caffè in acciaio inossidabile nella sua mano - la tazza di Morrison che era stata gettata in quel seminterrato. Il freddo contro il suo palmo. Guardò in basso; teneva ancora il caffè di Rita, la cera ammaccata dalle sue dita. Lo portò alle labbra e fece un lungo sorso insapore.

Shannon osservò finché non abbassò la tazza, poi disse: «Forse voleva che tu ti sbarazzassi di Norton per lui.»

Ma non l'aveva fatto - Margot aveva ucciso Norton quando Petrosky era troppo debole per combatterlo. «Perché orchestrare tutto questo? Perché non uccidere Norton lui stesso?» Sapevano che questo tizio era bravo con la lama.

«Forse Norton è diventato sospettoso,» disse Jackson. «Non gli permetteva di avvicinarsi abbastanza.»

Petrosky scosse la testa. «Doveva supporre che Norton non sarebbe sopravvissuto per parlare. Norton non aveva scrupoli nel salvare la propria pelle; avrebbe fatto la spia su questo tizio in un battito di ciglia.» Ecco perché Janice era rinchiusa - Norton l'aveva lasciata indietro per farle prendere la colpa.

«Certo che pensava che Norton non ce l'avrebbe fatta,» disse Shannon sommessamente. «Sapeva che uccidere Morrison ti avrebbe spinto al limite.» Abbassò lo sguardo sulle sue ginocchia.

Posò il caffè sul tavolo; la sua pancia si era inacidita. Era vero. Chiunque avrebbe potuto immaginare che Petrosky avrebbe perso la testa - avrebbe beccato Norton con quelle ragazze e gli avrebbe strappato la milza dal naso. Forse questo assassino *aveva* davvero fregato tutti. Aveva usato Petrosky per uccidere Norton, poi si era tenuto nascosto. Per altri cinque anni.

E ora Ruby era morta - Billie era morta. Ed era colpa sua.

Jackson stava riordinando le pagine sul tavolino ma si fermò quando il suo cellulare vibrò per un messaggio. I suoi occhi si illuminarono mentre leggeva. «Oh merda.» Posò il cellulare sul tavolo, la fronte corrugata.

«Ce lo dirai?» domandò lui, troppo forte - un latrato brusco. Abbassò la voce: «La suspense mi sta uccidendo.»

Lei ignorò la domanda e frugò nel fascicolo, poi tirò fuori una foto segnaletica - Ernest Lockhart, il magro esibizionista. *Lui? Nessuna cazzo di possibilità.* Jackson tenne lo sguardo sul tavolo. «Questo tizio... Ok, in base agli appunti di Morrison, Lockhart è stata l'ultima persona a vederlo vivo.» Cosa che sapevano. «Ma Lockhart non è più solo un esibizionista. Decantor ha controllato i suoi precedenti.

Negli ultimi quattro anni, è stato arrestato per aver guardato un bambino spogliarsi in un grande magazzino, e più recentemente, è stato arrestato per aver molestato un dodicenne, il che corrisponde quasi al profilo del primo complice di Norton.»

Petrosky aggrottò la fronte. Il primo complice di Norton era stato un pedofilo che aveva stuprato bambini piccoli e guardato Norton ucciderli, ma era stato anche un sadico. Il loro serial killer attuale prendeva di mira adulti, neanche lontanamente lo stesso tipo di vittime. «Non capisco. Sapevamo già che era uno stronzo; ora è solo uno stronzo con una fedina penale più lunga e più motivi per prenderlo a pugni nel perineo.»

Ma gli occhi di Jackson brillavano. «Non sono i crimini in sé. Sono gli arresti. Decantor dice che quelle date corrispondono ai periodi di inattività del killer. Ogni volta che questo tizio va dentro, gli omicidi si fermano.»

Ma che diavolo? «Perché non l'abbiamo visto prima?»

«Stavamo incrociando i dati, cercando un ex detenuto che avesse anche un furgone di colore scuro. Lockhart non ha mai avuto un veicolo del genere registrato a suo nome. Ed è stato messo in secondo piano, soprattutto perché era stato scagionato durante il caso Norton. Tu stesso hai perquisito casa sua.»

Vero - l'aveva fatto. Il posto era pulito. Lockhart era più furbo di quanto gli avessero dato credito. Ma... Lockhart? *Davvero?* «Se non ha un furgone, che tipo di macchina guida?»

Jackson scosse la testa. «Non ne abbiamo trovata nessuna.»

Sembrava strano - la maggior parte delle persone ha un'auto. E anni fa... il tizio aveva un'auto d'epoca nel suo garage, aveva persino messo un lucchetto per evitare che la gente la rubasse. Dovrebbe avere ancora quel bestione, anche se non lo guidava in giro per la città, non dovrebbe necessariamente averlo registrato.

Ma Petrosky aggrottò la fronte quando il suo sguardo cadde sulle foto segnaletiche. Lockhart era magro; era così dannatamente magro... «Non corrisponde alla descrizione che ci ha dato Gertrude. Nemmeno Candace».

«È quello che ha detto anche Decantor, ma...» Jackson fece una smorfia. «Quindi, è un'ipotesi azzardata, ma Candace ha detto che indossava una felpa con cappuccio e un passamontagna».

«L'ha detto?» Ricordava la maschera, ma-

«Sì, prima che tu arrivassi. Penso che abbia interpretato male la tasca della felpa come una pancia. O forse ci portava qualcosa dentro, uno strumento per colpirla. Woolverton ha detto che c'erano segni di trauma contusivo, più di quanto ci si aspetterebbe da un pugno al cranio, quindi probabilmente l'ha colpita con qualcos'altro prima che Candace uscisse».

Lui sbatté le palpebre. Avrebbe dovuto dire qualcosa, ma non riusciva a trovare la voce. Shannon allungò la mano attraverso il tavolo e gli toccò il braccio. Lui si ritrasse. Il caffè gli schizzò sulla mano - stava di nuovo tenendo la tazza.

Jackson afferrò nuovamente il telefono e controllò l'ora. «Decantor lo sta andando a prendere, ma ha detto che ti lascerà l'onore di interrogarlo». I suoi occhi dicevano: *Per Morrison.*

Si alzò in piedi con le gambe tremanti; il colore stava penetrando nella stanza ai margini, anche se gran parte del mondo rimaneva smorzato, opaco. Shannon incrociò il suo sguardo e questa volta, lui lo sostenne.

Lo prenderò. Per Morrison. Per Billie. Per Ruby.
Lo prenderò, cazzo.

CAPITOLO 23

La stanza degli interrogatori era più fredda del solito, facendo rizzare i peli delle braccia di Petrosky, ma il labbro superiore di Lockhart era lucido di sudore. La determinazione di Petrosky era scemata durante il tragitto verso la stazione. Non che non volesse catturare l'assassino, ma Lockhart? Significava che l'avevano mancato - no, che *lui* l'aveva mancato, aveva guardato dritto negli occhi di quel pazzo tanti anni fa, e l'aveva lasciato andare ad uccidere altri cinque uomini e Ruby. E Billie.

Hai ucciso tu mio figlio?

Le labbra di Lockhart tremarono, irrequieto come sempre, il suo solito tatuaggio deforme che si contorceva con i muscoli del braccio; accidenti, persino i jeans sembravano essere quelli con cui aveva aperto la porta qualche giorno prima. Ma l'avvocato era nuovo. L'uomo sulla cinquantina seduto accanto a Lockhart aveva un viso tondo, una fronte macchiata di cicatrici d'acne guarite e braccia e mani coperte di folti peli neri come il maledetto topo che era. Glen Haverford si guadagnava da vivere difendendo gli stronzi che Petrosky cercava di mettere in galera. Lo odiava tanto quanto odiava i pedofili che l'avvocato difendeva. Forse di più.

«Allora, ti piace davvero salvare i pedofili, o far scarcerare gli abusatori di bambini è solo un bonus?»

La mascella di Lockhart cadde, e si alzò di scatto sulla sedia, ma Haverford premette una mano pelosa contro il petto di Lockhart finché l'uomo non si risedette. L'avvocato incontrò lo sguardo di Petrosky. «Sta accusando il mio cliente di qualcosa?»

«Non ho ancora deciso.»

L'occhio di Lockhart ebbe un tic, poi le dita. Anche il terribile tatuaggio della ballerina hula sul suo avambraccio tremò.

Petrosky lanciò un'occhiata alla parete a specchio dietro la quale Jackson probabilmente stava osservando, come un falco, aspettando che lui perdesse la testa con il tizio. Ma non l'avrebbe fatto, non oggi che si sentiva così vuoto, quando il mondo era così spento - i suoi sensi attutiti erano probabilmente una cosa buona. Se avesse afferrato il tizio e forzato una confessione, sarebbe stata invalidata, ma più di questo... forse non voleva che avessero ragione. Se il loro killer fosse stato qualcun altro, sarebbe stata meno colpa sua - Billie sarebbe stata meno colpa sua. *Chi credi di prendere in giro, vecchio?* Petrosky si schiarì la gola. «Quanto bene conoscevi Adam Norton?»

«L'assassino? Quello di... anni fa?» Lockhart aggrottò la fronte. «In realtà per niente.»

«Ma lo conoscevi un po', giusto?»

Lockhart scosse la testa, velocemente e nervosamente. «Voi ragazzi mi avete già chiesto tutto questo prima. Non conosco i tipi delle vostre foto dell'altro giorno, e non ho avuto niente a che fare con Norton.»

«Forse no.» Petrosky incrociò le mani e si chinò su di

esse, il tavolo una stretta fascia contro la sua pancia. «O forse hai deciso di riprendere da dove lui aveva lasciato.»

Le dita pelose di Haverford si immobilizzarono sul tavolo.

Basta giocare. Petrosky si sedette all'improvviso e aprì di scatto il suo fascicolo. «Lance Frank.» Gettò una foto dell'uomo sull'acciaio inossidabile, la gola della vittima un buco spalancato, la plastica lucida intorno alle spalle. Sangue sui denti.

La mascella di Lockhart cadde. «Aspetta-»

«Curtis Brazinda.» Sbatté un'altra foto della scena del crimine accanto alla prima, gli occhi fissi sul viso irrequieto di Lockhart, sui suoi occhi spalancati e fissi. «George Fernsby.»

«Aspetta, aspetta un maledetto-»

«Henry cazzo di Shanker.» Il suo palmo colpì il tavolo con forza sufficiente da far svolazzare le altre foto, il palmo che formicolava per la vibrazione - ma non sentiva dolore. Forse era oltre quello. «Dov'eri la sera del cinque agosto?» *Hai preso tu Billie, faccia di merda?*

Lockhart scosse di nuovo la testa, come un cane dopo un bagno. «Io... non ne ho idea. Probabilmente a casa?»

«Da solo?»

I suoi occhi erano fissi sulle foto. «Sì.»

«E il due agosto?» Quando Hyde era stato rapito.

«È passato un po' di tempo, davvero non ricordo-»

«La mattina del tre agosto?» Quando il bambino era stato abbandonato. «Abbastanza vicino? Sono tutti meno di una settimana fa, testa di cazzo. Solo questo martedì scorso qualcuno ha rapito una donna dal mio cortile.» Prese un'altra immagine dalla cartella - Billie, i suoi capelli d'argento, la sua camicia intrisa di rosso. Era contento di non poter vedere i suoi occhi; ebbe improvvisamente la consapevolezza che se il suo sguardo azzurro morto fosse stato rivolto verso la macchina fotografica, qualcosa dentro di lui si sarebbe spezzato per sempre, e probabilmente non l'avrebbe nemmeno sentito.

Sia l'avvocato che Lockhart fissavano le foto. «Questo non è qualcosa che il mio cliente avrebbe fatto,» disse infine Haverford, alzando lo sguardo. Ma i suoi occhi non sembravano così sicuri. Tuttavia, mise una mano pelosa sulla spalla di Lockhart. «Se vuole arrestare il mio cliente, faccia pure, ma sembra che non abbia un caso. Come se stesse cercando qualcosa.» Lasciò andare Lockhart e fece un gesto verso il tavolo - le foto. «Che possibile motivo avrebbe il mio cliente per uccidere queste persone?»

«I serial killer non hanno bisogno di un motivo che io e lei potremmo capire.» Ma mentre lo diceva, qualcosa lo tirò, una strana sensazione di déjà vu nelle viscere come il ricordo di un'intossicazione alimentare - il nauseante momento di *oh merda* quando ti rendevi conto che quel hot dog della stazione di servizio era stato un errore. Petrosky sostenne lo sguardo di Haverford per un attimo più lungo, poi lasciò cadere gli occhi sul tavolo.

Lance Frank. Curtis Brazinda. Henry Shanker. George Fernsby. Evan Webb. Cinque vittime, nessuna connessione. Ma...

Lance Frank. Curtis Brazinda. Henry Shanker. George Fernsby. Evan Webb.

Lance, Curtis, Henry, George. *Huh.* I nomi, almeno i nomi di battesimo delle vittime, corrispondevano a quelli di persone che Petrosky conosceva. Lance era il figlio di Jackson. Curtis Morrison. Henry... il piccolo Henry. George, un uomo che era stato suo amico fino a quando Petrosky non era ricaduto di nuovo nel vizio. Persino Evan Webb, l'ultimo uomo ucciso, il padre del bambino di Ruby... Evan era il nome di battesimo del loro esperto forense e il figlio di George. Paranoia? Forse. Coincidenza? *Tu non credi alle coincidenze, vecchio mio.*

Alzò di nuovo la testa e fissò Lockhart, ignorando i pugnali che arrivavano dall'avvocato bacchetone. «Che macchina guida, signor Lockhart?»

«Io...» Lockhart deglutì a fatica.

«Il mio cliente non è tenuto a rispondere,» disse Haverford.

Petrosky fulminò l'avvocato con lo sguardo. «Vero. Quindi lasci che le chieda questo: guidare un veicolo non registrato è una violazione della sua libertà vigilata? Diciamo, se l'avessi ripreso con una telecamera al semaforo mentre gira in giro senza preoccupazioni?»

Era un rischio; non aveva filmati delle telecamere, nessuna prova che l'uomo avesse un veicolo, e non c'era stata nessuna macchina nel garage di Lockhart - l'avevano controllato mentre venivano qui. Ma Petrosky aveva bisogno di qualcosa, un modo per far parlare quel bastardo. E Lockhart una volta aveva un'auto. Teneva il suo gioiellino sotto chiave e tutto il resto.

Petrosky socchiuse gli occhi. Se l'uomo non avesse avuto accesso a un veicolo, si sarebbe aspettato che Lockhart sembrasse confuso. Ma Lockhart non sembrava confuso. Sembrava preoccupato. Avvicinò il viso al suo avvocato, le labbra che si muovevano rapidamente.

Finalmente, si separarono e rivolsero la loro attenzione a Petrosky. «Voglio assicurazioni che il mio cliente non sarà incriminato», disse Haverford.

«Dipende tutto da quello che stai per dirmi». Incrociò le braccia. «Non me ne frega niente di una multa per divieto di sosta, Haverford. Sto cercando un fottuto serial killer. Se il tuo cliente non è coinvolto, il suo aiuto potrebbe esserci utile - un po' di buona volontà non fa mai male per un tipo così incline a finire in galera. E tu ed io sappiamo entrambi che tornerà qui di nuovo per qualche accusa di pedofilia, quindi che ne dici di smetterla di perdere tempo?»

Le narici di Haverford si dilatarono, ma annuì.

Lockhart si acciglio, poi incontrò lo sguardo di Petrosky. «Ho guidato un furgone - l'ho preso su Craigslist forse... sei anni fa? Era economico; ho pagato in contanti e non ho mai cambiato la registrazione».

Un furgone. Aveva un fottuto furgone? «Di che colore?»

«Blu. Un pickup».

Merda. Jackson aveva ragione - questo era il loro uomo. E Lockhart sembrava ancora pensare di poterla fare franca. Strinse i pugni e si allontanò da Lockhart, temendo che se si fosse avvicinato troppo, se avesse potuto sentire il sudore di quel bastardo, avrebbe potuto perdere il controllo - nel suo attuale stato semi-diluito, probabilmente non l'avrebbe nemmeno sentito arrivare. «Ti ricordi quando ti abbiamo chiesto di un furgone qualche giorno fa? Ti è semplicemente sfuggito di mente?»

«Non volevo problemi».

Adesso hai dei problemi, stronzo. Petrosky cercò di mantenere la voce calma; poteva sentire gli occhi di Jackson su di lui, che gli bruciavano una spalla. «Perché non l'hai registrato?» *Così potevi usarlo per uccidere le persone e nasconderlo alla polizia?*

Lockhart sospirò. Le sue spalle si abbassarono. «Perché stavo per trasferirmi, mettere il nuovo indirizzo sul furgone. Tutti quelli che vivono nelle vicinanze conoscono il registro dei delinquenti sessuali. Ricevo posta d'odio. Hanno spruzzato vernice sulla porta del mio garage due volte, e la terza volta, sono entrati e hanno distrutto la mia auto». Deglutì con difficoltà. *Triste storia, stronzo.* «Ho persino iniziato a tenere il furgone nel garage più su per la strada così nessuno lo avrebbe vandalizzato - quel posto abbandonato con la cucina bruciata». Sarebbe stato facile da verificare; ci avrebbero messo la scientifica, per vedere che tipo di DNA era spalmato sul sedile posteriore. Petrosky annuì perché continuasse; l'avvocato incrociò le braccia come se questo potesse proteggerlo da qualsiasi cosa il suo cliente avrebbe potuto dire dopo. «Pensavo che forse se mi fossi trasferito... ma poi non sono riuscito a trovare un posto. E i mesi passavano, e io semplicemente... La casa è pagata. Il furgone è mio, anche se si rompe ogni due per tre. Quando ero in galera, avevo abbastanza per pagare le tasse. Io semplicemente... non lo so».

«Il furgone è in quel garage ora, Lockhart? Abbiamo bisogno di dargli un'occhiata».

Lockhart si raddrizzò e si appoggiò allo schienale, le mani premute contro le cosce. «No. Di nuovo in officina. Radiatore rotto».

«Da quanto tempo è lì?»

«Un giorno o due».

«Quindi, lo avevi ancora in tuo possesso fino a mercoledì?»

«Non devi rispondere a questo», interruppe l'avvocato, il suo viso piatto teso - ansioso - ma Lockhart aggrottò le sopracciglia.

«È di questo che si tratta? Qualcuno ha preso il mio furgone e...» I suoi occhi si spalancarono di nuovo sulle foto. «Lo hanno usato per fare questo?» Il suo respiro stava diventando affannoso. «L'ho portato in officina giovedì, ma se qualcuno l'ha preso, se l'hanno usato per-»

«Conosci quest'uomo?» Girò l'ultimo foglio nella sua cartella: lo schizzo di Gertrude del giovane aitante che era venuto a casa sua, che aveva piantato quel coltello nel suo seminterrato; lo stesso uomo che Lockhart aveva negato di conoscere... era solo due giorni fa? «Quest'uomo ha consegnato un'arma del delitto a casa della tua vicina, un coltello da caccia di un caso irrisolto». Un caso irrisolto - era questo che era Morrison? *Sì*, sussurrò una vocina, e cercò di non pensare al fatto che suonava fin troppo simile a suo figlio.

Il petto di Lockhart si sollevava. Le labbra di Haverford mantenevano ancora quel ghigno saccente, ma si piegarono agli angoli quando guardò il suo cliente. «Ernest?»

Lockhart stava scuotendo la testa da un lato all'altro, la bocca spalancata come un pesce fuor d'acqua. «Non è... possibile».

Sicuramente lo conosce. Fottuto bugiardo. «Chi è, Lockhart?»

Haverford mise di nuovo quella zampa d'orso sulla spalla di Lockhart. «Ernest, forse dovremmo parlare in privato».

Petrosky batté le nocche sullo schizzo. «Quest'uomo potrebbe essere un serial killer, e tu vuoi che il tuo cliente se lo tenga per sé?» Aveva lasciato quella porta aperta di proposito, sperando che Lockhart incolpasse quest'altro uomo per gli omicidi, confessasse tutto quello che sapeva in cambio di un'accusa minore. Lockhart rimase in silenzio, la testa che oscillava da un lato all'altro. Petrosky si alzò in piedi e si chinò sul tavolo, il viso a pochi centimetri dall'avvocato - l'uomo puzzava di caramello. «Se quest'uomo finisce per essere il nostro assassino e il tuo cliente continua a proteggerlo, giuro su Dio, accuserò il tuo cliente di complicità per ognuno di questi omicidi».

Haverford sorrise a metà - altezzoso. «Non reggerà mai».

«Alle giurie piacciono i pedofili, vero? Tendono a pensare che i molestatori di bambini siano affidabili?»

Di nuovo, le narici di Haverford si dilatarono. Si voltò verso il suo cliente, poi di nuovo verso Petrosky. «Lo voglio per iscritto che-»

«Non ti darò un cazzo. Ha già mentito - siamo indietro di due giorni su questo killer perché il tuo cliente ha deciso di proteggerlo. Questa è un'offerta a tempo limitato». Si rivolse a Lockhart. «Dicci quello che sai su quest'uomo, o ti trascineremo giù con lui».

Haverford diede un'altra pacca sulla spalla di Lockhart ma annuì - *vai avanti*.

«È... un amico». La voce di Lockhart tremava. «Non ho fatto niente, lo giuro su Dio, io-»

«Nome?»

«Non l'ho mai saputo, lui non ha mai-»

«Quando è stata l'ultima volta che l'hai visto?»

«Non... non ne sono sicuro. Una settimana fa?»

«Ho bisogno che lo chiami, Lockhart. Chiariamo tutta questa faccenda.» *Attira quel bastardo qui così possiamo arrestarlo.*

«Non... non posso. Parliamo solo su internet.» La ballerina hula sul suo avambraccio tremò, ma il suo viso era immobile. «Devi mandare un messaggio, e poi lui richiama. Ma non richiama mai dallo stesso numero.»

Probabilmente telefoni usa e getta. «Sembra un tipo molto cauto.» Intelligente. Efficiente.

Lockhart annuì. «Deve esserlo.»

Ah, davvero? «E perché mai?»

Haverford alzò di nuovo una mano. «Le darà le informazioni dell'uomo. Abbiamo finito qui?»

«Non finché non avrò quello che mi serve.» Tenne lo sguardo fisso sul bastardo magro dall'altra parte del tavolo e quando finalmente Lockhart lo guardò, disse: «Chieda al suo avvocato quanto a lungo posso tenerla in custodia prima di doverla incriminare. Credo che lei abbia già una buona idea.»

Il labbro di Lockhart tremò, il tic che tornava al suo occhio.

Petrosky aggrottò le sopracciglia, cercando di raccogliere la giusta dose di irritazione, ma la sua rabbia non era calda come al solito. Smorzata. «Voglio perquisire anche il tuo furgone.»

L'avvocato alzò una mano - *stop*. «Assolutamente no. Si procuri un mandato.»

Va bene. Petrosky si diresse verso la porta, strofinandosi il piccolo punto sopra lo sterno, anche se non faceva davvero male - non ora. «Ci vediamo tra un paio di giorni, stronzi.»

CAPITOLO 24

Jackson voleva portarlo a mangiare. Lui rifiutò. Lei gli chiese se voleva una sigaretta, addirittura nella sua auto, una concessione che apparentemente era disposta a fare per tenerlo lontano dalla bottiglia. Stranamente, non voleva nemmeno fumare.

Non voleva nulla se non gettare Lockhart in pasto ai lupi, lasciare che la comunità lo facesse a pezzi. Jackson aveva chiamato Reyansh Acharya, il suo ex ragazzo e loro contatto con la stampa, per diffondere il volto di Lockhart, sperando che qualcuno potesse collegarlo a una delle precedenti scene del crimine. Anche Decantor si stava dando da fare, portando la foto di Lockhart e lo schizzo di Gertrude alle famiglie delle vittime precedenti, e controllando con il testimone che aveva visto il furgone. Se un testimone avesse potuto collegare Lockhart ad esso, avrebbero potuto arrestarlo, ma ciò di cui avevano davvero bisogno era trovare il loro misterioso figuro di Hanover's. Lockhart gli aveva mandato un messaggio dalla centrale, ma il tipo non aveva ancora richiamato. Il suo IP era irrintracciabile. Non avevano nemmeno un nome. E nonostante tutto ciò che era stato necessario per arrivare a questo punto, sembrava troppo... *facile*. Incredibilmente facile per un assassino che aveva pianificato questo per anni, e ci erano voluti anni; aveva iniziato la sua serie di omicidi subito dopo la morte di Morrison. Aveva iniziato a scegliere le persone, persone che condividevano i nomi dei cari di Petrosky. Non l'aveva ancora menzionato a Jackson, non riusciva a capire se fosse una coincidenza. O paranoia.

Jackson fermò il suo SUV davanti a un ristorante nonostante le sue obiezioni, un locale messicano dove erano stati una volta... sembrava una vita fa. La seguì all'interno, come intontito, lento, annusando l'aria, sperando che le tortillas fritte gli stuzzicassero l'appetito, ma tutto ciò che riusciva a sentire era polvere. Le lasciò ordinare per entrambi con un cenno della mano: *Prenderò quello che prende lei*.

Lei sistemò il tovagliolo sulle ginocchia, osservandolo. «L'interrogatorio ti ha sfinito, eh?»

Annuì, anche se non pensava fosse quello il motivo. «Sì. Scusa, è solo che...»

«Non devi scusarti. Hai il diritto di soffrire. Ma non hai il permesso di farti morire di fame, altrimenti il tuo irritabile culo mi rimprovererà tra qualche mese quando sarai tutto pelle e ossa.»

Non riusciva nemmeno a concepire cosa significasse. E quando sbatté le palpebre, era Lockhart seduto di fronte a lui con i suoi occhietti irrequieti, sorridente con quei denti gialli sporgenti, quella dannata ballerina hula pixellata che si dimenava mentre flettéva il suo avambraccio ossuto. Petrosky sbatté di nuovo le palpebre, e la sua partner tornò.

«Ti... ti sembra un assassino Lockhart?»

Jackson mise da parte la sua bibita. Non si era nemmeno accorto che il cameriere avesse portato le bevande. «Pensi che sia innocente?»

«Non so cosa pensare. L'unica cosa di cui sono sicuro è che conosce l'uomo che ha introdotto quella lama in casa di Gertrude.»

«Sei in confidenza con lei, vedo?» Gli fece l'occhiolino, ma lui non riuscì a forzare le labbra in un sorriso.

«È solo così strano. Lockhart non ha precedenti per crimini violenti.»

Jackson alzò un sopracciglio. «È un molestatore di bambini, quindi penso di dover dissentire.»

«È comunque un grande salto dalla molestia all'omicidio, specialmente questo tipo di crimine seriale. Nessuna violenza sessuale sulle nostre vittime, e il profilo delle vittime, uomini e donne adulti...» D'altra parte, gli omicidi si erano fermati quando era finito dentro, e entrambi sapevano che il carcere era praticamente una scuola del crimine. Andare in prigione potrebbe aver reso Lockhart più violento, o aver diretto la sua rabbia verso uomini adulti, specialmente considerando come trattavano i pedofili là dentro. Anche i detenuti avevano figli.

«Forse Lockhart conosceva Norton allora, e ha deciso di riprendere da dove Norton aveva lasciato, come hai detto tu.» Alzò di nuovo il bicchiere, osservando il suo ancora pieno: ginger ale. Fece una smorfia mentre Jackson continuava: «È anche possibile che l'operaio di Gertrude sia l'assassino.»

È lui il colpevole? È Lockhart? Merda. Nessuna delle due opzioni sembrava del tutto giusta. «Voglio solo sapere chi cazzo sta uccidendo le persone che amo.» Le parole uscirono prima che si rendesse conto dell'intenzione di parlare, ma non se ne pentì. I suoi nervi erano improvvisamente in fiamme, elettrici e scintillanti, eppure l'irrequietezza non raggiungeva la sua carne; le sue membra erano pesanti. Si sentiva un po' come se stesse per vomitare, ma la nausea sembrava essere l'unica cosa reale al mondo, e vi si abbandonò anche mentre la bile gli saliva in gola.

«Trovare il tizio dello schizzo di Gertrude dovrebbe aiutarci a rispondere a questa domanda,» disse Jackson da qualche posto lontano. «O è lui stesso l'assassino, o l'assassino gli ha dato la lama, ma non c'è modo di saperlo finché non parliamo con lui.»

Noioso. Noioso. Noioso. Fuori dalle finestre del ristorante, il sole stava tramontando, il cielo sicuramente inondato di colori, ma l'orizzonte rimaneva grigio. Strizzò gli occhi. Qualcosa non andava, qualcosa andava *davvero* male in lui. Nemmeno Jackson sembrava reale, una silhouette del suo solito sé: un'ombra.

L'odore di sale gli entrò nel naso, e si girò in tempo per vedere il cameriere posare i loro piatti. Enchiladas. Gli piacevano le enchiladas, no? Ma lasciò la forchetta dov'era. «Ci è voluto molto tempo per beccare Lockhart per la faccenda della pedofilia.» Il suo formaggio era grigio, ma si illuminò di giallo mentre il petto gli si riscaldava: era rabbia? Nervosismo? Non riusciva a capirlo. «Perché è diventato così dannatamente stupido all'improvviso? Nasconde le sue tendenze abusive per anni, e ora sta guidando un veicolo per omicidi non registrato? Coinvolto con un tipo che pianta prove?» Era tutto così ovvio, palese come se stesse cercando di farsi catturare. Ma le gole tagliate, la plastica, la messa in scena: quello era meticoloso. *Pianificato.*

Ecco cosa lo infastidiva: nessuno dei crimini di Lockhart era stato pianificato. Masturbarsi a una fermata dell'autobus? Spiare in un camerino? Quel cretino non era per niente attento, anzi, era del tutto sconsiderato. Ma forse qualcuno meticoloso aveva deciso di approfittarne e incastrarlo. Qualcuno abbastanza intelligente da nascondere il suo indirizzo IP e il suo numero di telefono. «Quel bel furbacchione di Gertrude farebbe meglio a richiamare,» mormorò. Fino ad allora, dovevano concentrarsi su Lockhart. E sulle vittime. Forse c'era qualche connessione tra Lockhart e gli uomini morti che non avevano saputo cercare.

Si infilò in bocca un boccone di enchilada che sapeva di cartone e masticò lentamente. «Quella cosa dei nomi è strana, vero?»

Lei inclinò la testa. «Cosa?»

«Tutti i nomi delle vittime. Ognuno corrisponde al nome di qualcuno che conosciamo. Qualcuno che conosco io.»

«Beh, conosciamo molte persone...»

«Persone che mi sono vicine, però. È una cerchia molto ristretta.» Petrosky alzò un dito per ogni nome: «Lance, Curtis, Henry, George...»

Ma Jackson stava scuotendo la testa. «Larry è stata la prima vittima, vero? E Kent, non Curtis, ne sono quasi certa». Guardò il soffitto, con la forchetta sollevata a metà strada verso le labbra. «Sì, Larry, Kent, John e... Avery?»

Lui aggrottò la fronte. No, non era giusto, aveva letto i nomi, ne era sicuro...

Jackson mise da parte la forchetta e lo fissò. «Stai bene?»

No. Non sto bene. La stanza era troppo piccola; la sua giacca era troppo stretta. Aveva bisogno di andarsene.

Come se fosse un segnale, il suo cellulare vibrò in tasca, ma lo sentì invece di percepirlo: Shannon.

«Ehi», riuscì a dire, ma suonò più come un colpo di tosse che un saluto, e in qualche modo estraneo a se stesso, anche se aveva sentito le parole uscire dalla sua bocca. «Vuoi del messicano? Posso prenderne un po' da asporto».

Il silenzio si prolungò. «Shannon?» *È lui, oh dio, è l'assassino, ha preso Shannon, ha preso i bambini.*

Ma poi Shannon tirò su col naso. «Puoi tornare a casa?»

Il suo cuore era di pietra, pesante e freddo. «Cosa c'è che non va?» Non voleva saperlo; avrebbe fatto qualsiasi cosa per non saperlo. Chiuse gli occhi, sperando che il cellulare si spegnesse, che il segnale svanisse, ma poteva ancora sentirla respirare.

«È Duke. Lui... Petrosky, mi dispiace tanto».

Aprì la bocca, ma non riuscì a parlare. Né a respirare. La richiuse. Il viso di Morrison gli balenò nella mente, poi quello di Billie, poi quello di Julie, poi il suo dolce vecchio cane - poteva sentire i grandi baci bavosi di Duke. Poteva anche sentirne l'odore, quella strana miscela di shampoo floreale per cani che Billie usava sempre e il sottofondo di terra muschiata.

«Ci sei?»

Il suo cuore si frantumò, i bordi frastagliati gli laceravano le viscere. Premette *Fine* e rimise il telefono in tasca senza dire un'altra parola. Jackson stava fissando Petrosky, ma lui non riusciva a parlare neanche con lei. *Freddo*. Il suo viso, il suo petto, dio era freddo.

Si costrinse a inspirare, anche se non voleva davvero farlo. Prima Ruby, poi Billie, ora Duke... Sempre più vicino, sempre più vicino, sempre più vicino.

Questo stronzo lo stava spingendo. Voleva vedere se si sarebbe spezzato.

E lo avrebbe fatto.

Forse lo aveva già fatto.

CAPITOLO 25

Jackson lo lasciò nel vialetto, ma lui poteva ancora sentire il motore al minimo mentre apriva la porta d'ingresso. Shannon era in piedi in cucina, con le braccia intorno a sua figlia, la testa di Evie contro la sua pancia: la bambina stava piangendo. Il nastro della scena del crimine era stato strappato. I fascicoli del caso erano spariti.

Rivolse lo sguardo a Shannon. «Cos'è successo?» *Duke era un cane vecchio, forse erano cause naturali.* Ma era stupido, e lo sapeva. La speranza è sempre stupida.

«Dopo che te ne sei andato, ho giocato un po' con i bambini, abbiamo fatto dei disegni. Poi mi sono resa conto che non vedevamo Duke da un po'.»

Aggrottò la fronte. Aveva pensato la stessa cosa, no? Quando era in salotto. Si era chiesto dov'era finito il vecchio amico. *Avrei dovuto cercarlo. Avrei dovuto controllare.*

«Evie è corsa lì dentro prima di me. Pensavo che fosse rimasto chiuso nella stanza o che fosse tornato a dormire sul tuo cuscino.» Deglutì a fatica. «Evie è saltata sul letto e... lui aveva vomitato. Sulle lenzuola.»

Merda. Si era svegliato malato. Ecco perché non si era disturbato ad alzarsi quando Jackson era entrata. Avrebbe dovuto capirlo: Duke si alzava sempre per giocare con Jackson. Petrosky poteva improvvisamente sentire di nuovo l'odore del pelo del cane nelle narici, poteva sentire il fianco di Duke sotto i palmi, appiccicoso di sale per le lacrime di Petrosky. Duke era già malato quando Petrosky lo aveva abbracciato la notte scorsa? Era stato così preoccupato per il proprio dolore da non notare quanto stesse male il cane?

Evie staccò il viso dalla maglietta umida di Shannon e lo guardò con occhi lucidi. «Devo andare in bagno.» Se ne andò trascinando i piedi, con la testa bassa. Evie... l'aveva trovato lei: oh, povera bambina, l'aveva trovato in quelle condizioni.

Shannon si asciugò la maglietta come per asciugare le lacrime nello stesso modo in cui si spazzano via le briciole. «Ho cercato di farlo alzare. Ansimava pesantemente, e le sue zampe posteriori... era come se fossero paralizzate. E tremava. Non sembrava un attacco epilettico, ma...» I suoi occhi vagarono verso il corridoio sul retro dove era scomparsa Evie.

«Come hai fatto a portarlo in macchina? Duke è magro, ma...» *Era*. Era magro. Ma alto e pesante. Come la maggior parte degli alani.

«I vicini sono venuti ad aiutarmi. Jane è rimasta con i bambini mentre Candace ed io lo portavamo dal veterinario.»

E poi era tornata qui per incontrarlo. Aggrottò la fronte. «Quando è successo tutto questo?»

«Forse venti minuti dopo che te ne sei andato.»

«Aspetta... ore fa? Lo sapevi da ore e non ti sei preoccupata di chiamare fino ad ora?» Stava urlando? Non riusciva a capirlo.

«Sapevo che eri in interrogatorio e che non c'era nulla che potessi fare.» Ridacchiò, ma non c'era umorismo. «La cosa più assurda è che speravo davvero che il veterinario potesse aiutarlo. Che avrei portato Duke dentro e che, al momento in cui avrei dovuto chiamarti, sarebbe stato per dirti che sarebbe stato bene. Che potevano salvarlo.»

Falsa speranza. La conosceva bene. *Stupido, stupido, stupido.*

«Quando sono arrivata, era già troppo tardi. Ho detto al veterinario che gli avresti telefonato tu quando saresti rientrato. Che avremmo avuto bisogno di sapere cosa gli fosse successo, nel caso...»

Nel caso. Nel caso il loro serial killer avesse ucciso anche Duke. «Hai chiesto al veterinario di fare un'autopsia.» Avrebbe dovuto pensarci lui. Incrociò le braccia, desiderando di avere una felpa, forse una coperta. Anche Duke aveva avuto freddo così? E Billie?

La bocca di Shannon si contrasse verso l'alto, e i piccoli punti dove Norton le aveva cucito le labbra si incresparono come facevano sempre quando sorrideva, come se anche quando era felice, quelle cicatrici fossero lì per ricordarle la sua fallibilità, per trascinarla di nuovo giù. Come il tatuaggio rovinato sulla sua spalla: il volto di Julie straziato da un proiettile, il mondo che cercava di ucciderla di nuovo. Norton l'aveva fatto. Norton aveva cercato di cancellare sua figlia. Le sue viscere si contorsero, la bile gli bruciò la gola, un improvviso scoppio di dolore gli esplose nel petto e nei polmoni: caldo. Acuto.

La porta del corridoio si spalancò ed Evie tornò in cucina. Gli occhi ancora lucidi. Il viso meno rosso. Si strofinò il petto. Evie, dolce Evie; quanto tempo sarebbe passato prima che morisse anche lei, prima che morissero Shannon, e Henry e Candace e Jackson...

«Potrei avergli detto che l'autopsia era una questione

ufficiale della polizia», disse Shannon, riportandolo alla realtà. «Probabilmente la farà pagare lo stesso, però.»

Petrosky le diede una pacca sulla spalla. Lei allungò la mano e gli afferrò le dita, ma lui non riusciva a sentire la sua mano. Almeno il petto aveva smesso di fargli male. «Brava ragazza», disse. La lasciò andare e si diresse verso la porta.

Shannon lo seguì. «Aspetta, dove stai andando?»

«A vedere il veterinario. Voglio parlargli di persona.» Ma non era proprio vero. Aveva bisogno di uscire da lì. Il timbro della sua voce - dolore e senso di colpa e paura, *sicuramente paura* - stava consumando la fragile presa che aveva sulla sanità mentale. Inoltre, se si fosse affrettato, avrebbe potuto trovare una bottiglia con il suo nome sopra.

Il veterinario era carino, o carino quanto può esserlo un uomo: dita sottili, lineamenti effeminati, guance affilate, una mascella come di vetro. «Ho trovato un edema cerebrale», disse, con una voce bassa e tonante che non corrispondeva al suo aspetto. «Questo, insieme ai sintomi descritti dalla sua partner, suggerisce che abbia ingerito brometalina: è l'ingrediente principale di alcuni veleni per topi.» Incontrò lo sguardo di Petrosky. «L'ho già visto prima. A volte le persone si dimenticano e lasciano entrare il loro animale domestico in cantina o dovunque tengano la scatola...»

La sua gabbia toracica era una prigione, ma una prigione più grande di quanto fosse stata un'ora prima: la bottiglietta di liquore da aereo nascosta sotto il tappetino aveva aiutato. Eppure non era sufficiente a tenere a freno la sua lingua. Petrosky lo fulminò con lo sguardo. «Pensa che l'abbia fatto io?»

Gli occhi del veterinario si spalancarono. «No, certo che no. So che potrebbero esserci circostanze sospette qui, sto solo informandola sulla causa più comune.»

«Bene. Facciamo finta che io non sia un completo idiota e sappia come tenere il veleno per topi lontano da un cane», ringhiò. «Quanto tempo ci mette una cosa del genere per uccidere?»

Gli occhi dell'uomo vagarono verso il tavolo d'acciaio regolabile nella piccola sala d'esame, il posto dove aveva condotto Petrosky, forse per tenerlo lontano da eventuali visitatori ignari nella hall. Era qui che l'aveva fatto? Era qui che aveva smembrato Duke? «È difficile dirlo. Potrebbero essere poche ore, ma più probabilmente due o tre giorni. Di solito ci sono alcuni sintomi: letargia, tremori, diminuzione dell'appetito, persino paralisi delle zampe posteriori, ma spesso non ci sono segni fino a quando il corpo non inizia a cedere. E a quel punto, non c'è molto che si possa fare, me compreso».

Mi sta placando. Il viso di Petrosky si accaldò. «Mi stai prendendo in giro, dottore?»

Il veterinario alzò le mani. «Per l'amor del cielo, detective, certo che no. C'è un motivo per cui il miglior trattamento per l'avvelenamento è la prevenzione: i proprietari di animali domestici spesso non hanno idea fino a quando non c'è più nulla che io possa fare. Alcuni veleni posso contrastarli con la vitamina K, ma...»

«Non questo».

Scosse la testa. «Una volta che la sua partner ha notato i sintomi, era già troppo tardi».

La sua partner? Ah, sì, Shannon aveva detto al tizio che era una questione di polizia. Deve aver supposto. «Quindi due o tre giorni di incubazione?»

«Incubazione non è proprio la parola giusta, ma sì». Annuì. «Dipende ovviamente dalla quantità ingerita, ma un cane di quelle dimensioni avrebbe dovuto mangiarne una buona quantità».

Una buona quantità: intenzionale. *Ha avvelenato Duke*. E non avrebbe richiesto molta pianificazione; non era difficile lanciare una palla di carne macinata avvelenata nel cortile. Duke era un bravo cane, ma aveva mangiato un peperoni ammuffito dalla spazzatura qualche settimana prima. Non c'era da discutere sui gusti.

Ma due o tre giorni fa... L'assassino aveva lasciato cadere il veleno la notte in cui aveva preso Billie? Non avevano trovato nulla di sospetto dopo il rapimento di Billie, ma Shannon aveva aperto la porta quando aveva sentito Candace urlare: Duke era corso giù per la strada inseguendo il furgone. Non si sarebbero accorti se Duke avesse trovato qualcosa sul bordo della strada.

«È qui per Lei?»

Petrosky sbatté le palpebre. «Cosa?» Il veterinario lo stava fissando con gli occhi socchiusi. Da quanto tempo era rimasto lì impalato? Poi lo sentì: passi. Dietro di lui.

Shannon? Forse Candace? Qualcun altro che amava era stato rapito? Il tatuaggio rovinato sulla sua spalla pulsò, il petto si illuminò di dolore, poi tutto svanì con un quasi udibile *bizzt* come in una nuvola di fumo elettrico. Si girò.

Jackson era in piedi sulla soglia della sala d'esame. Alzò il suo telefono. «Scusa. Ho provato a chiamare».

«Cosa ci fai qui?» Lo aveva seguito? Lo aveva visto rovistare alla ricerca della bottiglietta di Jack? Ma il suo viso era tirato, gli occhi tesi; non sembrava arrabbiata, ma *preoccupata*.

«Dobbiamo tornare in centrale. Acharya ha ottenuto qualcosa su Lockhart dal suo comunicato stampa. Non può aspettare».

Petrosky guardò il veterinario.

«Vuole farlo cremare?» chiese l'uomo, con voce bassa,

sicuramente compassionevole, ma Petrosky sentì solo pietà. «Posso farlo fare questa settimana. Le farò avere i suoi resti in diversi tipi di urne così potrà portarlo a casa con Lei».

Portarlo a casa? Petrosky scosse la testa. «No, grazie, dottore. Lo tenga Lei». Duke, povero vecchio mio, era scomparso come Julie, come Morrison, come Billie. Ma si fermò sulla soglia. «Prenderò il suo collare, però». Lo avrebbe tenuto sul cuscino così da ricordarlo fino al giorno in cui finalmente sarebbe andato a raggiungerlo.

CAPITOLO 26

Di nuovo al distretto. Di nuovo agli interrogatori.
Sembrava diverso nel buio.
E questo non era il solito buio della notte - era un'oscurità così completa che quando inspirava, sentiva l'oblio sulla lingua, nei polmoni, mescolato all'acido nel suo stomaco vuoto. Ma non faceva male. Almeno non faceva male.

La donna nella stanza degli interrogatori fu una sorpresa: capelli biondi ricci che rasentavano il crespo, spessi occhiali rossi, labbra sottili e pallide. Occhi acquosi. Non chi si sarebbe aspettato fosse il chiodo nella bara di Lockhart, forse perché sembrava il tipo di persona che avrebbe segnalato qualcosa di sospetto sin dall'inizio, una donna che potrebbe chiamare la polizia se il gatto di qualcuno sconfinasse troppo sul suo prato; non il tipo da ignorare un uomo o un furgone che si aggira furtivamente. E la sua presenza non fu uno shock tanto quanto il ragazzo seduto accanto a lei. Gli stessi capelli chiari della madre, ma con i lati rasati, la parte superiore raccolta in un mini chignon maschile. Il ragazzo era coperto di lentiggini dalla fronte al naso, ma non ce n'erano sulle guance inferiori o sul mento, come se fosse stato dipinto con una pistola a spruzzo che improvvisamente aveva esaurito la vernice. I suoi occhi brillavano, tristi e vitrei. E ansiosi.

«Ha visto quest'uomo, signora Wyndham?» Jackson mostrò loro lo schizzo composito dell'uomo che Gertrude aveva descritto - il giovane fico che sorprendentemente non aveva cercato di portarsi a letto. Petrosky aggrottò la fronte. Ma... Jackson aveva detto che avevano qualcosa su Lockhart, no?

La donna si voltò verso suo figlio, lenta e attenta come se cercasse di evitare movimenti bruschi. «Jared?»

Il ragazzo annuì.

Tutti rivolsero la loro attenzione al ragazzo. «Dove l'hai visto, Jared?» chiese Jackson.

«Era a casa del signor Lockhart quando sono andato a riscuotere i soldi per il taglio del prato.»

La signora Wyndham tirò su col naso. I suoi occhi erano striati di rosso, le guance rigate di lacrime, le labbra tese - arrabbiata. Non stava piangendo perché suo figlio aveva visto uno di questi uomini. Stava piangendo perché... questi uomini avevano fatto qualcosa a suo figlio.

Si girò di nuovo verso il ragazzo e aspettò che Jackson continuasse. Se fosse successo qualcosa a questo bambino, se fosse stato ferito da Lockhart o dal suo amico fico, era meglio che Jackson facesse le domande; i pugni di Petrosky dolevano dal desiderio di colpire la foto, anche se quel calore non raggiungeva il suo petto. Forse non avrebbe dovuto essere lì del tutto. Ma non riusciva a costringersi ad andarsene.

«È esattamente come lo ricordi?» disse Jackson. «C'è qualcosa che cambieresti?» Spinse una matita attraverso il tavolo d'acciaio, ma il ragazzo non la guardò nemmeno - i suoi occhi erano fissi sullo schizzo.

«Sembrava proprio così, ma indossava un cappellino da baseball» disse Jared, con voce flebile. «E una maglia come quella della squadra in cui giocavo una volta.»

Il sospettato si era procurato una maglia della squadra di baseball di questo ragazzo? L'uomo stava osservando Jared, l'aveva scelto come vittima?

«La stessa squadra?» Jackson appoggiò le mani giunte sul tavolo e si chinò su di esse. «L'avevi mai visto prima? Magari era un allenatore.»

Jared scosse la testa. «La maglia non era esattamente della mia *squadra*, solo... tipo... lo *stile* della mia squadra. Aveva i bottoni davanti e delle piccole strisce.» La sua fronte si corrugò. «Non riesco a ricordare la squadra sulla sua maglia, però. Stava uscendo quando io stavo entrando. L'ho visto solo per un minuto.» I suoi occhi si riempirono di lacrime, piccole perle di vergogna luccicante. «Mi dispiace.»

«Va bene, figliolo» disse Petrosky, anche se le parole gli fecero contorcere le viscere come se avesse un groviglio di rovi agganciati intorno agli intestini. *Perché stai mentendo, vecchio - non va bene.* Annuì a Jackson, che toccò lo schizzo. «Quest'uomo ti ha detto qualcosa?»

«Solo arrivederci, ma penso che stesse parlando con il signor Lockhart. Era come se... io non ci fossi.»

Almeno non è stato aggredito da entrambi. La signora Wyndham si asciugò gli occhi, spostando i suoi occhiali con la montatura rossa, e tirò su col naso di nuovo. Petrosky si appoggiò allo schienale della sedia, il più lontano possibile dalla famiglia - aveva l'improvviso, innegabile impulso di scappare. *Semplicemente non vuoi sentire altro. Non vuoi sapere cosa gli ha fatto Lockhart.* Ma se non riusciva ad ascoltare, era finito - l'incapacità di gestire il trauma era il rintocco funebre per un poliziotto.

Jackson chiaramente non aveva tali scrupoli. Continuò: «Hai visto che tipo di auto guidava?»

Jared scosse di nuovo la testa. «Non l'ho visto. Non stavo davvero guardando, ma non credo ci fosse un'auto nel vialetto.»

Un sussulto della signora Wyndham li fece girare tutti. Si coprì la bocca con la mano.

Petrosky si raddrizzò - sapeva qualcosa di più? «Signora?»

«Lo voglio in prigione!» La sua voce era acuta, tesa. «L'ha *toccato*. Il vostro schizzo, quel tizio era fuori a fare chissà cosa, e quel... quel *mostro* di Lockhart stava *facendo del male a mio figlio*.»

«Quando è successo?» chiese Petrosky, tenendo gli occhi sul ragazzo, sulle sue spalle tremanti.

«Domenica» disse Jared. «È il giorno in cui riscuoto per il prato.»

Domenica. Non una settimana fa, come aveva detto Lockhart. Solo due giorni prima che trovassero il coltello nel seminterrato di Hanover.

Il ragazzo abbassò lo sguardo. Una lacrima gocciolò sul tavolo.

La signora Wyndham gli mise un braccio intorno alle spalle. «Questo non sarebbe mai dovuto succedere» sibilò. «Non avrebbe mai dovuto essere libero di circolare.»

Petrosky non disse nulla. Aveva ragione. Ma forse questa volta sarebbero riusciti a metterlo dentro per sempre.

La porta della stanza degli interrogatori si chiuse dietro di loro con un piccolo *thhhhp*, rinchiudendo i singhiozzi della signora Wyndham e i quieti singhiozzi di suo figlio. Petrosky si diresse verso la sala ristoro mentre Jackson andò dritta all'ufficio per chiamare il procuratore distrettuale. *Fottuto Lockhart.* Non era l'uomo che aveva messo quel coltello a casa di Gertrude, ma poteva essere un complice di omicidio, ed era sicuramente un pedofilo. Con la dichiarazione di Jared, non avevano bisogno di altro per trattenerlo - e ora avevano tutta la leva necessaria per farlo cantare sul suo amico. Anche se di solito gli dava fastidio fare patteggiamenti, oggi a Petrosky non importava se avessero dovuto lasciar cadere l'accusa di violenza su minore. Lockhart sarebbe uscito fin troppo presto comunque. Ma se fossero riusciti a inchiodarlo come complice di omicidio sei o sette volte...

Riempì due tazze con l'acre melma carbonizzata che passava per caffè del distretto e si diresse verso la sua scrivania. Sentì delle voci che litigavano prima di arrivarci, il borbottio indistinto di due voci femminili che si concretizzò in parole reali mentre si avvicinava.

«E questo lo rende accettabile?» Il capo gli dava le spalle, i capelli neri intrecciati che le scendevano lungo la schiena, incombendo sulla sua scrivania e su Jackson, seduta sulla sua sedia. E Carroll sembrava più magra rispetto alle settimane precedenti. Era malata?

«Non ho detto che fosse l'ideale», disse Jackson, con la voce tesa come se stesse cercando disperatamente di tenere a freno il suo temperamento. «Ma questa è la migliore possibilità che abbiamo di risolvere questo caso. E lo conosco bene quanto te. Non può semplicemente starsene a casa...» Jackson lo scorse alle spalle di Carroll. Abbassò lo sguardo. E si alzò in piedi.

«Su, su, signore, non litigate per me». Petrosky aspettò che dicessero che stavano parlando di qualcun altro, o che gli lanciassero una battuta sarcastica, ma Jackson girò sui tacchi e si allontanò verso la sua scrivania. Carroll si voltò di scatto verso di lui, i suoi occhi marroni familiari eppure estranei, come un parente lontano che viene a trovarti dopo anni di separazione, occhi pieni di nuove idee... e nuovi demoni.

Lui aggrottò le sopracciglia guardando la sua giacca blu navy, che le pendeva larga addosso. «Stai bene?» Le porse un bicchiere di polistirolo.

«Che ci fai qui?» Lei guardò torva il caffè e incrociò le braccia.

Va bene, allora due caffè per me. «Sto solo facendo qualche domanda. Mettendo sotto chiave dei pedofili. Cercando di trovare un assassino». Tirò su col naso. «E tu?»

«Smettila di scherzare, Petrosky. Hai appena trovato il tuo amico morto in un seminterrato. È un conflitto di interessi averti su questo caso».

«È necessario, e lo sai. Se possiamo trovare questo stronzo anche solo un giorno prima con me che lavoro...»

«Nel momento in cui ricadi nel vizio, non abbiamo più bisogno di te, capito? Se tocchi la bottiglia, non disturbarti a tornare». Carroll lo guardò negli occhi, ma il suo sguardo era pesante: non era solo rabbia o preoccupazione per lui. Un milione di parole non dette volarono tra loro, l'elettricità nell'aria palpabile. Agitata. La tensione inquieta dei tossicodipendenti: la potevi sentire in qualsiasi angolo di strada al momento giusto della notte se prestavi attenzione. E... suo marito era stato con McCallum; Petrosky l'aveva creduto furioso, ma forse era panico.

«Forse vale anche per te», disse lui, a voce bassa. «I carri possono essere scivolosi».

I suoi occhi diventarono d'acciaio. «Non si tratta di me».

«Ma ho ragione».

La sua mascella era così tesa che si sorprese di non sentire i denti stridere. «Tieni insieme i cocci», disse infine. «E non fare cazzate».

CAPITOLO 27

La notte era un vuoto nero fuori dalla finestra dell'ufficio. Jackson era tornata a sedersi alla sua scrivania non appena Carroll se n'era andata, forse per lavorare sul caso, o forse perché aveva visto che lui aveva del caffè. Probabilmente entrambe le cose.

«La bicicletta è un vicolo cieco», disse, soffiando sul vapore che usciva dal bicchiere di polistirolo che Carroll aveva rifiutato. «Non è nuova, ed è abbastanza comune da rendere impossibile rintracciare chi l'ha comprata. Decantor sta lavorando sulla pista del cantiere edile.»

Ah, sì, il cantiere. Il sospettato aveva rimosso una sezione di vetrocemento per far entrare la vittima - *non Billie, la vittima* - in quel seminterrato dopo aver murato la porta con del cartongesso. Una caccia al tesoro su misura per qualcuno che era stato in quella casa in passato, qualcuno che sapeva che la porta del seminterrato doveva essere lì. *Per te*, sussurrò Morrison.

«Cos'ha scoperto?» chiese Petrosky.

«Non molto. I materiali necessari per costruire quel muro non sono esattamente difficili da trovare. Decantor ed io abbiamo fatto un giro di domande mentre tu eri» - *ubriaco fradicio* - «via, chiedendo ai vicini se avessero visto qualcuno passare con dei fogli di cartongesso, ma solo un residente ha notato qualcosa del genere. Indovina cosa guidava il sospettato?»

«Un furgone blu.»

«No. Grigio. Abbiamo controllato i furgoni grigi, ma onestamente credo che lei abbia semplicemente fatto un errore.»

Lui annuì. Le testimonianze dei testimoni erano notoriamente inaffidabili, anche se finora lo schizzo di Gertrude sembrava accurato. «Ha visto il tizio al volante?»

Jackson scosse la testa. *Ovviamente no.* «Ha detto che il tizio ha usato il garage. L'ha aperto come se fosse casa sua, quindi ha pensato che fosse qualcuno che si stava trasferendo. Era contenta che qualcuno si sarebbe preso cura della casa.»

Dannazione. Il loro killer aveva imparato da ogni singola cosa successa a Norton. Sapeva esattamente come coprire le sue tracce, come far guardare le persone dall'altra parte. Petrosky portò il caffè alle labbra, ma sebbene il vapore stesse ancora uscendo dalla superficie, non sentì il calore sulla lingua. Un po' secco mentre scendeva, un po' abrasivo... ma nessun calore.

Jackson sorseggiò il suo caffè, fece una smorfia e lo rimise giù. «Ma ascolta questa: il testimone ha detto che è successo tre anni fa. Non l'ha collegato a questo caso a causa della tempistica.»

Anni fa? Come aveva senso? «Forse qualcun altro ci stava lavorando.» Coincidenza, ma era logico. E qualsiasi appaltatore avrebbe avuto un pickup.

Jackson scosse la testa. «Ho controllato tutti i proprietari e ho parlato con la banca; nessuno avrebbe dovuto lavorare lì in nessun momento negli ultimi quattro anni.»

Il che significava che l'assassino stava pianificando questo da molto più tempo di quanto Petrosky avrebbe immaginato. Diavolo, era stato lì a lavorare sulla scena del crimine prima ancora che Billie si trasferisse a casa di Petrosky. *Merda.* Tre anni? E quasi cinque dalla morte di Morrison. Aveva aspettato un tempo maledettamente lungo per tornare dopo aver coperto quella porta. «Che diavolo avrebbe fatto se qualcuno l'avesse venduta sotto il suo naso?» E... l'avevano venduta, giusto? Aspetta, era per questo che aveva scelto di usarla ora prima che qualcun altro ci andasse a vivere? La casa di Webb dove aveva nascosto il bambino... anche quella era stata messa all'asta. Forse l'assassino aspettava che qualcuno comprasse le case per assicurarsi che i corpi fossero trovati prima piuttosto che dopo. Il suo gioco finiva se nessuno avesse colto i suoi indizi, e non sembrava a Petrosky il tipo di persona che avrebbe fatto una segnalazione anonima. Petrosky si raddrizzò. «So che Decantor ha controllato i registri delle aste...» Ma Decantor non aveva trovato nulla di utile, o l'avrebbe detto. A meno che non l'avesse fatto - l'aveva fatto? Il cervello di Petrosky sembrava mille pezzi di filo sciolto, che si sfilacciavano sempre di più minuto dopo minuto. «Chi ha comprato il posto, di nuovo?»

Di nuovo. Nel caso in cui Decantor gliel'avesse già detto. Nel caso in cui Petrosky stesse perdendo la testa.

Gli occhi di Jackson si strinsero - preoccupazione? - ma annuì. «La coppia trentenne che ha acquistato la casa progettava di trasferirsi qui da New York City. Stavano cercando di investire.»

«Investire? Lì?»

«Non hanno figli, quindi non devono preoccuparsi delle scuole. Lui ha perso il lavoro di recente, e lei fa lavori di grafica, ma con tutti quei programmi di ristrutturazione case che vedono in TV...» Scrollò le spalle.

«Ci sarà del rivestimento in legno ovunque.»

Lei alzò un sopracciglio. «Cosa ne sai tu del rivestimento in legno?»

«Io so tutto, Jackson.» Tranne chi stava uccidendo i suoi amici e familiari uno ad uno. Il suo cuore si strinse, debolmente, come se avesse semplicemente smesso di preoccuparsi. Era così maledettamente stanco. Ma la sua partner non rispose; i suoi occhi erano fissi sulla stanza dietro la sua sedia.

«Buonasera, agente.» La voce alle sue spalle era familiare, ma non riuscì immediatamente a collocarla. *E adesso cosa?*

«Detective.» Petrosky si alzò, irritato, girandosi per affrontare qualunque idiota avesse deciso che questo fosse un buon momento per disturbarlo. Haverford? *Le notizie viaggiano veloci.* Incrociò le braccia. «Sei qui per fare da portavoce al tuo cliente di merda di nuovo?»

Lui grugnì, ma un sorriso compiaciuto gli sfiorò le labbra. «Volevo solo dirti di persona che la famiglia di Lockhart presenterà una denuncia.»

«Lockhart non ha famiglia», disse Petrosky.

«Ha un figlio in Texas. E sto presentando denuncia per conto di quel ragazzo.»

«Per cosa?» Jackson sbuffò dalla sua postazione alla scrivania. Non si era nemmeno preoccupata di alzarsi. «È arrabbiato perché l'abbiamo protetto dal suo padre pedofilo?»

Haverford strinse gli occhi. «Oh... davvero non lo sapete, vero?»

«Sapere cosa, stronzo?» sbottò Petrosky.

Haverford gli spinse verso una busta di manila, e quando Petrosky non la prese, la infilò nello spazio dietro le sue braccia incrociate. «Il mio cliente è morto questo pomeriggio mentre era sotto la vostra custodia. Qualcuno gli ha fracassato la testa contro un water di metallo a causa del vostro comunicato stampa.»

Beh, cazzo. Questo significava che non potevano più estorcergli altre informazioni, ma forse aveva già detto tutto quello che sapeva. Petrosky aprì la bocca per chiedere se avessero catturato l'assassino di Lockhart, ma la richiuse di nuovo; non gliene fregava un cazzo. La morte era l'unico modo per assicurarsi che tipi come Lockhart non facessero più del male a nessuno, e la signora Wyndham avrebbe probabilmente mandato all'assassino di Lockhart una torta con una lima dentro. Stava sorridendo? *Sto impazzendo.* Costrinse le labbra a tornare in una linea dritta ancora una volta, ma le spalle di Haverford si erano irrigidite, i suoi occhi duri e furiosi.

«Se non sapessi meglio, penserei che l'abbiate fatto apposta. E credo che anche una giuria lo penserà.» Sorrise compiaciuto.

«Non ti interessa ottenere nulla per quel ragazzo», ringhiò Petrosky. «Vuoi solo spremere l'eredità di Lockhart per ogni centesimo che puoi infilare nella tua mano viscida. Se devi fare lo stronzo, almeno assumitene la responsabilità.»

Le narici di Haverford si contrassero - decisamente agitato, il che era una piccola consolazione. Si girò sui tacchi e se ne andò a grandi passi.

Petrosky abbassò le braccia e lasciò cadere la busta sul pavimento.

CAPITOLO 28

Si scoprì che non avevano bisogno di spremere Lockhart per informazioni, non che fosse possibile ora. Il prestante nasconditor di coltelli di Gertrude in persona chiamò la mattina seguente in risposta all'articolo di Acharya. Il comunicato stampa aveva informato il pubblico che l'uomo nello schizzo di Gertrude era ricercato per un interrogatorio, che poteva essere un testimone - sapeva perché volevano vederlo? Era preoccupato che potesse finire, come Lockhart, vittima della giustizia vigilante? Qualunque fosse la ragione per cui aveva deciso di fare quella chiamata, Yannis Getzel si era rifiutato di venire in centrale, e Acharya, il giornalista che aveva ricevuto la chiamata nel suo elegante ufficio del giornale, non aveva voluto spaventarlo. Nemmeno Petrosky. Se Getzel li stava chiamando, era molto più probabile che sapesse qualcosa piuttosto che fosse il loro assassino. Il loro sospettato non sembrava il tipo da consegnarsi.

Jackson guidava. Petrosky si strofinava lo zigomo dolorante. Aveva dormito in centrale, con la faccia piantata sulla sua scrivania fino a quando l'arrivo di Acharya non lo aveva trascinato fuori da un'incoscienza buia e senza sogni. Non era riuscito a immaginare di sdraiarsi a letto, fissando il cuscino di Duke o guardando la casa accanto, sapendo che non avrebbe mai più rivisto Billie. Ascoltando il silenzio. C'era un impulso di vedere Shannon e i bambini, una spinta profonda nelle sue ossa come se la loro presenza potesse ricucire il suo cuore. Ma che tipo di stronzata egoista sarebbe stata? Aveva già usato abbastanza le persone nella sua vita; aveva usato Carroll per disintossicarsi, le aveva scaricato addosso i suoi demoni, e ora sembrava che l'avesse trascinata giù con sé. Non era giusto, e non l'avrebbe fatto alla sua quasi-figlia, ai suoi nipoti. Inoltre, Decantor era stato di guardia a casa di Petrosky la notte scorsa - si fidava di Decantor per tenerli al sicuro più di quanto si fidasse di se stesso. Era una responsabilità. E non era nemmeno riuscito a salvare Duke.

Jackson accostò al marciapiede, con gli occhi socchiusi. Premette due volte il pulsante di blocco. L'appartamento di Getzel era un piccolo posto nel centro di Detroit vicino al Caffrey Corridor, e la tromba delle scale aperta puzzava meno di piscio rispetto alle scale chiuse del quartiere. Non *zero* piscio, ma meno - una quantità moderata di urina.

Getzel aveva una somiglianza incredibile con lo schizzo che Gertrude aveva creato per loro: capelli scuri, occhi distanziati, una mascella forte punteggiata di barba appena accennata come un giovane John Stamos. Gertrude aveva i suoi momenti di confusione, ma diavolo se non aveva azzeccato questo. Li incontrò alla porta indossando pantaloncini di jeans e una maglietta dei Pink Floyd, anche se sembrava troppo giovane per sapere qualcosa del lato oscuro della luna.

«Allora ci parli un po' di lei, signor Getzel», disse Petrosky quando furono tutti seduti sul minuscolo balcone. Anche l'interno dell'appartamento puzzava di urina.

Getzel appoggiò una spalla alla ringhiera scheggiata e tirò fuori una sigaretta dal pacchetto. «Mi offrirete un accordo o qualcosa del genere?»

Petrosky e Jackson si scambiarono uno sguardo. «Un accordo?»

«Sì, tipo... per essermi fatto avanti?»

Jackson si sporse verso di lui sulla sua sedia di plastica. Le gambe traballarono pericolosamente. «Ha bisogno di un accordo, signor Getzel?»

«Me lo dica lei.» L'accendino scattò, e presto il fumo gli avvolse la testa.

A Petrosky venne l'acquolina in bocca, e quando Getzel incrociò il suo sguardo, indicò il pacchetto. Jackson lo fulminò con lo sguardo, ma Getzel glielo passò. *Solo per creare un legame, Jackson. Solo per creare un legame.* Inoltre, lasciarlo fumare era il minimo che potesse fare; non aveva bevuto dal giorno prima, e la sua spina dorsale sembrava vibrare - come se potesse far cadere la sua carne, lasciando dietro di sé un serpente di ossa tremolante.

«Allora, eri lo spacciatore di Lockhart, o cosa?» chiese Petrosky. La cosa del cellulare usa e getta era piuttosto comune quando si spacciava droga in giro, ma Petrosky non era convinto dell'idea. Questo era il tizio visto a casa di Hanover, e gli spacciatori non giocavano a caso a nascondino con i coltelli da caccia. Doveva solo ammorbidirlo. Meglio iniziare in piccolo.

Getzel ridacchiò, espellendo fumo dal naso come un toro arrabbiato. «Uno spacciatore? Immagino in un certo senso.»

«Le parlerò chiaro, signor Getzel. Non ce ne frega un cazzo di cosa fa per vivere - non m'interessa arrestarla a meno che qualcuno non l'abbia pagata per molestare un bambino piccolo, nel qual caso abbiamo un problema.» Ma Petrosky non pensava che l'avesse fatto; Jared aveva detto che il tipo non gli aveva nemmeno dato un'occhiata. Getzel sapeva delle perversioni di Lockhart?

A quanto pare no; gli occhi di Getzel si spalancarono, la mascella a penzoloni, la sigaretta dimenticata nella mano. «Wow. No, no, non toccherei *mai* un bambino.»

«Allora cosa ci facevi a casa di Lockhart? E indossando una divisa da baseball, per giunta? Hai una passione per i popcorn e i cracker jack o cosa?»

Getzel schiacciò la sigaretta nel posacenere; il tavolo di metallo sottostante traballò su gambe esili. «No, state fraintendendo. Mi ha chiesto lui di indossarla.»

Jackson aggrottò la fronte, con la sua espressione fintamente confusa. «E tu indossi semplicemente qualsiasi cosa ti chiedano le persone?»

«Beh... sì, è un po' la mia cosa.» Inclinò la testa, i peli lungo la mascella luccicavano alla luce del sole. «Davvero non mi arresterete?»

Petrosky tirò una boccata dalla sua sigaretta e lasciò che il fumo gli bruciasse gli occhi mentre diceva: «Non a meno che non abbia fatto del male a qualcuno, signor Getzel, ma non credo che l'abbia fatto. Penso che Lockhart la pagasse per fare sesso.»

Getzel incontrò i suoi occhi, inspirò bruscamente, poi annuì una volta. «Sì. Lo faceva.»

«E la maglia?» Ma conosceva già la risposta. Lockhart era attratto dai bambini - voleva che questo tizio *sembrasse* uno di loro.

«Non lo so; non faccio domande. La gente è attratta da ogni tipo di strana merda.»

«Le ha chiesto di fare qualcos'altro?» disse Jackson. *Come nascondere un coltello?* Era per questo che erano lì. Lockhart era davvero il loro assassino? Era finita?

«Mi chiedeva sempre di radermi molto bene - *dappertutto*.» Inclinò la testa, le sopracciglia alzate per enfatizzare il punto. «E indossavo sempre quella maglia da baseball che mi aveva dato. A volte... stavo semplicemente lì mentre mi guardava.» Un'espressione che poteva essere disgusto gli attraversò il viso e svanì. «Voglio dire, era un tipo strano, e non sempre riusciva ad eccitarsi, ma succede a volte.» Scrollò le spalle. «Non la prendo sul personale.»

Non era personale - l'unica cosa sbagliata che questo tizio aveva fatto era essere maggiorenne. Lockhart stava cercando di placare le sue fantasie di abuso su minori con qualcuno che sembrasse abbastanza giovane da ingannare il suo cervello. Ma non era stato sufficiente.

«È per questo che mi state cercando?» Getzel alzò un sopracciglio. «Voglio dire, il mio amico ha chiamato, mi ha dato il numero del giornale perché ero una persona d'interesse o qualcosa del genere, ma pensavo che ci fosse una ricompensa. Tipo, magari conoscevo un latitante.» Sorrise, sicuro di sé - quasi arrogante. Davvero non sapeva di aver fatto qualcosa di sbagliato?

«Oh, conosci un latitante, eccome.» Petrosky batté la cenere nel posacenere, scatenando un altro round di traballamenti del tavolo. «Ma non c'è ricompensa tranne quella di restare fuori di prigione.»

Gli occhi di Getzel si spalancarono. «Ma avete appena detto-»

«Non siamo preoccupati per il tuo giro di prostituzione», disse Jackson. «Siamo preoccupati per un coltello che hai consegnato in una casa proprio in fondo alla strada di Lockhart».

La mascella del tizio crollò, ma si riprese rapidamente, anche se la sua sicurezza era svanita: sembrava un ragazzino spaventato. «Sapete di questo, eh? Cavolo. Aveva detto che se non l'avessi fatto bene, avrei dovuto restituire i soldi, ma li ho già spesi».

«Chi?» chiese Jackson. «Lockhart?»

Scosse la testa. «No, non lui». Sospirò e si appoggiò di nuovo alla ringhiera, e Petrosky lo vide improvvisamente precipitare oltre il bordo verso la sua morte, portando con sé qualsiasi indizio stesse nascondendo: la sua testa che si frantumava contro l'asfalto in un inutile astratto di sangue, ossa e cervello. Come la testa di Ruby. Lisa Walsh. Tirò più forte dalla sigaretta, il mozzicone che gli bruciava le punte delle dita. *Smettila di pensare, testa di cazzo pazzo*. Sbatté le palpebre mentre Getzel si raddrizzava.

«Ok, allora questo tizio mi si è avvicinato quando stavo uscendo dal posto di Lockhart. Mi ha dato mille dollari in contanti e mi ha detto di bussare esattamente alle due e mezza. Dovevo dire a sua moglie che ero un riparatore di lavatrici e nascondere il coltello in cantina, in un posto dove lei non l'avrebbe trovato; ha detto che se l'avesse trovato troppo in fretta, avrebbe voluto indietro i suoi soldi». Scrollò le spalle come se gli avesse appena detto che gli era stato dato un dollaro per consegnare un panino al prosciutto. Che cazzo c'era che non andava in questo tizio?

«Che aspetto aveva?» disse Jackson.

«Uhm... bianco, credo? Corporatura media, non grande come... beh...» Fece un gesto verso la mole di Petrosky, poi aggrottò la fronte come se si rendesse conto che era una cattiva idea far arrabbiare i poliziotti dopo aver ammesso di prostituirsi e contrabbandare coltelli. «Senza offesa».

«Nessuna offesa». Aspettò che l'uomo continuasse; la bocca di Getzel si stava già muovendo come se avesse un milione di parole che lottavano per sfuggire dalle sue labbra.

«Indossava una maschera», continuò Getzel. «Una di quelle economiche di plastica che assomigliano a Michael Myers, che è un po' il motivo per cui pensavo facesse parte del loro kink. E sembrava agile, forse troppo giovane per essere sposato con la signora di quella casa, ma immagino di non poterlo davvero presumere. E se qualche signora più anziana volesse prendersi cura di me, probabilmente direi di sì indipendentemente da qualsiasi merda kinky le piacesse».

Ma non era quella la parte che tormentava il cervello di Petrosky: anche a Norton piacevano le maschere, la sua preferita era modellata su quelle indossate dai medici durante la Peste Nera.

«Cosa è successo dopo?» incalzò Jackson.

Getzel sorrise, ma senza umorismo. «Ricordo di aver pensato che mi avrebbe chiesto di qualche merda di bondage kinky, ma mi ha solo passato un biglietto con il codice della porta e quella borsa». Il codice, ah, sì. Non c'era da meravigliarsi che questo tizio pensasse che il loro sospettato fosse il proprietario di casa. Ma come diavolo aveva ottenuto il sospettato la combinazione? Aveva guardato attraverso la finestra?

«Non hai menzionato una borsa», disse Jackson.

«Oh sì. Come uno zaino».

Anche Gertrude aveva parlato di questo. Forse potevano estrarre il DNA da lì. Le uniche impronte sul Visqueen erano state sbavate, inutilizzabili, e non c'era stato nulla sul coltello. Tranne il sangue.

Il sangue di Morrison. L'aria si assottigliò. Tossì.

Jackson si spostò sulla sedia di plastica, facendo una smorfia: scomoda. Lui non riusciva nemmeno a sentire il suo sedere, il che probabilmente era una buona cosa. «Dov'è la borsa ora?» disse Jackson.

«L'ho lasciata fuori dalla casa dopo, come mi aveva detto di fare».

E ancora pensava che non ci fosse nulla di sbagliato in questo? Era un fottuto idiota questo tizio?

Jackson sembrava pensare la stessa cosa. Stava fissando

Getzel come se avesse appena detto che preferiva il cavolfiore alla torta. «Perché l'hai fatto?» chiese Jackson. «Lasciare un coltello, abbandonare una borsa... Non ti è sembrato nemmeno un po' sospetto?» Ma anche se lo fosse stato, Getzel stava già facendo abbastanza merda illegale, e mille dollari gli avrebbero pagato l'affitto per un paio di mesi. Cosa aveva da perdere?

Getzel scrollò le spalle. «Non proprio. Era la sua borsa, la sua casa; perché non lasciarla lì? Inoltre, mi ha dato i soldi in anticipo, e il lavoro era solo una consegna: facile. Ha anche detto che conosceva Lockhart, quindi immagino di essermi fidato un po' di più».

«Questo ancora non mi torna, Getzel». Jackson scosse la testa. «Non credo che avrebbe senso per la maggior parte delle persone razionali».

«Immagino che non lo avrebbe». Lasciò vagare lo sguardo oltre di loro, verso la porta del suo appartamento puzzolente di piscio, meno come se stesse inventando una bugia e più come se stesse considerando la sua vita. «Ascoltate, interpreto ogni tipo di ruolo. Idraulici, pompieri, fattorini della pizza... Fingere di essere un riparatore e consegnare un pacco non era nemmeno la cosa più strana che avevo fatto quel giorno».

«E il coltello?» disse Jackson. «Con il sangue sopra, per giunta? Pensavi che quella dolce vecchietta avesse bisogno di un pacco del genere?»

«Nah, non c'era sangue sopra; era solo arrugginito». *Mh.* Petrosky l'aveva subito identificato come sangue, ma il cittadino medio sarebbe arrivato direttamente a quella conclusione? Forse no, e questo tizio aveva meno cellule cerebrali funzionanti della media. Getzel scrollò le spalle, prese un'altra sigaretta dal pacchetto e l'accese. «Pensavo fosse *un gioco*, ok? Sareste sorpresi di che tipo di pacchi la gente ha bisogno. Una volta ho ricevuto una richiesta da un tizio sulla settantina di presentarmi con lubrificante, un tubo di piombo e...»

Petrosky alzò una mano. *Dio santo, fermati*. Ma, onestamente, sperava un po' che Gertie avesse ottenuto qualcosa. «Le hai consegnato qualcosa di extra speciale?»

Getzel guardò il fumo che si arricciava verso il cielo. «Nah. Lascio che sia il cliente a guidare, e mi aspettavo che ci provasse con me, ma...» Ridacchiò e incontrò gli occhi di Petrosky. «Continuava a chiamarmi Richard. Mi ha detto di tornare più tardi per riparare anche il forno».

CAPITOLO 29

Il viaggio di ritorno al distretto fu fortunatamente breve, con Jackson che gli lanciava occhiate di traverso come se avesse infranto qualche patto non detto accettando una sigaretta da un prostituto. Avevano raccolto qualche altra informazione da Getzel sull'uomo che gli aveva dato il coltello, ma quel cretino non aveva nemmeno visto un veicolo - non gli era passato per la mente che il colpevole ne avesse bisogno dato che lo aveva avvicinato «fuori dalla sua casa». *Che idiota.* Con mille dollari potevi comprare un complice inconsapevole. Forse era proprio quello il punto: meglio avere un aiutante che non avesse idea di chi fossi. Che non avesse alcun legame con te.

Che non avrebbe mai potuto denunciarti.

Petrosky e Jackson trascorsero ore alternandosi tra i fascicoli e le telefonate per poi incontrarsi nella sala ristoro mentre il sole iniziava la sua lenta discesa verso ovest. Il suo stomaco era annodato. Non ricordava l'ultima volta che aveva mangiato, e il calore opprimente della mancanza di sonno lo stava trascinando giù, anche se era certo di essere riuscito a dormire almeno qualche ora alla sua scrivania - il dolore alla guancia lo dimostrava. Ma c'era di più oltre ai suoi disturbi fisici; ogni ora sembrava passare più lentamente della precedente, ed era in quei minuti dilatati che cresceva il vuoto doloroso della disperazione, un abisso che stava disperatamente cercando di ignorare.

A che serviva? Questa serie di omicidi probabilmente era finita, se il passato poteva essere un'indicazione, e non sapevano chi il bastardo avrebbe potuto prendere di mira la prossima volta, anche se avesse deciso di continuare a uccidere. Non avevano vere piste oltre al furgone. E sebbene Petrosky si fosse scervellato, sebbene avesse fissato i fascicoli fino a strabuzzare gli occhi, convinto di star tralasciando qualcosa, non era riuscito a capire cosa fosse. Tutto ciò che avevano realmente ottenuto era togliere Lockhart dalla strada - permanentemente. Forse questo avrebbe dovuto essere più un sollievo, persino una vittoria, ma sembrava insignificante di fronte a così tante morti.

Finì di riempire la sua tazza e passò la caffettiera a Jackson. «Allora... l'infermiere di Gertrude Hanover seguiva un programma rigido. Faceva sempre la doccia alle due e mezza e chiamava la sua ragazza quando lei usciva dal lavoro alle due e quarantacinque». Quella discussione era stata molto più tesa del necessario, come se fosse colpa di Petrosky se il tipo aveva perso il lavoro. Come se fosse colpa sua se l'infermiere aveva fatto entrare in casa un prostituto armato della lama usata per massacrare un poliziotto.

Jackson non sembrò sorpresa. «Non c'è da meravigliarsi se ha fatto entrare Getzel esattamente alle due e mezza. Il nostro sospetto ha fatto i compiti per bene, questo è certo».

Annuì. «Anche Scott ha chiamato; sta rimorchiando il furgone di Lockhart adesso». Probabilmente uno sforzo inutile - Lockhart era in casa sua a molestare Jared

Wyndham mentre Michael Myers offriva a Getzel mille dollari per giocare a nascondino, ma non lo sapevano quando avevano ottenuto il mandato. Era troppo coincidenza che Lockhart guidasse un furgone simile - non avevano la conferma del modello esatto - ma forse Lockhart e l'assassino erano complici. O forse l'assassino aveva preso il furgone, lo aveva usato e poi restituito. Il tempo l'avrebbe detto.

Sei coinvolto, Lockhart? O sei ignaro come Getzel?

Sobbalzò quando Jackson sbatté la caffettiera. «È semplicemente così fottutamente ridicolo», sbottò.

Petrosky inarcò un sopracciglio. «Cosa?»

«Getzel. Oh, e ha degli alibi per quasi tutti gli omicidi di Decantor: il lavoro».

Non che pensassero fosse lui il loro assassino - il ragazzo avrebbe avuto sedici anni al momento dell'omicidio di Morrison, e l'impulsività adolescenziale, persino l'arroganza giovanile, non si adattavano al loro profilo. «Alibi, eh? Strano che i suoi clienti siano disposti a offrirsi per aiutare la loro scopata occasionale».

«I suoi clienti non ne hanno avuto bisogno. Getzel lavora per un servizio di consegna pasti le sere in cui non vende il culo. Probabilmente è da lì che vengono alcuni dei suoi clienti - Lockhart stesso ha usato il servizio. Getzel potrebbe puntare a persone sole che ordinano pasti per uno finché non riesce a rendere quella cosa del tubo di piombo un lavoro a tempo pieno». Sorseggiò il suo caffè e sorrise sarcastica. «Hai intenzione di offrirgli un posto accanto nel tuo harem?»

Accanto. Dove ora c'era una camera da letto vuota. Perché Billie era morto. *Morto.* «Sì, immagino ci sia posto ora». Il vuoto lo tirò, esigendo di essere riconosciuto.

I suoi occhi si allargarono. «Mi dispiace, non avrei dovuto dirlo».

Billie è morto. Duke è morto.

Non riusciva a respirare. La sua mano era in fiamme. Guardò in basso - aveva schiacciato il bicchiere di polistirolo nella sua mano, bagnando il pavimento e il polsino della sua giacca. Il caffè gli colava tra le dita come lacrime fangose.

Jackson allungò la mano verso i tovaglioli, ma lui la fermò con un gesto e si pulì il braccio dolorante sui jeans. «Sto bene, okay? Bene».

Non sto bene. Si sentiva come se un treno gli stesse improvvisamente correndo addosso e non ci fosse nulla che potesse fare per evitarlo. *Sono morti, Morrison è morto, Julie è morta, sono tutti-*

«Petrosky, io-»

«Vado a casa. A riposarmi un po'». Era ora di staccare? Non gli importava. *Dovresti rimanere qui*, sussurrò Morrison. *Non succederà niente di buono se te ne vai. È per questo che hai dormito qui la scorsa notte.*

Non si preoccupò di mettere a posto le sue cose; lasciò le pagine sparse sulla sua scrivania, tutti quei fascicoli inutili che non avrebbero mai reso meno vuota la camera da letto di Billie, non avrebbero mai fatto bagnare il suo cuscino di bava, non avrebbero mai restituito a Shannon suo marito. Il vuoto tirava più forte. Qual era il punto, qual era il fottuto punto?

Se Jackson gli avesse detto addio mentre usciva, non l'aveva sentita.

La sua mano bruciava ancora di più quando arrivò alle scale, quel tipo di bruciore secco e pungente che significava che si sarebbe formata una vescica. La brezza fuori fu un benvenuto sollievo - fresca nonostante l'umidità che ancora si aggrappava alla sera. Si affrettò attraverso il parcheggio, grato di aver guidato la sua Caprice fin qui dal veterinario; era stato solo ieri? Improvvisamente sembrava come se avesse perso Billie e Duke anni fa, che il disagio dietro lo sterno non fosse il dolore fresco del lutto, ma il dolore più sordo di un dolore nostalgico. Ma era possibile che semplicemente non riuscisse a sentire completamente il petto sopra le vibrazioni nelle sue ossa - non si era accorto che stava crescendo, ma ora il suo scheletro tremava, danzando un ritmo che la sua carne non poteva eguagliare.

È arrivato il momento, vecchio mio, la notte in cui il tuo corpo finalmente si arrenderà. E buon viaggio.

Si costrinse ad andare avanti barcollando. Ridicolo. Stava facendo il ridicolo. Le luci al sodio si accesero con un secco *bzzt*.

«Ed!»

Si voltò. *McCallum?* Il dottore si stava affrettando verso di lui attraverso il mare d'asfalto, con la pancia che ondeggiava e il viso rosso anche nel crepuscolo. «Che c'è, dottore?»

«Ah sì, quando sei in dubbio, ricorri ai cartoni animati» sbuffò McCallum.

Petrosky inclinò la testa, ma McCallum stava già porgendogli un sacchetto - bianco, di carta. Niente macchie di grasso, quindi non era una ciambella. «Cos'è questo?»

«Una prescrizione» disse McCallum, a voce bassa. «Benzodiazepine.»

Benzo... Strinse gli occhi e respinse il sacchetto. «Non ne ho bisogno.»

McCallum gli spinse di nuovo il sacchetto addosso, il pugno carnoso del dottore che gli colpiva il petto con un tonfo come un battito cardiaco esterno. «Sospetto che tu abbia un po' di astinenza da superare, e queste dovrebbero aiutare un po', anche se ovviamente non possono alleviare tutto. Puoi stare a casa per qualche giorno?»

Petrosky sentì il sapore del sangue; i molari gli facevano male. «Ti ha chiamato Jackson?»

Il viso di McCallum era una maschera. «Non sei di alcuna utilità a nessuno se non sei sobrio, te compreso.» Si avvicinò. «Non dimenticare cosa è successo con Morrison.» E il significato delle sue parole era chiaro: *Eri ubriaco allora. Lo hai lasciato morire.*

Sentì qualcosa spezzarsi nel profondo del suo petto vuoto. Fece un cenno di saluto a McCallum e si lasciò cadere nel vuoto.

Mi hai lasciato morire.

Per tutta la strada verso casa, ascoltò quella voce. A volte era quella di Morrison, a volte quella di Billie, ma ogni volta era accusatoria. E ogni volta aveva *ragione*.

Si fermò al negozio di liquori vicino a casa sua e si prese il suo tempo nel parcheggio, forse aspettando che qualcosa lo fermasse, la foschia del neon rosso che si infiltrava nell'auto e macchiava le sue mani tremanti di un rosa malsano. Il bruciore nel braccio ustionato era appena percettibile rispetto al fuoco lancinante nel petto. Era una stronzata; era tutta una stronzata. La ghiaia del parcheggio scricchiolava sotto le sue scarpe; i neon gli bruciavano il cervello; la cassa tintinnava. Il sacchetto era un peso fresco e benvenuto tra le sue braccia.

Ho bisogno di aiuto? Col cazzo, sono loro che hanno bisogno di aiuto. Non avrebbe potuto salvare Morrison. Non avrebbe potuto aiutare nemmeno Billie. Jackson era sobria quando Billie era stata presa, così come Decantor - non avevano potuto fare un cazzo. Anche Shannon era sobria entrambe le volte - era stata *proprio lì*, e aveva lasciato che quel bastardo portasse via Billie. E con Morrison, mio Dio, suo figlio era uscito di casa per fare un sopralluogo, e Shannon non lo aveva chiamato per tutta la dannata notte. Forse se l'avesse fatto...

Li hai lasciati morire, Petrosky. Smettila di incolpare gli altri.

Chiuse la macchina a chiave. Bevve. Fumò. Bevve ancora. La strada era sfocata sulla via di casa, il suono di un clacson lo riportò nella sua corsia giusto in tempo per evitare uno scontro frontale. E non gliene fregava un cazzo. Anche di fronte alla morte, il suo battito cardiaco pulsava più lentamente di prima - ora costante. Le sue mani non tremavano più.

Fanculo a tutto.

Frenò mentre si avvicinava a casa, facendosi strada lentamente lungo la via. Gli alberi su entrambi i lati ondeggiavano come se stesse guardando il paesaggio da sotto la superficie di un lago scuro, il mondo che ondulava verso tonalità più grigie e cupe ad ogni respiro che faceva. Come annegare - guardando la luna che svaniva lentamente mentre l'acqua gli riempiva i polmoni.

Sterzò nel vialetto e mise bruscamente la macchina in parcheggio. Uno degli agenti nell'auto di pattuglia parcheggiata dall'altra parte della strada uscì mentre lui barcollava fuori dalla sua Caprice, ma li allontanò con un gesto pesante della mano. La bottiglia. Aveva ancora il collo della bottiglia stretto saldamente nel pugno che agitava.

Li hai lasciati morire.

Vaffanculo.

Inciampò sulle scale ed entrò in casa; Shannon e i bambini alzarono lo sguardo dal tavolo da pranzo quando la porta d'ingresso si spalancò rumorosamente. Sorrise, anche se non sapeva perché. Gli occhi di Shannon si spalancarono.

Sentì vagamente lei che parlava ai bambini, dicendo

loro di andare nelle loro stanze, come se questa fosse casa loro, come se vivessero qui - come se non se ne sarebbero mai andati. Forse non lo avrebbero fatto. Forse era lui l'intruso. Era davvero casa sua questa? Barcollò nella sua camera da letto e crollò sul letto, gli occhi fissi sul soffitto. Ma le lenzuola erano tutte sbagliate - profumavano di ammorbidente, non del pelo di Duke. Le aveva cambiate. Perché le aveva cambiate?

Sta cercando di farti del male.

Se lo meritava, ma dannazione se non lo faceva incazzare. Gli occhi gli bruciavano di lacrime. Le ricacciò indietro, l'orribile puzza di detersivo per bucato dalla federa del cuscino che gli invadeva i seni nasali come un gas tossico. Tutto era sbagliato. *Tutto.*

«Petrosky?»

Guardò verso di lei. Era in piedi sulla porta, le braccia incrociate, una spalla appoggiata allo stipite. «Perché lo stai facendo?»

Riportò lo sguardo al soffitto. «Perché lo stai facendo tu? Dovresti essere ad Atlanta.»

Lei inspirò bruscamente, e per un momento pensò che se ne fosse andata, ma poi sentì i suoi passi. *Tum. Tum.* Tenne gli occhi fissi sul soffitto, ingiallito dall'età e dal tabacco e ricoperto da una tinta torbida come il cielo prima di un temporale. Anche l'aria sembrava carica di energia, intessuta di elettricità instabile - poteva quasi sentire il tuono.

«Capisco» disse lei, «Dio sa che lo capisco, ma devi rimetterti in sesto. Sono tornata qui apposta perché i bambini potessero avere un nonno. So che li ami. E so che ami anche me.»

«Nessuno ti ha chiesto di tornare» disse lui. Le parole gli uscirono dalla bocca come se stesse gargarizzando con delle biglie, e il suo petto, intorpidito fino a quel momento, ebbe uno spasmo di dolore bianco accecante - *ecco il fulmine*. «Non mi hai chiesto se ti volevo qui.»

«Vaffanculo», sibilò lei. E poi eccola lì, in piedi sopra di lui, il suo viso che gli bloccava la vista del soffitto, i suoi pugni che gli martellavano le spalle, il viso, lo stomaco, le sue nocche che battevano due volte più velocemente del battito del suo cuore, ma non faceva male - non faceva male. Sentì la bottiglia che gli veniva strappata di mano. Udì il tintinnio cristallino del vetro che andava in frantumi contro il muro.

«Ci ho provato. Ho provato di tutto con te! Non capisci che non si tratta più solo di te? Io merito di meglio. I miei figli, i figli di tuo figlio, meritano di più da te!» Ansimava, sussurrava, forse per non farsi sentire dai bambini, ma come la luna sopra gli alberi ondeggianti, le sue parole giungevano da lontano - troppo distanti per afferrarle. Lo colpì di nuovo, e la sua testa scattò di lato. Sentì il sapore del sangue. La guancia era bagnata. Rimase lì con il viso rivolto verso il cuscino di Duke.

Il pestaggio si fermò. «Ho finito», disse lei. «Ho fottutamente finito».

Lui lasciò le mani riposare ai suoi fianchi. Dove erano state.

Non sentiva nulla.

CAPITOLO 30

Dolore.
Lo svegliò con una pulsazione calda che gli faceva sentire gli occhi come se potessero sporgere dalle orbite e cadere sulle guance. Ma una palpebra si rifiutava di aprirsi. La fessura che riuscì a ottenere dall'altra rivelò il cuscino vuoto accanto a lui, bagnato dalla prima luce bianca. No... non vuoto. Ci volle tutta la sua forza per chiudere le nocche gonfie intorno al collare di Duke.

Le lenzuola puzzavano di sapone e dell'acidità che trasudava dai suoi pori. Ma il collare aveva ancora l'odore del suo cane.

Shannon. L'aveva messo lì per ferirlo ancora di più.
Se lo meritava.
Si meritava di peggio.

Il tempo passò.
Nebbioso.
Inconoscibile.

La qualità della luce era diversa la volta successiva che aprì gli occhi: più gialla. Il naso era intasato, serrato dal sangue, ma poteva ancora sentire il sapore dell'alcol insieme al ferro sulla lingua. Cercò di mettersi seduto; riuscì a sollevarsi sul gomito. Frammenti di vetro sul pavimento, una bottiglia in frantumi, macchie scure: il liquore. Voleva vomitare. Invece crollò all'indietro sul cuscino e lasciò che il buio lo prendesse.

«Papà Ed?» Evie.

Si girò su un fianco con fatica, strinse il collare contro il petto e chiuse gli occhi, ascoltando la voce di Shannon che filtrava attraverso la porta, parole basse destinate a sua figlia. La stava zittendo? Forse le stava dicendo che lui non valeva il suo tempo.

Aspettò che Shannon bussasse, che entrasse come se fosse casa sua, che gli ordinasse di alzarsi, che gli ordinasse di essere migliore.

Solo passi. Che si allontanavano.

Forse sapeva che era ormai irrecuperabile.

Qualcuno stava bussando. Si girò verso il muro, verso il cuscino di Duke. La gola gli bruciava. Inghiottì l'amarezza.

Toc, toc, toc.

Posò la mano sul cuscino di Duke. Freddo. E nella stanza accanto, il letto di Billie era altrettanto freddo, freddo come la sua guancia di porcellana, la sua mano rigida, come il corpo di Morrison, come il tessuto insanguinato quando le sue dita erano scivolate nel baratro della gola di Morrison. Freddo come la canna della sua pistola.

Poteva sentire il sapore del metallo. I suoi muscoli tremavano: il braccio stava tremando. *Non pensare, non pensare alla pistola.*

«Petrosky?» Una voce femminile, ma troppo bassa per capire chi stesse parlando.

«Sto dormendo». Strinse gli occhi come aveva fatto Henry la settimana prima quando cercava di convincere Shannon che no, non stava saltando sul letto al buio, era stato a riposare *per tutto il tempo*. Il cuore ebbe uno spasmo e si calmò; scacciò il bambino dalla sua mente.

«Petrosky... Devi uscire, okay?» Shannon, decisamente Shannon.

Aprì gli occhi. La luce era cambiata di nuovo, ora grigia con l'imminente notte. «Torna più tardi». *O torna ad Atlanta. Dimentica che sono mai esistito.*

«Il capo è qui per vederti».

Il capo? *Maledizione.* Quelle puttane della pattuglia che l'avevano visto barcollare verso casa probabilmente avevano fatto la spia. Chi la fa l'aspetti, e lui aveva delle fosse con i nomi di quegli stronzi sopra.

Ma la rabbia non raggiunse il suo cuore, non si depositò nel suo petto né gli strinse i polmoni. Avevano ragione. Non avrebbe dovuto guidare. Non avrebbe dovuto essere ubriaco mezz'ora dopo che lo strizzacervelli del distretto lo aveva messo alle strette in un parcheggio e lo aveva avvertito di stare lontano dall'alcol.

«Mandala qui dentro, vuoi?» Non voleva che i bambini lo vedessero così, come... Abbassò lo sguardo. Gli stessi vestiti che aveva indossato ieri: maleodoranti e acidi. Aveva delle vesciche sulla mano che sembravano quasi ustioni, anche se non ricordava di essersi fatto male, e una macchia scura come caffè sui jeans. La sua maglietta grigia era punteggiata di sangue... anche il suo cuscino. Lo girò mentre la maniglia girava.

Carroll si fermò appena dentro lo stipite della porta, i suoi capelli color onice una tenda lungo la clavicola resa più profonda dalla sua camicetta gialla. Magra; era così *magra*. «Che cazzo, Petrosky?»

Alzò le spalle, anche se l'azione gli lanciò una virgola di dolore su per il collo fino alla base del cranio. Rimase seduto per non farsi più male. «Dovresti vedere l'altro tizio».

«Oh, Dio». Si premette le punte delle dita contro la fronte in un gesto che-cazzo-c'è-che-non-va-in-te. «Ti sei messo a fare a botte in un bar? Troverò un reclamo ad aspettarmi in centrale?»

«Ne dubito». A meno che Shannon non decidesse di denunciarlo per Saper Incassare un Pugno di primo grado.

Carroll abbassò le mani e raddrizzò le spalle come se stesse decidendo se anche lei dovesse prenderlo a schiaffi per essere un inutile sacco di merda. «Devo chiamare Linda?»

«La mia ex moglie mi ha mai aiutato prima?» Non sarebbe venuta comunque. Linda aveva finito con lui; l'aveva reso abbastanza chiaro l'ultima volta che era passata.

Carroll lo stava ancora osservando, i suoi occhi scuri neri nella luce calante. Grazie a Dio non aveva acceso le luci del soffitto: il suo cervello sarebbe letteralmente esploso.

Si schiarì la gola. «Mi dirai perché sei qui, o continuerai a fissarmi?»

Le sue spalle si rilassarono, ma sembrava più una sconfitta. Sospirò. «Sono venuta a vedere se stai bene».

Ovviamente non sto bene. Ma lo era mai stato? L'aveva fatto disintossicare prima, e non pensava che fosse in grado di farlo una seconda volta, né lui lo era. Aveva smesso di lasciarle fare da sponsor quando si era reso conto dello stress che stava mettendo sul suo matrimonio.

Lo sguardo nei suoi occhi doveva essere stato una risposta sufficiente. «Sono ancora il tuo capo. Ho bisogno di sapere che stai bene, che starai bene».

Si alzò in piedi con uno sforzo, un gemito che gli si strappava dal profondo dell'addome. Le gambe. La schiena. Il cuore, la testa. Tutto pulsava, martelli appuntiti che gli martellavano le tempie al ritmo del battito cardiaco. «Potresti essere il mio capo, ma non me ne frega un cazzo di quello che pensi di me». Si avvicinò e la fissò, i loro nasi quasi si toccavano. Odorava di caffè e gardenia, e questo gli fece male al cuore ancora di più.

«Lo so che non t'importa», disse lei. «Vorrei non importasse neanche a me, poterlo spegnere, ma semplicemente...» Scosse la testa. «Sai una cosa? Forse una dose di realtà è ciò di cui hai bisogno». Si girò verso la porta.

«Che cosa dovrebbe significare?» Non una minaccia, sicuramente una promessa. Avrebbe dovuto licenziarlo molto tempo fa.

Si voltò di scatto, l'aria carica di tensione, le spalle rigide. «Significa che dopo la prossima settimana, sarò fuori dai tuoi piedi per sempre, e potrai spiegare le tue stronzate al nuovo capo».

Un dolore pulsante e lancinante si diffuse nel suo sangue e in ogni muscolo, in ogni articolazione. «Cosa?»

«Mi sono dimessa». I suoi occhi sprizzavano scintille, come se fosse arrabbiata con lui, come se fosse colpa sua. Ma non aveva senso: non si sarebbe dimessa per causa sua.

Oh merda. Era per il caso? Il loro sospettato aveva preso di mira tutti quelli che Petrosky amava. Prima Morrison, anche se non potevano ancora provarlo, poi Ruby, Billie, il suo cazzo di cane, e ogni volta che aumentava la sorveglianza in un posto, l'assassino si presentava da un'altra parte. E di certo non stavano tenendo d'occhio il capo.

Anche questa è colpa mia, tutta colpa mia. «Ti ha preso?»

Lei aggrottò le sopracciglia. «Chi mi avrebbe preso?»

Mi dispiace, Steph, mi dispiace tanto. Si avvicinò a Carroll, i tendini intorno alle ginocchia che bruciavano. «Ha rapito qualcuno a cui tieni? Ti ha minacciata?»

I suoi occhi si strinsero, confusi, poi si spalancarono realizzando. «Oh Dio, sei davvero fuori di testa». Scosse la testa. «Non c'entra niente con questo caso. Sono stata rapita, Petrosky, solo pochi mesi fa. È abbastanza per far riflettere chiunque».

«Ho preso quel figlio di puttana», la rassicurò Petrosky. «È sotto chiave. Per sempre».

Lei gli mise le mani sul viso, e la pressione calda e gentile era così familiare che le fitte al petto ricominciarono: nuovo dolore e vecchio rimpianto. Gli offrì un debole sorriso. «Ero già in bilico prima del rapimento. Mi sono dimessa per il bene della mia famiglia, per la mia sobrietà, per la mia sanità mentale. Dovresti fare lo stesso prima che non rimanga più nulla di te». Lasciò cadere le mani. Strano come sembrasse un addio.

CAPITOLO 31

Il sonno arrivò veloce e facile, un'incoscienza totalmente vuota che lo avvolse nel momento in cui chiuse gli occhi. Si svegliò con un mal di testa e un'urgenza più pressante nella regione della vescica, con il sole già brillante contro i vetri delle finestre. Carroll stava lasciando definitivamente la forza. E perché no? Tanto valeva che tutto nella sua vita andasse a pezzi.

Pezzo di merda egoista. Le dimissioni di Carroll non avevano nulla a che fare con lui; aveva visto suo marito dal dottor McCallum. Forse aveva avuto una ricaduta, forse erano problemi coniugali, forse era davvero il trauma del rapimento - che era certamente sufficiente. In ogni caso, era ovvio che stesse lottando da qualche tempo, se la sua perdita di peso era un'indicazione. Stava facendo la cosa giusta; di solito lo faceva.

A differenza sua.

I suoi vestiti erano troppo acidi per essere ignorati - la puzza era nauseabonda. Aprì l'acqua calda e si mise sotto il soffione della doccia, ma non sentì la bagnato sulla pelle, né il freddo quando uscì. Non poteva sentire l'odore del caffè, anche se lo guardava percolare. E il suo telefono diceva che erano passati...

Due giorni. Due giorni da quando si era nascosto nella sua camera da letto, due giorni da quando Shannon gli aveva dato una bella lezione. Sorseggiò il suo caffè e fissò fuori dalla finestra il suo prato - verde smeraldo che nascondeva cose mortali come le giungle tropicali dove un passo falso significava zanne nella caviglia. Povero Duke. L'assassino aveva usato il formaggio? Il veleno era stato nascosto nella carne? Forse una bistecca. Duke meritava molto più di un filetto come ultimo pasto, ma dio, sperava che il vecchio ragazzo se lo fosse goduto. Ma quelle non erano le uniche domande che gli vorticavano nel cervello. *Sei stato davvero tu, stronzo? Hai ucciso tu il mio partner? O sei un'imitazione a buon mercato che in qualche modo è finita con quel coltello?*

Petrosky si voltò al rumore di un cucchiaio sul tavolo da pranzo. Shannon afferrò il cucchiaio ribelle e lo sistemò al suo posto davanti alla sedia che Evie aveva designato come sua, ma nessun bambino era seduto lì, non ancora. Non l'aveva nemmeno sentita uscire.

Le fece un cenno con la testa; gli fece male il collo. Il sudore gli colava lungo la schiena. Stava sudando da quando si era svegliato, anche se non si sentiva caldo. «C'è del caffè se ne vuoi», disse, le parole nasali e congestionati. Non riusciva ancora a respirare dal naso. Forse il naso era rotto, forse no, ma non importava molto in ogni caso.

Lei fece una smorfia e si diresse intorno al tavolo verso il soggiorno. «Come sta la tua faccia?»

«Bella come sempre». Cercò di forzare un sorriso, ma tutti i suoi muscoli sembravano nervosi - doloranti e non cooperativi. Strinse le dita intorno alla tazza di caffè, tirando la pelle bruciata sul dorso della mano, e lasciò che quel dolore lo stabilizzasse. La parte inferiore della manica della sua felpa era già macchiata di caffè.

Shannon si chinò e toccò il bordo del suo zigomo, emettendo un sibilo di simpatia quando lui si ritrasse. «Hai già fatto un buon lavoro, Shannon, non c'è bisogno di affondare ulteriormente il coltello».

«Io...» Abbassò la testa. «Non volevo colpirti così forte».

«Me lo meritavo».

«Sì, te lo meritavi». Ma ancora non incontrava i suoi occhi. Vergogna o rabbia verso di lui, non riusciva a capirlo.

Sollevò la tazza fumante alle labbra e prese un sorso incerto. «Impressionante come sei riuscita a picchiarmi senza fare un suono; minacce sussurrate e tutto il resto. I bambini probabilmente non hanno avuto idea».

«Beh, non stavi opponendo molta resistenza. È la lotta che crea scompiglio». Finalmente incontrò il suo sguardo. «Non arrenderti», disse. «Per favore. Qualunque cosa succeda, tieni duro, risolvi questo caso e alleggerisci un po' di quel peso. Poi ti faremo stare meglio - lo facciamo sempre».

Sempre. Fino al momento in cui non ci riuscirai più. «Jackson e Decantor... troveranno questo tizio. Non hanno bisogno di me». Le parole avevano un sapore amaro sulla sua lingua - il bruciore acido del fallimento.

La sua mascella cadde come se fosse scioccata da questo, ma non poteva esserlo davvero - poteva vederlo? Persino Evie e Henry sicuramente sapevano che stronzo fosse. «Ha ucciso tuo figlio. Ha ucciso Billie. Ha assassinato Duke, per l'amor di Dio». Indicò la sua vita, e lui seguì le sue dita. La fibbia metallica del collare di Duke sporgeva dalla tasca della sua felpa, luccicando alla luce della lampada.

Lo spinse di nuovo dentro mentre lei scivolava sul divano accanto a lui. «Per favore, parlami. Lasciami aiutare».

«Io...» *Non so cosa fare.* Non riusciva a dirlo, ma questo non lo rendeva meno accurato - il suo cervello sembrava... molle. Per una volta, avrebbe dovuto ascoltare Carroll e rimanere a casa; avrebbe comunque pensato solo a Duke. Billie. Morrison. Povera Ruby, che era stata risucchiata in questa storia per la sfortuna di corrispondere al profilo delle vittime di quel bastardo: rossa e incinta per rispecchiare i crimini di Norton, e forse altrettanto importante, associata a Petrosky. La voce di McCallum echeggiava nella sua testa: *C'è un finale di gioco, e se ha seguito i crimini di Norton, ha seguito anche te.* Riportò lo sguardo al prato, lontano da Shannon. Il fatto che i suoi occhi sembrassero anche solo un po' speranzosi gli diede un pugno dritto nei polmoni.

Quanto tempo ci sarebbe voluto prima che l'assassino si annoiasse là fuori? Quanto tempo prima che tornasse a terrorizzare ciò che restava della famiglia di Petrosky? Chi altro nella vita di Petrosky questo assassino stava osserva-

«Papà Ed!»

Petrosky si voltò.

Henry era in piedi sulla porta, strofinandosi gli occhi blu. Accigliato. «Sei caduto?»

«Sì». *Così forte, ragazzo. Così dannatamente forte.* Sbatté le palpebre, gli occhi gli facevano male mentre cercava di concentrarsi sul ragazzo... I suoi muscoli si congelarono. Non più Henry, non più - Morrison, il volto di Morrison sul bambino, e poi il collo di Henry era una ferita sanguinante, sangue arterioso che spruzzava le pareti. Il ragazzo cadde in ginocchio, gli occhi blu che si rovesciavano mostrando il bianco. Shannon stava parlando, ma Petrosky non riusciva a sentirla; le sue orecchie risuonavano dei suoi stessi urli stridenti. Ma lei non sembrava allarmata. E Henry... Il ragazzo sorrise. In piedi di nuovo. Niente sangue. Nella sua testa, era tutto nella sua testa.

«Petrosky?»

Guardò Shannon, poi si alzò in piedi, versando caffè sul bracciolo del divano. Lo guardò accigliato ma lo lasciò lì a impregnare il materiale - a macchiarlo per sempre. «Devo andare». I bambini non dovevano vederlo crollare.

Jackson stava esaminando i fascicoli alla sua scrivania quando arrivò nell'ufficio. Se notò le sue ferite, non lo diede a vedere; lo aggiornò come se il fatto che la sua faccia sembrasse un polpettone fosse un'occorrenza quotidiana. Forse lo era. Forse questo era persino un miglioramento rispetto al suo volto normale - non poteva essere peggiorato.

La notizia più importante: Scott aveva trovato uno dei capelli di Ruby quando aveva perquisito il camion di Lockhart.

Lockhart era davvero l'assassino e aveva assunto qualcun altro per dare quel coltello a Getzel? Forse. Getzel stava mentendo su come l'aveva ottenuto? Jackson non lo pensava. Ma Lockhart non sembrava abbastanza intelligente o disciplinato per commettere questi crimini, e di certo non era abbastanza forte da sollevare da solo i corpi di quegli uomini, che lo superavano di almeno venticinque chili - Petrosky ci avrebbe scommesso. Quindi chi altro c'era? Jackson e Decantor avevano messo sottosopra l'officina; interrogato ogni dipendente, altri clienti, chiunque avesse accesso al veicolo di Lockhart. Nessuno sembrava sospetto - alibi verificabili. E con Lockhart che teneva il furgone nel garage del vicino, chiunque avrebbe potuto prenderlo in prestito.

Petrosky bevve il caffè, elaborando le nuove informazioni, lasciando che i dettagli lo allontanassero ulteriormente dalla miseria in cui si era cullato negli ultimi due giorni - negazione, distrazione, chi se ne importava finché faceva meno male? Jackson e Decantor avevano riesaminato anche la pista della tavola calda, reinterrogando il personale, mostrando la foto di Getzel, l'immagine di Lockhart, le foto del furgone. Niente. Ma se il loro assassino aveva pedinato Ruby lì, non sarebbe entrato dove avrebbe dovuto mostrare il suo volto; questo bastardo non era uno che correva rischi. Come aveva detto McCallum, aveva imparato da ogni errore commesso da Norton. Non avevano vere piste, nessuna prova forense eccetto quello che lui stesso aveva consegnato loro - tranne un capello di Ruby - e nessuna dichiarazione utile di testimoni oculari. Questo stronzo era chiaramente più intelligente di lui; come minimo, era sobrio da più di un giorno. Probabilmente.

Petrosky lasciò Jackson e riportò i fascicoli alla sua scrivania, inalando altro caffè, sperando che la caffeina alleviasse il tremore nelle sue mani, ma non era particolarmente fiducioso. Forse avrebbe dovuto prendere una delle pillole che McCallum gli aveva dato; aveva fissato il sacchetto di carta per tutto il tragitto fino alla stazione. Aveva ingoiato una manciata di ibuprofene, ma questo toccava appena il dolore del labbro gonfio e dell'occhio pesto, entrambi sicuramente dall'aspetto peggiore di come si sentivano. Anche ora, Decantor gli lanciava occhiate furtive dalla sua scrivania dall'altra parte dell'ufficio.

Petrosky provò a lanciargli un'occhiataccia, ma questo gli fece solo pulsare la testa. «Fai una foto! Durerà più a lungo!»

Decantor alzò un sopracciglio ma tornò al suo lavoro. *Stronzo amante delle Kardashian.* Ma non c'era cuore nell'insulto. Nessun calore.

Petrosky incrociò le braccia e fece una smorfia ai fascicoli, cercando di schiarirsi le idee. *Lockhart, Lockhart, Lockhart.* Getzel non aveva motivo di proteggere Lockhart, non si sarebbe inventato un uomo misterioso - Jackson aveva ragione su questo. E la storia di Getzel combaciava con il poco che Jared Wyndham aveva detto loro. Ma Lockhart era un fattore comune significativo tra i due casi - tra i crimini di Norton e le più recenti serie di omicidi. Un sospetto in entrambi i casi. Gli omicidi si erano fermati quando era stato rinchiuso. Aveva il furgone. Ma ancora non sembrava *giusto*.

Quindi cosa mancava? Cosa era diverso? Norton era stato più sadico - più dedito alla tortura. Ma il loro tipo stava migliorando rispetto a Norton; i suoi omicidi erano meno prolungati ma più efficienti. Il suo veicolo era più efficiente. Non aveva mai mostrato il suo volto, per quanto ne sapevano - Norton lo aveva fatto. Poi c'era l'elemento del complice: Norton aveva sempre avuto un capro espiatorio.

Tirò a sé il fascicolo del caso Norton. La sua mano vibrava più forte. Se il loro assassino aveva seguito Norton, aveva imparato dai suoi errori, doveva avere anche lui un capro espiatorio... cosa che avevano già considerato. Ma era davvero tutto ciò che era Lockhart? Ciò significherebbe che il loro sospetto aveva smesso di uccidere ogni volta che Lockhart veniva messo dentro, il che richiedeva un sacco di autocontrollo. E significherebbe che aveva osservato Lockhart per quanto? Cinque anni? Quindi perché nessuno lo aveva visto? Perché Lockhart non lo aveva visto? Era davvero così bravo?

Un complice o un capro espiatorio?

Complice?
Capro espiatorio.

E quel coltello... Forse avevano guardato tutto nel modo sbagliato.

Petrosky deglutì a fatica, la gola dolorante e calda, e aprì il fascicolo alla sezione sull'omicidio di Morrison. Il punto in cui i crimini di Norton e quelli del loro assassino si erano incrociati. Il luogo in cui Morrison aveva capito cosa fosse Norton. Dove uno di questi stronzi - o entrambi - aveva ucciso il suo ragazzo.

L'aria era scomparsa. Inspirò a fatica un respiro sottile e lesse.

13/11 14:20: Perlustrazione isolato: Hanover, ritira la posta - assistito nel rientro a casa. Non nota attività sospette, nota che il nipote sarà a casa stasera. Da seguire.

Morrison aveva aiutato Hanover perché era un bravo ragazzo. Probabilmente Hanover gli piaceva anche, piaceva a tutti - *era piaciuto*.

13/11 18:30: Alicia Hart non in residenza. Da seguire domani.

13/11 19:45: Perlustrazione isolato: maschio caucasico, circa 65 anni, a passeggio con Labrador, identificato come Wendell Zurbach. Indica attività sospette nella casa all'angolo, festa un anno prima. Possibile traffico/prostituzione di ragazze minorenni.

Petrosky aveva trovato Alicia Hart lui stesso. E anche Zurbach, quel ficcanaso stronzo, che sorrideva come se amasse un buon inverno gelido più di qualsiasi altra cosa. *Zurbach. Con la* H, *aveva detto. È tedesco. Non che ci sia mai stato, ah-ah.* Ora avrebbe avuto settant'anni, ma probabilmente girava ancora in giro con quel Labrador. Come si chiamava? Qualcosa di corto. Una sola sillaba. Il volto di Duke balenò nel suo cervello, il cuore ebbe uno spasmo, e lui allontanò tutto.

13/11 20:50: E. Lockhart interrogato, permessa perquisizione dei locali, nulla di sospetto. Da indagare sulla festa con minorenni: Lockhart nega illeciti, da seguire con altri presenti in mattinata.

Poi la *G. H.* Col sangue.

Gertrude. Hanover. La casa dove aveva trovato Margot Nace incatenata a un palo - dove aveva trovato il cadavere di Ava Fenderson. Ma ancora, qualcosa non quadrava. Certo, il primo istinto di Morrison sarebbe stato quello di salvare quelle ragazze, e sapevano già allora che stavano cercando Adam Norton - non avrebbe usato le iniziali di Norton. Ma se...

Petrosky si raddrizzò, il cervello improvvisamente in fiamme. Pezzi di memoria scivolarono via,

-il viso sorridente di Morrison, che teneva la sua tazza di caffè in acciaio inossidabile, la libreria a casa di Hanover, la camera di tortura oltre-

alcuni si collegavano,

-le narici dilatate di Lockhart, che fissava furioso fuori dalla porta d'ingresso, incazzato perché qualcuno lo aveva denunciato-

un tornado di frammenti di

-la casa dove Morrison era morto, quella Crock-Pot abbandonata, il cane, quel cagnolino scocciatore di merda-

vetro rotto.

Il mondo svanì, poi pulsò tornando in vita. Le pagine si girarono con un frenetico *flip-flip-flip*, ma si fermò quando trovò ciò che stava cercando: gli appunti di uno degli agenti che avevano perlustrato quelle strade prima di Morrison. Prima della notte in cui era morto.

Una scrittura minuziosa, ogni numero civico elencato lungo il lato sinistro della pagina, ma non aveva bisogno di verificare l'indirizzo: lo ricordava. Ricordava di aver pensato che l'annotazione fosse strana.

Il residente non segnala alcuna attività.

Wendell Zurbach. Aveva dichiarato di non aver notato alcuna attività quando aveva parlato con gli agenti in divisa, ma quell'uomo aveva detto molto a Petrosky. Zurbach aveva riferito di aver chiamato per il cane del vicino che abbaiava, lamentandosi come un matto perché nessuno faceva nulla. E... Oh cazzo, Zurbach era stato anche quello che aveva gettato i sospetti su Lockhart all'epoca, raccontando di una festa a casa del pedofilo, facendo un gran casino su come non volesse quel tipo di cose intorno alle sue nipoti. Il classico buon samaritano. E quando Petrosky gli aveva chiesto specificamente della notte in cui Morrison era stato ucciso, Zurbach gli aveva detto di aver visto qualcuno camminare lungo la strada verso la casa di Hanover, che l'uomo diretto verso Gertrude *veniva dalla casa dall'altra parte della strada.* Dalla casa abbandonata dove aveva trovato la tazza di caffè di Morrison. *Porca puttana.* Non era andato lì per il cane; l'uomo sospetto segnalato da Zurbach era ciò che lo aveva mandato là: quello era il motivo per cui aveva trovato quelle lettere insanguinate.

G. H.

Zurbach. Con una H. *È tedesco.* Tedesco iniziava con una *G.* Era "German H"? *G.H.?* Sembrava un po' tirato per i capelli, okay, più di un po'. E perché non usare le iniziali di Zurbach: *W.Z.?* Forse Morrison aveva cercato di dirgli di entrambe le piste; forse nei suoi ultimi momenti, aveva scarabocchiato quelle due lettere e sperato che Petrosky collegasse *tutti* i puntini: Gertrude Hanover *e* German H. Ma ovviamente, non l'aveva fatto. Aveva smesso di cercare nel momento in cui Norton era morto.

G.

H.

Il suo cervello sembrava rotto. Guardò le sue mani, intorpidite, e sembravano appartenere a qualcun altro, a uno sconosciuto che indossava la sua pelle. Non aveva senso. Non stava ragionando sensatamente. Lo sapeva per certo, eppure...

G.

H.

No, Gertrude Hanover: era giusto. Aveva trovato le ragazze lì; aveva trovato Norton lì.

Ma ciò non significava che Zurbach fosse innocente. E c'era qualcosa che non andava in quel tizio: a nessuno piaceva così tanto il freddo, nessuno sorrideva mentre spalava il vialetto. A meno che non avesse sentimenti del tutto. McCallum avrebbe detto che stava proiettando perché la felicità era un concetto così estraneo per lui, ma...

«Ehi, Jackson, ho qualcosa.» Chiuse di colpo la cartella mentre lei si avvicinava dalla sua scrivania. «Diamo un'altra occhiata ai furgoni.» Il furgone di Lockhart, i capelli di Ruby... era tutto troppo semplice, e il loro uomo era tutt'altro che semplice. Quando Jackson aggrottò la fronte, si corresse: «Voglio solo cercare un tizio.» Stava lasciando loro una scia di briciole di pane. Forse il furgone era una di queste.

«Qual è il nome?» chiese lei.

«Wendell Zurbach. Con una *H*.»

Lei continuava a guardarlo.

«È tedesco.» Riconobbe a malapena la sua stessa voce.

CAPITOLO 32

Zurbach aveva effettivamente un furgone blu registrato a suo nome: acquistato cinque anni prima, dello stesso marchio e modello di quello di Lockhart. Avevano già controllato i furgoni blu nella zona - Decantor era stato particolarmente scrupoloso, recuperando tutte le registrazioni del Michigan da qualsiasi luogo entro due ore dai crimini. Ma il furgone di Zurbach era registrato a un indirizzo a più di cento chilometri di distanza a Maumee, Ohio. Non c'era modo di rintracciarlo a meno che non avessero cercato specificamente Zurbach.

Jackson tirò su col naso, le sue dita attaccavano il volante con un duro battito ritmico - una danza irlandese per le mani. «Non è vicino ai nuovi crimini... a nessuno dei crimini. Dovrebbe guidare per molto tempo per pedinare le persone».

Difficile, ma non impossibile. E a differenza di Lockhart, Zurbach sembrava giusto a Petrosky fin nel profondo delle sue ossa. La sua corporatura corrispondeva a quella che Candace aveva visto, anche se un po' più vecchio di quanto avessero previsto, ma l'ageismo era una stronzata - chiunque poteva essere un maniaco omicida. E Zurbach era in buona forma durante il caso Norton, usciva a passeggiare con il suo cane, spalava il suo vialetto, sorridendo tutto il tempo. E quando Morrison fu ucciso, Zurbach era lì. *Era fottutamente lì.* Viveva proprio dall'altra parte della strada rispetto alla casa dove Morrison fu assassinato.

Secondo la sua patente, Zurbach viveva ancora in quella casa, ma sapevano che non era vero - avevano intervistato i nuovi proprietari quando avevano fatto il giro porta a porta. E non aveva speranza di trovare qualcosa in quella casa; nessuno degli indizi aveva portato lì. Avevano tutti portato a Lockhart. Zurbach era arrivato persino a comprare lo stesso veicolo - non poteva essere una coincidenza. Si sperava che Zurbach non sapesse che erano sulle sue tracce; si sperava di sorprenderlo presentandosi senza preavviso. Potevano sempre chiedere rinforzi ai locali più tardi, ma se non fosse stato qui, se questa fosse stata un'altra messinscena, non volevano una caccia all'uomo a livello statale per allertarlo. Petrosky sapeva di poter tenere la bocca chiusa, ma non si fidava del resto di questi bastardi.

Jackson rallentò fino a fermarsi al marciapiede - prati ondulati e mattoni bianchi, ogni enorme casa una copia di quella accanto. «Sei sicuro di voler entrare in questa? Sembri qualcuno che è stato colpito in faccia con una mazza».

Non aveva ancora chiesto cosa fosse successo. Forse lo sapeva già. «Sì, voglio esserci. Sto bene». Qualche graffio, un occhio nero - non era così male, no? Diede un'occhiata al suo riflesso nei finestrini oscurati mentre scendevano: sembrava un pugile che avesse perso la battaglia della sua vita e poi immediatamente si fosse tuffato a faccia in giù in un alveare. Strano che a malapena facesse male. Al momento, non poteva sentire nulla se non il ronzio dell'elettricità nel sangue. La giustizia - era meglio dell'ibuprofene.

A differenza della casa più modesta di Zurbach ad Ash Park, il grande edificio coloniale davanti a loro era fronteggiato da colonne bianche che raggiungevano le gronde del secondo piano, il prato verdeggiante appena falciato, le linee come tracce di aspirapolvere. Qualche lago o altro brillava tra le case dall'altra parte, un mare ondeggiante di blu che si estendeva fino all'orizzonte. I loro passi echeggiavano sulle assi del portico anteriore, un ampio avvolgente come una vecchia casa di piantagione, ma questo posto era troppo nuovo per aver visto le atrocità della schiavitù.

La donna che aprì la porta sorrise a Jackson - denti dritti, labbra piene, pelle chiara leggermente punteggiata di macchie dell'età, probabilmente dovute a jogging senza protezione solare, a giudicare dai polpacci. I suoi occhi marroni si spalancarono quando vide il viso di Petrosky. *Forse è peggio di quanto pensassi.* Non che fosse rilevante.

Mostrarono i loro distintivi. «Stiamo cercando Wendell Zurbach».

«E siete venuti qui? È da ridere». Rise come per sottolineare il punto.

«Il suo furgone è registrato a questo indirizzo», disse Jackson.

La donna aggrottò la fronte, accentuando le rughe intorno agli occhi. Un po' più anziana di quanto avesse pensato inizialmente. Cinquant'anni, forse.

«Ovviamente lo conosce anche se non è a casa», continuò Jackson. «Qual è il suo rapporto con lui?»

La donna scosse la testa. «Sono Honor, Honor Holt». Fissò lo sguardo su Petrosky, non più indietreggiando dalla sua testa malconcia. «Sono la figlia di Wendell. Dovreste entrare».

È stato facile - troppo facile.

Li condusse attraverso un ingresso pieno di arredi moderni: uno specchio circolare, un tavolo dall'aspetto plastico a forma di cubo e sormontato da un vaso quadrato pieno di gigli. Il soggiorno era più o meno lo stesso. Forme tridimensionali prive di colore e coperte di imbottitura come se ciò potesse mai essere comodo quanto una morbida poltrona Lay-Z-Boy. Si sedettero ad angolo l'uno dall'altro su un divano a L che era duro proprio come sembrava.

«Allora, cosa ha fatto?» chiese Honor.

Gli occhi di Petrosky si posarono sul camino dietro di lei - blocchi di vetro, niente mattoni o pietra. Una foto di famiglia appesa di lato al focolare impersonale, Honor con un uomo più alto tipo Ken, uno di quei tipi da CrossFit, e due ragazze adolescenti - la perfetta, felice famigliola.

«È una persona di interesse in un'indagine per omicidio», disse Jackson.

Questo sembrò sorprenderla - la mascella di Honor cadde, il respiro le si bloccò in gola. «Io... wow».

Jackson si sporse in avanti, la mano sul sedile duro vicino al fianco, forse cercando di alleggerire la pressione sulla schiena. «Non pensa che ne sia capace?»

«Oh, ne è sicuramente capace», disse, troppo calma ora, troppo imperturbabile dopo la sua reazione iniziale. «Semplicemente non pensavo che sarebbe mai stato preso».

Fu il loro turno di irrigidirsi; Jackson si immobilizzò accanto a lui. «Ha fatto del male a qualcun altro?»

«Oltre ad aver ucciso mia madre? Non credo». *Aspetta... cosa?* Zurbach aveva ucciso sua moglie, e camminava ancora per strada? Doveva intendere metaforicamente - "le ha ucciso lo spirito" avrebbe avuto senso; gli psicopatici erano spesso abusivi. Ma non si poteva arrestare qualcuno per aver schiacciato un'anima, o ci sarebbero state più persone in prigione che fuori.

Honor incrociò le gambe, poi le incrociò di nuovo - ansiosa. «Immagino che tecnicamente non l'abbia uccisa - non era nemmeno a casa quando ha preso quelle pillole - io solo...»

«Lo incolpi», disse Petrosky.

«Sì, lo faccio». Le sue narici si dilatarono. I suoi pugni si strinsero.

«Sembra che tu sia ancora piuttosto arrabbiata», disse, ma stava temporeggiando - Zurbach gli aveva detto che sua moglie era morta, no? Quindi, era morta almeno cinque anni fa. Forse aveva perso la moglie, i suoi figli se n'erano andati tutti, e aveva deciso di seguire finalmente il suo cuore omicida. Ma perché iniziare a prendersela con le persone care a Petrosky? Si trattava davvero di superare Norton? *Perché io?* Un fuoco si accese nella pancia di Petrosky, poi si spense - *Concentrati, idiota.*

Honor rilasciò i pugni e massaggiò uno nell'altro. «Certo che sono ancora arrabbiata - mi sono rifiutata di vederlo da quando è morta, non l'ho nemmeno invitato alla laurea della mia figlia più giovane». Lasciò cadere le mani. «Mia madre sapeva chi era lui. Vorrei solo essere stata in grado di esprimerlo a parole prima».

«E chi è lui?» chiese Jackson.

«Un mostro». Lo sussurrò, ma la parola lo colpì al petto. Era così che aveva sempre chiamato Norton, come lo aveva visto - *un mostro.*

Jackson fissò lo sguardo sulla donna. «Cosa te lo fa dire? Qualsiasi cosa tu possa dirci su di lui potrebbe essere d'aiuto».

Honor aggrottò la fronte, le sopracciglia che si congiungevano al centro - un sottile bruco con un'estetista a portata di mano. «Non era niente di ciò che faceva, questo è il problema. Faceva tutto nel modo giusto. Veniva ai nostri concerti della banda, tornava a casa ogni sera alle sei per le cene di famiglia, ci portava in chiesa la domenica». I suoi occhi si offuscarono. «Era ciò che mancava».

«Sentimento?» Gli psicopatici avevano quella strana mancanza di emozioni che spesso faceva suonare campanelli d'allarme negli esseri umani normali.

«Beh... No, nemmeno quello. Ci diceva che ci amava. E avevo amici con genitori violenti - il solo pensiero che lui ci picchiasse era ridicolo». Scosse la testa. «Lui semplicemente... era uno stronzo, ma non in modo ovvio. Piccoli commenti indiretti, sai? E poi c'era il suo lavoro. Dopo che è andato in pensione, mi hanno chiamata, mi hanno chiesto di dei soldi. Non ho potuto aiutarli, e non so se ne sia mai venuto fuori qualcosa, ma ho avuto l'impressione che pensassero che avesse rubato da loro». Tirò su col naso, le spalle dritte. «Si comportava sempre come se fosse questo tipo perfetto... ma immagino che non fosse poi così perfetto, dopotutto».

«Quando è stata l'ultima volta che hai parlato con lui?» chiese Jackson.

«L'anno scorso», disse Honor. «Ha chiamato e ha chiesto se mia figlia potesse stare con lui, andare all'università vicino a Detroit - ha chiamato *lei*, non me. Gli ho detto di andare all'inferno. Lei è ancora arrabbiata con me per averlo rifiutato, per averla costretta a pagare il suo appartamento. Non riesce a capire perché io lo eviterei».

Non molti lo capirebbero. L'uomo sembrava un manipolatore maestro, così bravo che persino la famiglia di Honor non dava peso alle sue preoccupazioni. Anche Petrosky l'aveva mancato. Ma... Detroit? «Vive ancora lassù?» Se avesse avuto un indirizzo-

«Sì, ha un posto ad Ash Park. Pike Street».

«Ha venduto quella casa anni fa». Petrosky osservò i suoi occhi allargarsi.

«Non è possibile. Ho mandato biglietti di Natale ogni anno fino all'inverno scorso».

Mhm. Senza una casa, cosa avrebbe fatto se lei avesse acconsentito a far stare sua figlia con lui? Stava cercando di mettere Honor contro sua figlia? Parlando di commenti indiretti.

Jackson strinse gli occhi. «Gli mandavi ancora biglietti di Natale, anche se pensavi che fosse responsabile della morte di tua madre?»

Sospirò. «Non sai com'è. Tutti pensano che io sia pazza per avere questi pensieri - questi sentimenti. Beh, tranne mio marito, a lui non è mai piaciuto mio padre. Ma non posso indicare una singola cosa che mio padre abbia mai fatto di sbagliato - veramente, palesemente sbagliato. Stare intorno a lui semplicemente non è mai sembrato... *giusto*».

Sensazione di sbagliato. Era una sensazione nelle viscere, non il prodotto di un ragionamento logico, ed era disposto a fidarsi dell'istinto di una donna che aveva vissuto con Zurbach per diciotto anni. Ma come potevano usare questo per trovarlo? Petrosky incontrò lo sguardo di Honor. Zurbach era riuscito a nascondere chi era a tutti loro tranne che a lei, e li aveva condotti qui - aveva messo il suo indirizzo sul camion. Doveva esserci una ragione. Lei era il prossimo indizio.

Lei era la prossima...

Si raddrizzò. «Dov'è la tua figlia più giovane ora?» Jackson lo guardò, il suo sguardo preoccupato. La ragazza era l'ultima cosa su cui avevano litigato, la cosa che aveva finalmente cementato il loro allontanamento - *Gli ho detto di andare all'inferno.* Zurbach non avrebbe reagito bene a quello. La ragazza era quella che avrebbe punito? Era per questo che aveva usato questo indirizzo? Stava cambiando vittime di nuovo, dalla famiglia di Petrosky alla sua?

Honor aggrottò la fronte. «Crystal? È... è a scuola, sta seguendo dei corsi estivi».

«Puoi essere più specifica?» sbottò. Se aveva ragione, non avevano tempo da perdere.

«Oh dio». Allungò la mano verso uno dei tavolini a cubo che si trovavano su entrambi i lati del divano terribilmente scomodo e afferrò il suo cellulare. Se lo portò all'orecchio, il viso sconvolto, ma i suoi lineamenti si rilassarono in pochi istanti. «Crissy? Grazie a Dio. Dove sei?»

Ascoltò, una mano sul cuore. Proteggendo quel piccolo punto. Assicurandosi che non si aprisse e inghiottisse la sua anima. Lui si strofinò il punto corrispondente sul proprio petto mentre lei finiva la chiamata.

Honor premette *Fine* e abbassò il cellulare. «È nel suo appartamento, ha detto che lei e la sua coinquilina chiuderanno la porta e resteranno lì - non farà entrare nessuno, compreso mio padre. Andrò a prenderla, nel caso». Si alzò in piedi.

Ma lui rimase seduto, una sensazione fastidiosa che gli tirava le viscere. No, questo non era giusto. La figlia più giovane... era quella che aveva avuto il disaccordo con sua madre. Quella ovvia. Quella su cui Zurbach si aspetterebbe che si concentrassero - per perdere tempo.

I suoi occhi si spostarono di nuovo sull'immagine accanto al camino. Honor e suo marito. Le loro figlie - due figlie.

«Dov'è la tua altra figlia?»

«Di sopra. È a casa per l'estate». Si diresse oltre il divano e attraverso un ampio arco sul retro del soggiorno dove una scala bianca lucida si snodava verso il soffitto. «Clementine!»

Passi, leggeri come una ballerina. Poi una voce: «Sto parlando con Tony!»

Guardò di nuovo la foto, l'uomo - il marito di Honor. Alto. Muscoloso. Un po' più vecchio della maggior parte degli uomini morti, ma... corrispondeva al profilo. La vittima ideale del loro assassino. E non gli era mai piaciuto il papà di Honor.

Honor stava fissando la foto anche lei. Incontrò il suo sguardo.

«Dov'è suo marito, signora?»

Le sue mani tremavano mentre alzava il telefono e componeva il numero.

CAPITOLO 33

Nessuna risposta. Cinque volte di fila. Jethro Holt, il marito di Honor, era uscito per pranzo e non era più tornato - un contabile proprio come Zurbach. Poteva quasi vedere il volto di Jethro riflesso nel finestrino del passeggero, sorridente, in piedi con i suoi figli come nella foto sulla mensola del camino. Quello avrebbe potuto essere Morrison. Avrebbe dovuto essere Morrison.

Quest'uomo non meritava di morire più di quanto lo meritasse suo figlio.

Jackson alleggerì il piede dall'acceleratore mentre gettava il cellulare nel portabicchieri. «Hanno trovato il camion nella zona ovest di Detroit un'ora fa.»

Merda. Zurbach aveva un altro mezzo di trasporto. «Abbiamo diramato un avviso di ricerca per l'auto di Jethro?»

Annuì. «Sì. Ancora nessuna notizia su quello. Zurbach l'ha preso in Ohio, quindi potrebbero dirigersi più a sud-»

«No, Zurbach lo sta riportando ad Ash Park.» E aveva un vantaggio; loro erano ancora a mezz'ora di distanza.

Jackson corrugò la fronte guardando il parabrezza, le

dita che tamburellavano a un ritmo frenetico, più una vibrazione che un ritmo contro il volante. «Come fai a esserne così sicuro? Voglio dire, ha senso per via del collegamento con Norton, con te, ma questa è un'altra deviazione dal modello. Se sta cercando di tenerci sulle spine...» Scrollò le spalle. Il motore gemette.

«Comunque non abbiamo giurisdizione in Ohio, né in nessun altro stato oltre, ma il volto di Zurbach è stato diffuso ovunque ora. Lo stanno cercando, e cercano anche l'auto di Jethro nelle loro zone, noi possiamo cercare nelle nostre.» Le sue parole erano uscite più dure del necessario, ma il dolore nel suo petto stava crescendo, pulsando - il vuoto che Julie aveva lasciato. Il vuoto che Morrison aveva allargato. E Billie, la sua maglietta, coperta di sangue, le sue labbra cremisi, il taglio spalancato sulla sua gola. Poteva vedere il dente scheggiato di Ruby, il suo viso insanguinato e tumefatto. Poteva sentire l'odore del pelo di Duke, muschiato come la terra del cortile sul retro-

«Petrosky?»

Si voltò a guardarla. «Eh?»

«Mi hai sentito?»

«Scusa.» Abbassò lo sguardo sul cellulare stretto nella sua mano. Ah, sì, anche lei stava aspettando un aggiornamento - aveva chiamato per diramare gli avvisi di ricerca e parlare con la polizia locale. Lui aveva fatto ricerche su Zurbach. «Ho parlato con lo studio dove lavorava Zurbach. Sembra che abbia tentato di accedere ai loro conti dopo essere andato in pensione, cosa che ha attirato la loro attenzione, ma pensano che abbia sottratto denaro per anni. Hanno iniziato a fare domande, e lui ha risposto vendendo la casa e scomparendo. Ha svuotato i suoi conti in banca nello stesso momento.»

«E hanno chiamato Honor quando l'hanno perso?» La

sua voce era vuota contro il ronzio monotono degli pneumatici.

Scosse la testa. «No. Hanno chiamato Honor perché pensavano che potesse usare i suoi conti o quelli di suo marito per nascondere il denaro. Ma non avevano mai abbastanza per sporgere denuncia, solo sospetti.» Come Honor stessa; sospetto di *qualcosa di sbagliato*. «Jethro aveva capito la truffa - ha aiutato l'azienda a elaborare una teoria, anche se non avevano prove concrete.» Nemmeno Petrosky aveva capito completamente la truffa quando il capo di Zurbach gliel'aveva spiegata. «Ma sembra che Zurbach sapesse che Jethro li stava aiutando. E tutto questo è successo poco prima della morte di Morrison. Penso che Morrison fosse un sostituto dell'uomo che voleva veramente uccidere.» Jethro era il suo obiettivo finale: l'uomo che gli aveva portato via la figlia e cospirato contro di lui. Lo stava uccidendo per procura da anni. Ancora e ancora e ancora.

«E Morrison assomigliava così tanto a Jethro; si è trovato nel mirino di Zurbach al momento sbagliato.»

La sua gola era stretta, minacciando di chiudersi. Il silenzio si allungò. Gli pneumatici ronzavano. Tossì per aprirla di nuovo e si sforzò di dire: «Penso anche che abbia deciso di colpire allora perché *poteva* incolpare Norton. Zurbach era dannatamente curioso - sapeva chi faceva feste, chi usciva a passeggiare di notte, in che cazzate era coinvolto Lockhart, chi aveva cani da lasciare indietro. Credo che sapesse di Norton, non solo del caso ma di chi fosse - di chi fosse *veramente*.» *E dove si trovasse*. Zurbach aveva osservato Norton con la stessa attenzione con cui aveva osservato le sue vittime negli anni successivi. Si era inserito nell'indagine. Aveva persino seguito Petrosky in quella casa dall'altra parte della strada, con quel cane randagio che gli abbaiava contro tutto il tempo.

Le dita di Jackson tamburellavano sul volante. «Ha senso. Ha pensato di poterlo addossare a Norton, e nessuno avrebbe sospettato nulla. Sfortunatamente, si è reso conto che gli piaceva. Ha pensato di giocare un po', divertirsi prima che tutto finisse.»

E io l'ho mancato. Ero incasinato, e l'ho mancato. «Sì.» La sua voce si incrinò. Se lei lo sentì, ebbe la decenza di non dirlo.

Riportò lo sguardo al finestrino, i cartelli autostradali che sfrecciavano in strisce verdi e bianche. Quest'uomo li aveva presi in giro fin dal primo giorno. Forse era solo annoiato quando aveva preso di mira Petrosky - forse voleva un pubblico. Ma una cosa era certa: il suo appetito non sarebbe più stato saziato da nessun altro se non dalla sua vittima ideale - l'uomo che voleva uccidere fin dal primo giorno.

E se non altro, era efficiente.

CAPITOLO 34

ove cazzo è?
Avevano mandato pattuglie in ogni casa con cui Zurbach aveva un collegamento - i nuovi proprietari della sua casa su Pike erano rimasti sorpresi di vedere Sloan, ma non avevano nulla da nascondere. La casa di Lockhart era ancora vuota. Persino quella di Gertrude Hanover era vuota; Richard l'aveva portata a casa sua fuori dallo stato. Il grazioso bungalow di Ruby: vuoto. La casa dove avevano trovato Billie - niente.

Niente. Niente. Niente.

Jackson sbatté giù il telefono sulla scrivania. «Il cellulare di Holt è stato gettato nel cassonetto dietro il suo lavoro; hanno trovato la sua auto a circa un isolato di distanza, dietro un ristorante cinese. La moglie ha detto che ci va spesso a pranzo. E abbiamo una chiamata in arrivo a Holt da un cellulare usa e getta circa dieci minuti prima che lasciasse l'ufficio.»

Quello stronzo l'aveva attirato fuori. E rapito. «Zurbach ha un posto da qualche parte, dannazione - abbastanza vicino da poter osservare le sue vittime. Sono passati anni da quando ha venduto la sua casa, e non è certo il tipo che vive da abusivo, un uomo come lui.» No, questa sarebbe stata una situazione come quella del pickup blu. Un'identità fittizia, o pagamenti in contanti, o altri modi per mascherare chi fosse - non lo avrebbero trovato attraverso i canali normali. Lanciò un'occhiataccia alla finestra dell'ufficio. Era ancora pomeriggio, ma stava calando - grigio e crepuscolare. Molto presto, sarebbe scivolato nella notte, l'ultima notte della vita di Jethro. Morrison aveva guardato il pomeriggio svanire il suo ultimo giorno? Aveva sentito il tempo esaurirsi?

Petrosky distolse lo sguardo dal cielo pesante, con le sue viscere ancora più pesanti. Perché condurli fin qui solo per nascondersi ora? *Zurbach mi ha detto come trovarlo. Doveva farlo. È pronto a finirla, altrimenti non mi avrebbe coinvolto, non ci avrebbe dato il coltello.* Quindi quale indizio gli stava sfuggendo?

Bzzzz!

Sobbalzò - il telefono. *Forse è Zurbach che chiama per dire che ha rapito qualcun altro a cui tieni. O che ha ucciso l'unico tizio che avresti potuto avere una possibilità di salvare.* Il volto afflitto di Honor emerse nella sua mente, le guance rigate di lacrime. Aveva lasciato che la polizia dell'Ohio consegnasse quella notifica di morte. Ma non era un numero sconosciuto sull'ID chiamante - Shannon.

«Ehi, ti ho portato la cena. Vuoi scendere a farmi entrare?»

Rimise il cellulare in tasca e si precipitò verso le scale, ma il solo sentire la sua voce aveva fatto riaprire quel buco nel suo petto - il suo addome era una palla di dolore incandescente dal collo all'ombelico. Le sue ossa vibravano. *Dannazione, stavo bene! Ce la stavo facendo!* Aveva bisogno di un drink. L'aria nel vano scale sembrava più rarefatta del solito; bruciava in fondo alla gola come se fosse intrisa di qualche gas caustico.

Alla base dei gradini, si fermò con la mano sulla porta, rendendosi finalmente conto di cosa lei avesse detto. Aspetta... la cena? L'aveva trattata come spazzatura, aveva fatto uccidere suo marito, l'aveva messa in pericolo più e più volte, e lei gli aveva portato da mangiare?

Afferrò la maniglia e tirò, poi fece un passo indietro quando lei gli spinse due sacchetti.

«Thai», annunciò. «Ho preso quei noodles alle arachidi che ti piacciono.»

Lui la fissò, momentaneamente sbalordito. *Cosa sta succedendo qui? Dovrebbe essere a casa; dovrebbe essere con i bambini.* Ma obbedientemente prese i sacchetti di plastica e si diresse su per le scale in automatico, la lingua intorpidita e pesante, le costole in fiamme.

«I bambini sono con i tuoi vicini e due agenti in uniforme, giusto per fartelo sapere. Ma avevo bisogno di essere qui. Con te.»

Con lui? No, lui era il problema. Lei avrebbe dovuto essere ad Atlanta, lavorando a un lavoro gratificante, guardando crescere i suoi figli mentre lui si faceva carico del peso di tutte le persone morte a causa sua. Lei avrebbe dovuto andare avanti mentre lui camminava per le strade dove Morrison aveva esalato i suoi ultimi respiri. Dove aveva versato la sua vita nella terra.

Non riusciva a respirare. Il suo cuore era un animale in preda al panico in una gabbia di denti digrignanti. «Perché stai facendo questo?»

Lei gli lanciò un'occhiata, alzando un sopracciglio. «Fare-»

«Mi dispiace.»

Lei tirò su col naso, e risuonò nel vano scale come uno sparo - era solo la sua percezione? Perché improvvisamente tutto era così rumoroso? Lei continuò a camminare. Un passo. Un altro. «Dovresti essere dispiaciuto. Ma se ti senti in colpa, questo dovrebbe aiutarti a fare meglio.»

«Il mio meglio non è abbastanza buono.» Le sue gambe erano troppo pesanti. «Non sarà mai... abbastanza buono.» Le parole uscirono ansimanti dalle sue labbra, e il suo petto... Non poteva fare un altro passo. L'aria era troppo rarefatta, e il mondo era già sfocato agli angoli della sua visione. Abbassò i sacchetti sulle scale e crollò accanto ad essi.

Shannon si chinò su di lui, la fronte corrugata. «Stai bene? È il tuo cuore? Vado a chiamare aiuto.» Cercò di superarlo, e lui le afferrò il braccio.

«Aspetta. No, non è il mio cuore.» Non un attacco cardiaco - o sì? Ma il suo cuore era spezzato, e non poteva guardarla allontanarsi da lui, non in questo momento, non ora. «Sono solo io. Non sono chi hai bisogno che io sia. Non posso... Non posso essere...» Sibilò un respiro tra i denti serrati. «Quando sei qui, non riesco a respirare cazzo!» Le parole esplosero fuori di lui - la gola gli bruciava.

«Perché ti ricordo. Di lui.» Gli mise le mani sul viso, molto simile a come aveva fatto Carroll, ma la presa di Shannon era ferma - sicura. «Anche tu mi ricordi lui. Ma sei la mia famiglia. Non lo capisci? Mio fratello era tutto ciò che avevo oltre a Morrison, e quando è morto...» Lo lasciò andare e si sedette accanto a lui sui gradini. «Tu ed io siamo in questo insieme che tu lo voglia o no. Non posso perdere anche te. E non me ne frega un cazzo se vuoi essere necessario o meno - non ti abbandonerò mai. Quindi puoi o darti una mossa, o deludermi per sempre e sentirti peggio ogni dannato giorno. Ma continuerò a prenderti a calci nel culo; non sono così indulgente.»

Lui rise, ma non suonava giusto nemmeno a lui, e poi c'erano lacrime che gocciolavano sulle sue mani, e stava tremando, soffocando - non c'era aria, ma in qualche modo riuscì a dire: «Mi dispiace, Taylor.»

Il suo cognome da nubile. Era solito chiamarla così quando erano solo loro due, quando sorrideva un po' di più; una volta aveva provato più che dolore, no? Ma il dolore era familiare - il dolore che si meritava. «Li ho uccisi», disse. «Li ho uccisi tutti.»

«Cosa?» Lei si ritrasse, le sopracciglia alte sulla fronte. «No, questo non è stato colpa tua-»

«Mi dispiace. Mi dispiace... così... *tanto*.»

Il buco nel suo petto si espanse, divorando i suoi polmoni, contorcendo i suoi intestini, il vano scale rosso ai bordi, e poi lei lo stava tirando a sé, la sua testa sulla sua spalla, la sua guancia contusa tenera e dolente. Anche la sua spalla era bagnata - stava piangendo?

«Nessuno ti incolpa tranne te», disse lei nei suoi capelli. «E Duke... Ero io che lo stavo guardando; è stata tutta colpa mia. Tu non c'eri nemmeno.»

Il dio del calore, faceva male. Tutto faceva male. Ma improvvisamente poteva *respirare*. Inspirò profondamente, lasciando che la fresca ondata d'aria calmasse il suo interno in fiamme; i suoi capelli profumavano del suo shampoo.

«Nessuno ti incolpa, Petrosky.»

Il suo cuore rallentò.

«Nessuno ti incolpa,» ripeté lei.

Finalmente sollevò il viso gonfio dal collo di lei. I suoi occhi erano lucidi, il viso bagnato. Si schiarì la gola.

«Scusami, Taylor. Sono solo emotivo. L'astinenza, sai?»

Lei si alzò in piedi, asciugandosi le guance, e raccolse i sacchetti del cibo da asporto. «Meglio questo che l'alternativa.»

Lui era in totale disaccordo con quella affermazione, ma non disse nulla, si limitò a passarsi la manica sul viso, trasalendo quando colpì il naso contuso. Le sue ginocchia scricchiolarono mentre ricominciava a salire le scale, con Shannon alle calcagna. L'aria sembrava migliore, almeno. Più consistente, ossigenata.

«Vuoi aspettare un attimo?» disse lei alle sue spalle. «Ho dei fazzoletti se vuoi pulirti il viso.»

«Pensi che gli occhi lucidi siano peggio dell'ossessione da femminuccia di Decantor per le Kardashian? È come una ragazzina.» Tossì, cercando di liberare la gola dal muco. «E per la cronaca, tu non eri responsabile per Duke. Non potevi tenerlo dentro tutto il giorno, e nessuno si aspettava che questo stronzo... facesse quello che ha fatto.»

«Lo so. È colpa sua, solo sua. E penso che Duke vorrebbe che lo trovassimo e gli dessimo un morso sul sedere.»

«Lascio questa a te, Taylor.» Strano come quel nome gli uscisse così facilmente dalla bocca.

Lei rise, e sembrava persino genuina. «Con piacere.»

Ascoltò il tonfo della sua scarpa sull'ultimo gradino. Povero dolce Duke. Nessuno l'aveva visto arrivare. Zurbach non aveva mai toccato un animale che loro sapessero, e nemmeno Norton. Era così lontano dal modus operandi...

«Petrosky?» La voce di Shannon arrivò da lontano.

Oh cazzo. Duke. Anche il cane era stato un segno. Non solo un altro modo per ferire Petrosky, ma un indizio. «Lo troverò per te, ragazzo.»

«Cosa?»

«Niente.» Si precipitò attraverso la porta dell'ufficio, lasciando una Shannon perplessa alle sue spalle.

CAPITOLO 35

Jackson alzò lo sguardo con occhi spalancati quando lui irruppe nell'ufficio. Si alzò così in fretta che la sedia cadde all'indietro. «Cosa è successo? Stai-»

«Aveva un cane.»

Jackson si fermò di colpo. «Ti ha picchiato di nuovo?»

«No, io...» Inclinò la testa. Sapeva che Shannon gli aveva dato una bella lezione. Ma non gli importava come lo sapesse: il suo cervello bruciava tanto quanto il suo petto, e questo in qualche modo lo faceva sentire più equilibrato, anche se come qualcuno che cammina su un lago non del tutto ghiacciato.

Si lasciò cadere sulla sua sedia mentre Shannon posava il cibo sulla scrivania di Jackson. Sentì un coro di «Grazie» provenire da quella direzione generale, ma stava già avvicinando la tastiera e accendendo il computer. Zurbach aveva un Labrador retriever di nome... Mac. L'aveva incontrato la prima volta che avevano parlato. Anche i maniaci omicidi amavano i loro cani.

Jackson scivolò nel posto accanto a lui, con una

forchetta di plastica in una mano e un contenitore da asporto nell'altra. «Cosa stiamo cercando?»

«Un Labrador di nome Mac. Sono passati alcuni anni, ma sembrava in salute: se sta facendo i vaccini regolarmente, forse ha un veterinario da queste parti.» Ma quando lo disse ad alta voce, suonò folle. Era impazzito? Sicuramente un po', ma-

«Come diavolo fai a ricordartelo?» chiese Jackson con la bocca piena di noodles.

«Ricordo più di quanto vorrei» disse. *Ubriaco o no.* Si sforzò di visualizzare il cane, cercando di ricordare se avesse indossato i medaglioni antirabbici. Per quanto si sforzasse, non ci riusciva. Ma questo tizio aveva fatto tutto secondo le regole fino alla fine. Il suo capo aveva ammesso di averlo apprezzato prima del furto, e persino sua figlia non aveva una sola lamentela identificabile sulla sua infanzia al di là di una sensazione di pancia. E non si sarebbe lamentato con la polizia del cagnolino dei vicini se il suo non fosse stato registrato.

Decantor si avvicinò con il suo contenitore di noodles per sbirciare oltre la spalla di Petrosky, e per una volta, a Petrosky non dispiacque. Iniziò a digitare ma si rese presto conto che i database non sarebbero stati d'aiuto. Non aveva il numero del medaglione antirabbico, quindi non poteva cercare l'animale in quel modo. Tutto ciò che aveva era il nome del cane, che non era elencato da nessuna parte... e il nome del proprietario. L'unica cosa che potevano fare era chiamare direttamente i veterinari.

Lui, Jackson, Decantor e Shannon si divisero la lista: tre ciascuno. Dodici veterinari nella zona immediata, a uno qualsiasi dei quali Zurbach potrebbe essersi rivolto; speravano di riuscire a trovare i dottori in studio. Erano solo le quattro, ma sembrava molto più tardi.

Jackson ottenne subito un risultato. Mac era stato registrato e aveva una registrazione antirabbica collegata a Zurbach. L'indirizzo era quello di Pike; nessun indirizzo di inoltro. E Mac era morto poco dopo che Zurbach aveva venduto la sua casa. Petrosky si estraniò mentre Jackson riattaccava il telefono, il dolore nel suo petto che sbocciava per poi calmarsi: sembrava di avere acqua nelle orecchie.

Maledizione all'inferno. Tutto questo solo per sbattere contro un muro adesso? Aggrottò le sopracciglia guardando il desktop. Cosa gli stava sfuggendo? C'era davvero qualcosa che gli sfuggiva? Duke non doveva per forza essere un indizio: forse era solo una vittima.

Chiuse gli occhi e ripensò al giorno in cui aveva parlato con Zurbach nel suo vialetto. Mac era fin troppo felice ai piedi di Zurbach, scodinzolando con la sua coda enorme contro la neve. Silenzioso. E poi c'era stata... Gigi. Il piccolo cagnolino abbaiante e mordace di cui Zurbach aveva chiamato la polizia; aveva detto che i vicini l'avevano abbandonato quando se n'erano andati. Zurbach si era lamentato con Petrosky anche di lei, e... L'aveva usata come scusa per seguire Petrosky nella casa dall'altra parte della strada. Ma Zurbach non aveva avuto problemi a prenderla in braccio, anche se la piccola cagna lo aveva morso per il fastidio. I suoi occhi si spalancarono. Forse non era mai appartenuta ai vicini.

Si girò di nuovo verso Jackson. «C'erano altri animali registrati a nome di Zurbach con quel veterinario?»

«Non con la dottoressa Wilson: le ho chiesto di inviarmi via email tutto quello che aveva, ma non sembra che ci sia molto. Perché?»

«Proviamo con...» Non era sicuro di che razza fosse Gigi, quindi avrebbe significato chiedere ai veterinari solo il nome. «Gigi.» Quanti stronzi là fuori avrebbero chiamato il loro cane come una lettera dell'alfabeto? Forse un insegnante di inglese. O qualche scrittore da strapazzo.

Sperabilmente, un assassino.

Tornarono alle loro liste di veterinari. Questa volta fu Shannon ad ottenere un risultato, ma ci volle solo un momento per escluderlo; Gigi non era assolutamente un barboncino.

Premette il telefono contro l'orecchio così forte che gli faceva male la testa. Un veterinario. Due. Tre.

«L'ho trovato!» Decantor sbatté il foglio sulla scrivania di Petrosky: non era nemmeno un foglio. Un post-it.

Si chinarono tutti a guardare il pezzo di carta. C'era scritto il nome di Zurbach, il suo vero nome: un'audacia. E questo elenco non conteneva l'indirizzo di Honor dove era registrato il camion o l'indirizzo che era nel file di Mac. Petrosky lo fissò, con la spina dorsale rigida come un pezzo d'acciaio e altrettanto fredda.

«Kitesus?» Jackson aggrottò la fronte. «Non so di case in quella zona. Non c'è un numero di appartamento?» Shannon si raddrizzò, con la mano sullo schienale della sua sedia. Decantor scosse la testa.

Ma Petrosky conosceva l'edificio. Sapeva anche perché Zurbach l'aveva scelto. «È lì per il vicolo.» Incrociò lo sguardo di Jackson. «Quanto vuoi scommettere che la sua finestra si affaccia direttamente sul vicolo dove ho trovato Morrison?» E quella era la cosa più vicina a un'ammissione di colpevolezza di cui avesse mai avuto bisogno.

Zurbach aveva guardato; aveva guardato lui trovare il corpo di Morrison. Guardato Petrosky puntarsi la pistola alla testa. Guardato Decantor trascinarlo via.

E aveva deciso che questa merda era troppo divertente.

Shannon spostò la mano sulla sua spalla, con gli occhi duri. Determinati. Furiosi.

Lui annuì nella sua direzione: *Lo prenderò*. Ma non dovette dirlo; lei lo sapeva già.

CAPITOLO 36

Gigi. E Zurbach con la sua *H* tedesca. Gertrude Hanover. *G. H. G. H. G. H.* Forse Morrison aveva cercato di indirizzarlo verso Zurbach fin dall'inizio, ma non l'avrebbe mai saputo con certezza. Questo era il problema con quelle maledette lettere oscure: potevano significare così tante cose.

Decantor, Sloan, sapeva che le altre auto erano là fuori, circondando l'edificio, coprendo ogni entrata, ma tutto ciò che vedeva era l'oscurità oltre il parabrezza. Avevano preso l'auto di Shannon, pensando che Zurbach potesse essere all'erta per la Caprice di Petrosky, o per il SUV di Jackson, che potesse non riconoscere il mezzo di Shannon. Ma probabilmente era una sciocchezza. Questo tizio li aveva osservati tutti. E non importava cosa guidassero, sarebbe stato pronto per loro.

L'edificio emerse dall'oscurità come un hotel abbandonato nel mezzo di un paesaggio distopico irreale. I lampioni sulla strada di fronte erano spenti, ma quelli vicino al vicolo sul retro sembravano intatti, e nella luce al sodio, i ciottoli brillavano come le punte di onde ondeggianti in un mare tempestoso. Le pozzanghere nere non si stavano realmente muovendo, ne era certo, ma... i suoi occhi. Dovevano essere i suoi occhi.

Jackson parcheggiò davanti all'ombra dell'edificio ed estrasse la sua arma.

La porta principale era coperta di pannelli, le finestre frontali erano ricoperte di assi, ognuna assicurata da chiodi corrosi, arrugginiti proprio nel legno. Nessuno era entrato da quella parte.

Si mossero lungo il marciapiede sgretolato, la luce della luna trasformava i muri di mattoni e malta in un mare di forme grigie amorfe che sfumavano nel nero man mano che si inerpicavano verso il cielo. Tutte le finestre erano uguali: coperte di assi, bloccate e definitivamente sistemate. Si fermò e tirò l'angolo dell'asse più vicina: il chiodo si spezzò. Nemmeno queste erano state toccate, non di recente.

Si stavano sbagliando? Il tizio aveva usato questo indirizzo e poi portato Jethro in un altro edificio, uno di cui non erano a conoscenza? Era certamente possibile. Abbassò l'arma. Jackson stava ancora avanzando furtivamente, diretta verso l'angolo, ma lui indietreggiò dal marciapiede, dal cordolo, e lasciò vagare lo sguardo. Sopra il secondo piano, le finestre erano buchi spalancati, senza assi. Senza luci. Zurbach non era qui; era migliore di Norton, giusto? Non si sarebbe abbassato a nascondersi in qualche edificio abbandonato, aggirandosi nel buio.

«Jackson, aspetta», sibilò. Lei si girò e si diresse verso di lui, ma lui stava già marciando indietro lungo la strada da cui erano venuti, con l'arma al fianco. Oltre le porte principali. Oltre un altro muro di finestre coperte di assi. Si fermò all'imbocco del vicolo. Poteva vedere il cassonetto vicino al centro, ma nessuno nell'edificio che avevano appena ispezionato ne aveva bisogno: l'indirizzo che

Zurbach aveva inserito nei suoi moduli veterinari era completamente abbandonato. Ma quello non era l'unico edificio con una chiara vista sul vicolo.

Fece un passo, poi un altro, più in profondità nel vicolo, il respiro serrato, bloccato in gola. Si fermò. Il cassonetto. Da questo lato, poteva vedere il punto dove era stata l'auto di Morrison, il punto dove aveva trovato il suo ragazzo, dove aveva toccato il suo viso per l'ultima volta. Il suo viso freddo e insanguinato. La sua gola squarciata. Ma doveva andare avanti, doveva continuare a muoversi, o qualcun altro sarebbe morto in modo altrettanto terribile.

Tunk, tunk, tunk, facevano le sue scarpe.

Qualcosa si mosse furtivamente nelle ombre, e di nuovo, Petrosky si fermò. *L'ho già fatto prima. Sono già stato qui prima, esattamente qui.* Voltò le spalle all'edificio abbandonato, rivolto ai mattoni dall'altro lato. E alzò lo sguardo. Secondo piano. Terzo.

Il suo cuore si fermò di colpo.

Capelli bianchi, corporatura robusta, sagomato dalla luce nella stanza alle sue spalle. Era più magro di quanto Petrosky ricordasse, ma prima indossava un cappotto, il travestimento perfetto per la vita. Una lunga lama brillava nella sua mano destra.

Ma non era questo che aveva fatto irrigidire i muscoli di Petrosky.

Al fianco di Zurbach, Morrison barcollò in avanti e premette il viso contro la finestra. Aprì la bocca. Sembrava che stesse urlando.

CAPITOLO 37

orrison... ha preso Morrison.
Ma era ridicolo. *Morrison è morto, è morto, è morto.*

La sua sensazione di déjà vu aumentò mentre raggiungevano le scale, con l'agente di sicurezza alla reception che gridava dietro di loro, e persino la voce di quell'uomo suonava familiare - un ricordo vuoto senza colore o sostanza, ma comunque familiare. Sentì vagamente Jackson impartire ordini a Decantor, o forse all'impiegato alla reception; non ne era sicuro. Il suo gomito urtò un'applique dorata facendola cadere sul tappeto - si frantumò, ma in modo sordo come se non avesse l'energia per urlare.

Urlare. Come Morrison. *Ha Morrison.*
Non ce l'ha. Non ce l'ha.

Ma non ci credeva. L'aveva *visto*. Il mondo era poco familiare e strano, ma non erano i suoi dintorni ad essere sbagliati. Era il tempo.

Prima. L'aveva già fatto prima, cercare il suo ragazzo, il petto elettrico per il panico. *Ma questa volta, posso salvarlo.*

Salì più velocemente su scale con fibre corte e motivi

elaborati. Un edificio storico, ce n'erano molti là fuori, ma non avrebbe mai capito la spinta a investire soldi in qualcosa così vicino alla rovina. Probabilmente c'erano piani per ristrutturare anche l'edificio accanto, ma in questo momento, Zurbach apprezzava sicuramente la privacy; le uniche cose che guardavano nelle sue finestre erano buchi scuri e mattoni sgretolati, l'occasionale chiodo arrugginito.

I muscoli delle cosce di Petrosky dolevano. Il suo respiro sibilava, ansimando da polmoni troppo piccoli. Dio, odiava le scale. Ma se Zurbach poteva farlo, poteva farlo anche lui.

Sto arrivando, faccia di merda. Anche quel pensiero sembrava un sogno, qualcosa che aveva detto prima, in qualche altro momento del passato. Ma forse non importava se l'avesse già fatto prima, purché lo facesse bene questa volta.

Jackson strattonò la porta del terzo piano e la mandò a sbattere contro il muro. Qui c'era un tappeto verde e carta da parati luccicante come in un hotel di un film horror dove ci sono mostri nascosti dietro ogni angolo.

Ma dietro quale porta?

Jackson sembrava saperlo. La seguì oltre il primo angolo verso un altro corridoio, presumibilmente questo conteneva le unità che si affacciavano sul vicolo. A metà del corridoio, un insistente strappo come un amo uncinato si radicò vicino al suo cuore - *punti, sono i punti del tuo attacco di cuore, non ti ricordi? Sei appena uscito dall'ospedale.* Il sudore gli colava lungo la schiena. Jackson spinse da parte un'anziana signora con un minuscolo coso peloso, come un orsacchiotto abbaiante, e all'improvviso odiò il cane, odiò la donna, odiò l'intero edificio perché stavano trattenendo Morrison, erano responsabili dell'uccisione del suo partner, dov'era cazzo il suo ragazzo?

Jackson rallentò, poi si fermò, con la schiena contro il

muro di fronte a una porta chiusa. Gli fece cenno di coprire l'altro lato. Dovevano annunciare la loro presenza? Zurbach lo sapeva, quello stronzo lo sapeva già, erano qui. E Morrison... era ancora vivo, vero? Erano già arrivati troppo tardi? Zurbach gli aveva tagliato la gola mentre ansimavano su per le scale?

Yap! Yap-yap-yapyapyap! No, non avevano bisogno di annunciarsi. Quella piccola stronza l'avrebbe fatto per loro.

La porta si scheggiò troppo facilmente sotto la sua spalla; non la sentì nemmeno.

«Polizia!» gridò Jackson dietro di lui. «Mostrami le mani!»

Petrosky si fermò di colpo.

Zurbach sorrise. Capelli bianco brillante, viso rotondo, pelle che cedeva piacevolmente, il nonno perfetto se non fosse stato per i suoi piedi appoggiati su un foglio di Visqueen, un uomo biondo inginocchiato davanti a lui, le mani legate dietro la schiena, la sua camicia blu zuppa di sangue. *Merda.* Profonde lacerazioni correvano lungo ciascuna delle braccia superiori dell'uomo; anche il petto era tagliuzzato. Ferite da difesa, non il colpo mortale, ma sarebbe morto presto se non avessero ottenuto aiuto. Zurbach premette la lama più forte contro la gola di Morrison, un rivolo di sangue che scorreva intorno al metallo per raccogliersi alla clavicola. E dietro il piede di Morrison... C'era un topo qui? Ma poi lo sentì di nuovo, l'incessante abbaiare del cane. L'uomo inginocchiato sul pavimento non sembrava sentire l'animale - fissava Petrosky, i suoi occhi blu imploranti. *Aiutami.*

Petrosky aggrottò le sopracciglia, la pistola scivolosa contro i palmi. Jethro? No, Morrison.

Jethro.
Morrison.

I suoi occhi non funzionavano bene; nemmeno il suo

cuore, il dolore si irradiava acuto e caldo attraverso l'addome. La stanza pulsava, e all'improvviso non erano più lì, erano nel seminterrato dall'altra parte della strada rispetto alla casa di Zurbach su Pike, l'aria densa di cemento bagnato e il puzzo di ferro - la sua bocca aveva un sapore come se stesse succhiando un penny.

Sta per ucciderlo, sta per uccidere il mio ragazzo.

Jackson si avvicinò. «Lascialo andare, Zurbach. Non c'è altra via d'uscita da questa situazione».

«Oh, c'è sempre una via d'uscita». Lo sguardo di Zurbach si abbassò sull'uomo ai suoi piedi, poi si posò su Petrosky. *Jethro - è Jethro.* «Devi solo usare l'immaginazione. Le persone che hanno uno schema... diventa prevedibile».

Stronzo presuntuoso. «Tu hai uno schema», disse Petrosky.

«Forse, per un po'. Ma è bene essere flessibili». Scrollò le spalle, e la lama affondò nella gola dell'uomo - così tanto sangue. «Il tuo partner è stato un esperimento per vedere se avevo in me la capacità di liberarmi di mio genero, ma sapevo quella notte che l'avrei fatto ancora e ancora finché non mi fossi stancato - non mi sarei fatto catturare come quel tizio Norton. Ma poi, con il suo ultimo respiro, ha implorato per la *tua* vita. Riesci a *immaginarlo*?» Zurbach incontrò gli occhi di Petrosky, il suo sguardo luminoso e ardente e acuto di furia feroce. «Tu, che puzzavi di liquore quando sei venuto a intervistarmi, e lui voleva che *tu* vivessi? Non meriti quel tipo di lealtà». L'uomo ai suoi piedi gemette, rannicchiandosi, e Zurbach strinse il bordo affilato contro il suo pomo d'Adamo.

Ti odia come Morrison avrebbe dovuto fare. Come Billie dovrebbe. Duke. Ma era più che odio - questo tizio pensava di meritare di meglio. Il genero di Zurbach e sua figlia lo avevano fregato entrambi; Petrosky era un fallito, e aveva ancora persone che tenevano a lui. E quando Zurbach aveva finito di uccidere il suo genero per procura, aveva punito i cari di Petrosky come voleva punire la sua stessa famiglia. Billie, Ruby, non erano altro che danni collaterali, una parte del suo gioco, promemoria del caso che Petrosky era stato troppo ubriaco per risolvere in tempo... e la punizione di Petrosky per avere una vita migliore di quanto meritasse.

Il sangue di Petrosky ribolliva, vibrando nelle sue vene, ma la sensazione era attutita, distante. *Sta cercando di provocarti. Conta sul fatto che tu rovini tutto come hai fatto con Morrison, come hai fatto con tutti loro.* Petrosky mantenne lo sguardo fisso su Zurbach, e improvvisamente fu certo che finché avesse tenuto lo sguardo di Zurbach, l'uomo non avrebbe potuto affondare il pugnale più a fondo. Zurbach sorrise, ma non sembrava un sorriso gelido o duro o anche solo insensibile; sembrava che avesse appena raccontato la migliore barzelletta da papà di tutti i tempi e stesse sorridendo mentre tutti gli altri gemevano.

«Lascialo andare, Zurbach». La voce di Jackson era sorprendentemente bassa. O forse non riusciva a sentirla a causa del sangue che gli pulsava nelle orecchie. «Non vuoi farlo. Pensa a tua figlia, alle tue nipoti».

Petrosky fissava il volto di Zurbach, il resto della stanza sfumava nel grigio, il bianco degli occhi di Jethro - *Morrison* - il nero del suo sangue, niente era così vivido quanto il bianco sciocante dei capelli di Zurbach, il rosa della sua carne che spiccava in netto contrasto con l'ambiente tetro. Era come guardare una fotografia alterata dove solo un elemento centrale era stato colorato. Gli occhi di Zurbach brillavano, selvaggi. Spostò i piedi, la plastica fruscìò. E l'uomo sul pavimento...

Era così che l'aveva fatto. Era esattamente quello che aveva fatto in quel seminterrato.

È così che ha ucciso tuo figlio, e tu stai per guardarlo farlo di nuovo.

Il colore tornò improvvisamente nella stanza. Morrison sbatté i suoi grandi occhi azzurri, i capelli biondi luccicavano nella luce. Petrosky puntò la sua arma. Non tremava.

Zurbach guardò la pistola e sorrise di nuovo. «Non oseresti, Detective. Appena uscito dal tunnel dell'alcol, ancora un po' traballante, e se spari ora, potresti colpire...»

Il primo proiettile sfiorò la guancia dell'uomo, e quando barcollò all'indietro, Petrosky sparò di nuovo, colpì di nuovo, e la lama tintinnò sul pavimento dietro il tallone di Zurbach. Zurbach fece una smorfia, ringhiò, ululò, e per una volta, quel bastardo dall'aspetto da nonno sembrò il mostro che era. Zurbach cadde in ginocchio e si portò la mano al petto, due dita in meno di un "dammi il cinque".

Bau-bau-baubaubau!

Quella piccola testa di cazzo stava abbaiando contro di loro.

Jethro si accasciò in avanti, le mani ancora legate dietro la schiena, e cadde pesantemente sulla spalla. Jackson si precipitò verso di lui, e poi Decantor - non aveva sentito nessuno entrare, ma ora c'era anche Sloan, che circondavano Zurbach, le manette che scattavano in posizione. Ma silenziosamente. Troppo silenziosamente.

«Petrosky». Sobbalzò al suono della voce di Jackson, le sue orecchie improvvisamente tornarono a funzionare - era inginocchiata sul pavimento accanto a Jethro. Fece un cenno alle sue mani.

Aveva ancora l'arma puntata contro il volto di Zurbach. La abbassò mentre Decantor trascinava quel bastardo in piedi.

«Uccidimi! Perché non mi hai semplicemente ucciso?» ruggì Zurbach.

Petrosky fissò lo sguardo su quel figlio di puttana che aveva ucciso il suo partner, un partner che era praticamente suo figlio. «È bene essere flessibili».

Non avrebbe lasciato che Zurbach se la cavasse così facilmente. Vivere significava soffrire. E se lo meritavano entrambi.

Gigi aveva smesso di abbaiare. Socchiuse gli occhi. La cagna scodinzolava verso di lui, con uno dei diti mozzati di Zurbach in bocca, il muso rosso di sangue.

CAPITOLO 38

Gli alberi intorno al perimetro del cimitero Whispering Willows frusciavano nella brezza pomeridiana, un gentile shhing che incoraggiava il silenzio. Jackson e il capo Carroll stavano dall'altra parte della tomba rispetto a lui, Decantor e Sloan dietro di loro a distanze regolari, le mani incrociate sui fianchi come se fossero in formazione militare. Persino Linda era lì. Tutti puliti e in ordine, in abito e occhiali da sole. La maggior parte vestita di grigio.

Aveva detto loro di non indossare il nero. Non sarebbe stato giusto.

La lapide era semplice ma lucida, un granito grigio che avrebbe rispecchiato la lucentezza dei suoi capelli. Non immaginava che Billie avrebbe voluto qualcosa di stravagante. Si vergognava di non sapere esattamente cosa avrebbe voluto, ma Jane e Candace avevano concordato che questo sembrava migliore - si sentiva migliore - di qualsiasi altra alternativa. Nessuna funzione. Nessun discorso. Nessun prete. Billie era stata una donna di poche parole a meno che non fossero davvero importanti, e qui...

nulla di ciò che avrebbero potuto dire avrebbe fatto la differenza.

Chinò la testa e quando chiuse gli occhi, vide il suo viso, non com'era in quel seminterrato, le sue guance macchiate dal pallore della morte, ma com'era stata l'ultima volta che avevano cenato insieme, il suo piercing al sopracciglio che luccicava, il suo sorriso mentre si metteva i capelli grigi dietro l'orecchio - capelli di cui lui aveva sempre scherzato. Ma lei sapeva che era bonario. Aveva visto più della sua parte di uomini davvero cattivi, e non aveva mai creduto che lui fosse uno di loro.

Avrebbe dovuto. Ormai era troppo tardi.

Alzò la testa e lasciò vagare lo sguardo verso la strada oltre i cancelli di ferro battuto. Così tanto sangue qui. Ma c'era anche del bene là fuori, una pace inebriante che dovevi cercare. L'aveva sentita nei giorni in cui avevano camminato insieme per questi isolati, con Duke che ansimava felice tra di loro? Forse al parco per cani a pochi chilometri da qui. O all'università. Aveva avuto così tanto potenziale. Zurbach glielo aveva portato via.

Ma Candace e Jane erano ancora qui, in piedi alla sua destra. Aveva detto loro che sarebbe stato meglio andarsene, trovare un altro posto - aveva persino offerto loro dei fondi per iniziare. Essere associate a lui sembrava essere il chiodo nella bara di molti.

Come se fosse un segnale, Candace gli strinse il braccio. Si erano rifiutate di trasferirsi. Quella mattina aveva intestato loro la casa, e avevano rifiutato anche quello; dissero che gliela avrebbero comprata. Poteva accettarlo. Forse la gente avrebbe saputo comunque che erano associate, forse no, ma poteva sperare di no. Il rischio per le loro vite poteva non essere alto, ma non sarebbe mai stato zero finché lui fosse stato nei paraggi.

Yip! Yip!

Gigi si dimenò nell'incavo del suo braccio sinistro. Non un suono arrabbiato; la sua piccola coda batteva freneticamente contro le sue costole. Perché avesse scelto di prendere con sé la vecchietta non ne era del tutto sicuro, ma d'altra parte, anche Duke era stata una sorpresa. E Gigi aveva bisogno di una casa ora che Zurbach se n'era andato - l'uomo non avrebbe mai più visto la luce del giorno, soprattutto se qualcuno avesse accidentalmente lasciato trapelare che aveva strappato il bambino di una donna dal suo grembo e l'aveva lasciato morire.

Anche i detenuti avevano figli. Era una vecchia notizia, un vecchio credo, ma ciò non lo rendeva meno accurato.

Yip! Yip!

Candace si sporse oltre Petrosky e grattò le orecchie di Gigi. «Ha bisogno di un bagno».

«Glielo farò più tardi». Di solito si sedeva semplicemente sul pavimento della doccia mentre lui si lavava i capelli. Era stata fottutamente schiva per tantissimo tempo, ma non più, non dal giorno in cui si era sdraiato sul pavimento per ore finché non era finalmente venuta da lui. Da allora gli era stata appiccicata ogni giorno, ma non gli dispiaceva davvero. Era una dolce cosina; probabilmente aveva solo avuto paura di Zurbach. Senza una ragione logica per odiare qualcuno, gli umani razionalizzavano quei sentimenti, come la stessa figlia di Zurbach aveva fatto per la maggior parte della sua vita. Ma i cani sapevano. I cani sanno sempre.

La sua schiena si gelò. Si girò.

Shannon era stata una presenza silenziosa al suo fianco per tutta la mattina, salda e calorosa, con il braccio intorno alla sua vita o infilato nel suo gomito sotto il sedere scodinzolante di Gigi. Ora si avvicinò passando davanti a lui verso la tomba. Baciò le sue dita e si inginocchiò per premere i polpastrelli sulla pietra.

Il suo abito era del colore degli occhi di Billie.

Shannon si raddrizzò, bloccando per un momento la sua visuale della tomba, poi tornò alla sua posizione al suo gomito. Ma in quel lasso di secondi, il mondo era cambiato.

Non erano più soli.

Dietro Decantor e Sloan, era arrivato un altro gruppo, più distanziato, ma poteva vedere chiaramente tutti i loro lineamenti. Ruby teneva una tazza di caffè in mano, le sue labbra rosso brillante un faro nel pomeriggio cupo. Billie era accanto a lei, i capelli argentei lucenti, Duke che ansimava felicemente al suo fianco.

Gli alberi sibilarono. Heather sorrideva, la prima donna che avesse mai voluto sposare, ma la sua testa era di nuovo intatta, la sua giacca viola immacolata dal sangue e dalle ossa. E Julie, oh Julie; sua figlia stava girando, le braccia aperte ai lati, il viso arrossato e gioioso - ridendo. Dio, gli era mancata la sua risata, e...

Gli si mozzò il respiro. Morrison. Più alto di tutti loro, le sue spalle muscolose che si ergevano sopra gli altri, i suoi occhi blu che scintillavano in vero stile surfista. Come l'oceano. E nello spazio tra Morrison e i cancelli del cimitero, altri, molti di più. Donne, bambini. Persone per cui aveva lottato. Persone che aveva perso. Persone che aveva lasciato morire.

Persone che aveva ucciso.

Ma Morrison mantenne il suo sguardo - *Non guardarli. Resta con me.*

Dall'altra parte, Jackson abbassò gli occhiali da sole per un istante e socchiuse gli occhi verso di lui. Si guardò alle spalle, poi si voltò di nuovo con un sopracciglio alzato.

Lui le fece un cenno con la testa e lei si rimise gli occhiali. Dietro Jackson, Billie sorrise e grattò le orecchie di Duke.

«Petrosky? Credo sia ora». La mano di Shannon era calda sul suo polso.

Si inginocchiò accanto alla tomba, stringendo Gigi al petto. La lapide era fredda, ma non spiacevole, come un bicchiere d'acqua in una giornata calda. Dall'altra parte del cimitero, Billie gli fece un cenno. Duke scodinzolò. Abbassò lo sguardo sulla pietra. «Addio, tesoro».

Si rialzò e, per una volta, le ginocchia non gli facevano male - per il momento, non c'era dolore. Guardò di nuovo oltre Jackson mentre Morrison posava una mano sulla spalla di Julie e l'altra su quella di Billie, come per dire *Mi prenderò cura di loro. Finché non potrai farlo tu.*

Ma Julie... gli stava facendo cenno con il dito. *Vieni, papà!*

Il mondo si allontanò, tutto grigio tranne quei piccoli punti di colore del suo passato. Il petto - *cazzo*. Si strinse, un calore intenso che si irradiava nelle spalle.

Si schiarì la gola e strinse Gigi più forte contro di sé. *È ora di andare, piccola.*

Tenne lo sguardo fisso su Morrison. E passò oltre la tomba di Billie, oltre i suoi colleghi, finché non si trovò in mezzo a loro - accanto a suo figlio. Morrison sorrise. Petrosky sbatté le palpebre.

Svanirono.

La calma lo invase lo stesso.

Non aveva bisogno di vederli; ognuno di loro era parte di lui tanto quanto la sua stessa carne. Strinse Gigi e si diresse verso i cancelli, l'erba che sussurrava contro i suoi jeans, e poteva quasi immaginare che fossero tutti quelli che aveva amato e perso a salutarlo.

Sorrise. No, non lo avrebbero lasciato, non come i vivi. I morti rimanevano esattamente come li ricordavi, il modo in cui ti facevano sentire si imprimeva nella tua anima ancora e ancora ogni volta che li lasciavi riaffiorare. Il dolore che ne derivava era insignificante.

La sofferenza significava che era vivo.

Ti è piaciuto *Selvaggio*? Ci sono tanti altri thriller tra cui scegliere!

Per salvarsi, dovrà affrontare il serial killer più spietato del mondo. Lei lo chiama semplicemente «Papà».

«Un viaggio da brivido che ti terrà con il fiato sospeso. O'Flynn è un maestro narratore.» *(Autore bestseller di USA Today, Paul Austin Ardoin)* Quando Poppy Pratt parte per un viaggio nelle montagne del Tennessee con suo padre, un serial killer, è semplicemente felice di sfuggire alla loro farsa quotidiana. Ma, dopo una serie di sfortunate circostanze che li portano alla casa isolata di una coppia, scopre che sono molto più simili a suo padre di quanto avrebbe mai voluto… Perfetto per i fan di Gillian Flynn.

***Filo Malvagio* è il libro 1 della serie *Nato Cattivo*.**

Filo Malvagio
CAPITOLO 1
POPPY, ADESSO

Ho un disegno che tengo nascosto in una vecchia casa per bambole - beh, una casa per fate. Mio padre ha sempre insistito sul fantasioso, anche se in piccole dosi. Sono piccole stranezze come questa che ti rendono reale per le persone. Che ti rendono sicuro. Tutti hanno qualcosa di strano a cui si aggrappano nei momenti di stress, che sia ascoltare una canzone preferita o rannicchiarsi in una coperta confortevole, o parlare al cielo come se potesse rispondere. Io avevo le fate.

E quella piccola casa delle fate, ora annerita dalla fuliggine e dalle fiamme, è un posto buono come un altro per conservare le cose che dovrebbero essere scomparse. Non ho guardato il disegno dal giorno in cui l'ho portato a casa, non riesco nemmeno a ricordare di averlo rubato, ma posso descrivere ogni linea frastagliata a memoria.

I rozzi tratti neri che formano le braccia dell'omino stilizzato, la pagina strappata dove le linee scarabocchiate si incontrano - lacerate dalla pressione della punta del pastello. La tristezza della figura più piccola. Il sorriso orribile e mostruoso del padre, al centro esatto della pagina.

Ripensandoci, avrebbe dovuto essere un avvertimento - avrei dovuto capire, avrei dovuto scappare. Il bambino che l'aveva disegnato non c'era più per raccontarmi cosa fosse successo quando sono inciampata in quella casa. Il ragazzo sapeva troppo; era ovvio dal disegno.

I bambini hanno un modo di sapere cose che gli adulti non sanno - un senso di autoconservazione accentuato che perdiamo lentamente nel tempo mentre ci convinciamo che il formicolio lungo la nuca non sia nulla di cui preoccuparsi. I bambini sono troppo vulnerabili per non essere governati dalle emozioni - sono programmati per identificare le minacce con precisione chirurgica. Sfortunatamente, hanno una capacità limitata di descrivere i pericoli che scoprono. Non possono spiegare perché il loro insegnante fa paura o cosa li spinge a rifugiarsi in casa se vedono il vicino che li spia da dietro le persiane. Piangono. Si bagnano i pantaloni.

Disegnano immagini di mostri sotto il letto per elaborare ciò che non riescono ad articolare.

Fortunatamente, la maggior parte dei bambini non scopre mai che i mostri sotto il loro letto sono reali.

Io non ho mai avuto questo lusso. Ma anche da bambina, mi confortava il fatto che mio padre fosse un mostro più grande e più forte di qualsiasi cosa all'esterno potesse mai essere. Mi avrebbe protetto. Lo sapevo come un fatto certo, come altre persone sanno che il cielo è blu o che lo zio Earl razzista rovinerà il Ringraziamento. Mostro o no, lui era il mio mondo. E lo adoravo nel modo in cui solo una figlia può fare.

So che è strano da dire - amare un uomo anche se vedi i terrori che si nascondono sotto. La mia terapeuta dice che è normale, ma lei tende a indorare la pillola. O forse è così brava nel pensiero positivo che è diventata cieca al vero male.

Non sono sicura di cosa direbbe del disegno nella casa delle fate. Non sono sicura di cosa penserebbe di me se le dicessi che capisco perché mio padre ha fatto quello che ha fatto, non perché pensassi che fosse giustificato, ma perché lo capivo. Sono un'esperta quando si tratta delle motivazioni delle creature sotto il letto.

Ed è per questo, suppongo, che vivo dove vivo, nascosta nella natura selvaggia del New Hampshire, come se potessi tenere ogni frammento del passato oltre il confine della proprietà, come se una recinzione potesse impedire all'oscurità in agguato di insinuarsi attraverso le crepe. E ci sono sempre crepe, non importa quanto duramente si cerchi di tapparle. L'umanità è una condizione perigliosa, piena di tormenti autoindotti e vulnerabilità psicologiche, i "cosa se" e i "forse" contenuti solo da una pelle sottile come la carta, ogni centimetro della quale è abbastanza morbido da perforare se la tua lama è affilata.

Lo sapevo già prima di trovare il disegno, ovviamente, ma qualcosa in quelle linee frastagliate di pastello lo ha confermato, o forse lo ha fatto penetrare un po' più a fondo. Qualcosa è cambiato quella settimana in montagna.

Qualcosa di fondamentale, forse il primo barlume di certezza che un giorno avrei avuto bisogno di un piano di fuga. Ma sebbene mi piaccia pensare che stessi cercando di salvarmi fin dal primo giorno, è difficile dirlo attraverso la nebbia dei ricordi. Ci sono sempre buchi. Crepe.

Non passo molto tempo a rimuginare; non sono particolarmente nostalgica. Penso di aver perso per prima quella piccola parte di me stessa. Ma non dimenticherò mai il modo in cui il cielo ribolliva di elettricità, la sfumatura verdastra che si intrecciava tra le nuvole e sembrava scivolare giù per la mia gola e nei miei polmoni. Posso sentire la vibrazione nell'aria degli uccelli che si alzavano in volo con ali che battevano freneticamente. L'odore di terra umida e pino marcescente non mi lascerà mai.

Sì, fu la tempesta a renderlo memorabile; furono le montagne.

Fu la donna.

Fu il sangue.

Trova *Filo Malvagio* qui:
https://meghanoflynn.com

Quando un bambino viene trovato morto, sbranato nei boschi, il medico legale conclude che si tratta di un attacco di cane — ma il vice sceriffo William Shannahan crede che l'assassino sia umano. Per risolvere il caso, deve rivolgersi alla sua fidanzata, Cassie Parker, che sa più di quanto voglia ammettere… *Il Rifugio delle Ombre* è un thriller avvincente nello stile di Gillian Flynn, una sorprendente esplorazione dell'ossessione, della disperazione e di fin dove siamo disposti a spingerci per proteggere le persone che amiamo.

Il Rifugio delle Ombre
CAPITOLO 1

Per William Shannahan, le sei e trenta di martedì 3 agosto fu "il momento". La vita era piena di quei momenti, gli aveva sempre detto sua madre, esperienze che ti impedivano di tornare ad essere chi eri prima, piccole decisioni che ti cambiavano per sempre.

E quella mattina, il momento arrivò e passò, sebbene lui non lo riconobbe, né avrebbe mai desiderato ricordare quella mattina per il resto della sua vita. Ma da quel giorno in poi, non sarebbe mai stato in grado di dimenticarla.

Lasciò la sua casa colonica del Mississippi poco dopo le sei, vestito con pantaloncini da corsa e una vecchia maglietta ancora macchiata di vernice giallo sole, residuo della decorazione della stanza del bambino. *Il bambino.* William lo aveva chiamato Brett, ma non l'aveva mai detto a nessuno. Per tutti gli altri, il neonato era solo quella-cosa-di-cui-non-si-poteva-mai-parlare, soprattutto da quando William aveva anche perso sua moglie al Bartlett General.

Le sue Nike verdi battevano contro la ghiaia, un metronomo sordo mentre lasciava il portico e iniziava a correre lungo la strada parallela all'Ovale, come i paesani chiamavano i quasi cento chilometri quadrati di bosco che si erano trasformati in una palude quando la costruzione dell'autostrada aveva sbarrato i ruscelli a valle. Prima che William nascesse, quei cinquanta o giù di lì sfortunati proprietari di terreni all'interno dell'Ovale avevano ricevuto un risarcimento dai costruttori quando le loro case si erano allagate ed erano state dichiarate inabitabili. Ora quelle abitazioni facevano parte di una città fantasma, ben nascosta agli occhi indiscreti.

La madre di William l'aveva definita una vergogna. William pensava che potesse essere il prezzo del progresso, anche se non aveva mai osato dirglielo. Non le aveva nemmeno mai detto che il suo ricordo più caro dell'Ovale era quando il suo migliore amico Mike aveva riempito di botte Kevin Pultzer per avergli dato un pugno in un occhio. Questo accadeva prima che Mike diventasse lo sceriffo, quando erano tutti semplicemente "noi" o "loro", e William era sempre stato uno di "loro", tranne quando c'era Mike. Forse si sarebbe adattato altrove, in qualche altro posto dove vivevano gli altri secchioni imbranati, ma qui a Graybel, era solo un po'... strano. Pazienza. La gente in questa città spettegolava troppo per potersi fidare di loro come amici comunque.

William annusò l'aria paludosa, l'erba rasata che succhiava le sue scarpe da ginnastica mentre aumentava il ritmo. Da qualche parte vicino a lui, un uccello stridette, alto e acuto. Sussultò quando questo prese il volo sopra di lui con un altro grido esasperato.

Dritto davanti a lui, la strada carrabile che portava in città era immersa nell'alba filtrata, i primi raggi di sole dipingevano d'oro la ghiaia, anche se la strada era scivolosa per il muschio e l'umidità mattutina. Alla sua destra, ombre profonde lo attiravano dagli alberi; gli alti pini si accovacciavano vicini come se nascondessero un fagotto segreto nel loro sottobosco. Buio ma calmo, silenzioso-confortante. Con le gambe che pompavano, William si diresse fuori strada verso i pini.

Uno schiocco simile a quello di uno sparo attutito echeggiò nell'aria mattutina, da qualche parte nel profondo della quiete boscosa, e sebbene fosse sicuramente solo una volpe, o forse un procione, si fermò, correndo sul posto, mentre l'inquietudine si diffondeva in lui come i vermi di nebbia che solo ora uscivano strisciando da sotto gli alberi per essere bruciati dal sole al suo debutto. I poliziotti non avevano mai un momento di pausa, anche se in questa sonnolenta cittadina, il peggio che avrebbe visto oggi sarebbe stata una discussione sul bestiame. Guardò su per la strada. Socchiuse gli occhi. Doveva continuare sulla strada principale più luminosa o fuggire nelle ombre sotto gli alberi?

Quello fu il suo momento.

William corse verso il bosco.

Non appena mise piede oltre il limitare degli alberi, l'oscurità scese su di lui come una coperta, l'aria fresca gli sfiorò il viso mentre un altro falco strideva sopra la sua testa. William annuì come se l'animale avesse cercato la sua approvazione, poi si passò il braccio sulla fronte e schivò un ramo, facendosi strada lungo il sentiero con una corsa a ostacoli. Un ramo gli graffiò l'orecchio. Fece una smorfia. Un metro e novanta era ottimo per alcune cose, ma non per correre nel bosco. O forse Dio ce l'aveva con lui, il che non sarebbe stato sorprendente, anche se non aveva idea di cosa avesse fatto di sbagliato. Probabilmente per aver sogghignato ai ricordi di Kevin Pultzer con la maglietta strappata e il naso insanguinato.

Sorrise di nuovo, solo un piccolo sorriso questa volta.

Quando il sentiero si aprì, alzò lo sguardo sopra la

chioma degli alberi. Aveva un'ora prima di dover essere al commissariato, ma il cielo plumbeo lo invitava a correre più velocemente prima che il caldo aumentasse. Era un buon giorno per compiere quarantadue anni, decise. Forse non era l'uomo più bello in circolazione, ma aveva la salute. E c'era una donna che adorava, anche se lei non era ancora sicura di lui.

William non la biasimava. Probabilmente non la meritava, ma avrebbe sicuramente cercato di convincerla che la meritava come aveva fatto con Marianna... anche se non pensava che strani giochi di carte avrebbero aiutato questa volta. Ma lo strano era ciò che aveva. Senza di esso, era solo un rumore di sottofondo, parte della tappezzeria di questa piccola città, e a quarantuno - *no, quarantadue, ora -* stava finendo il tempo per ricominciare da capo.

Stava riflettendo su questo quando girò l'angolo e vide i piedi. Piante pallide poco più grandi della sua mano, che spuntavano da dietro un masso color ruggine che si trovava a pochi passi dal bordo del sentiero. Si fermò, il cuore che pulsava con un ritmo irregolare nelle sue orecchie.

Per favore, fa' che sia una bambola. Ma vide le mosche ronzare intorno alla cima del masso. Ronzavano. Ronzavano.

William avanzò furtivamente lungo il sentiero, cercando di raggiungere il fianco dove di solito teneva la pistola, ma toccò solo stoffa. La vernice gialla secca gli graffiò il pollice. Infilò la mano in tasca cercando la sua moneta portafortuna. Nessun quarto di dollaro. Solo il suo telefono.

William si avvicinò alla roccia, i bordi della sua visione scuri e sfocati come se stesse guardando attraverso un telescopio, ma nella terra intorno alla pietra, riusciva a distinguere profonde impronte di zampe. Probabilmente di un cane o di un coyote, anche se queste erano *enormi*-quasi delle dimensioni di un piatto da insalata, troppo grandi per qualsiasi animale che si aspettasse di trovare in questi boschi. Scrutò freneticamente il sottobosco, cercando di localizzare l'animale, ma vide solo un cardinale che lo valutava da un ramo vicino.

C'è qualcuno là dietro, qualcuno ha bisogno del mio aiuto.

Si avvicinò al masso. *Ti prego, fa che non sia quello che penso.* Altri due passi e sarebbe riuscito a vedere oltre la roccia, ma non riusciva a distogliere lo sguardo dagli alberi dove era certo che occhi canini lo stessero osservando. Eppure, non c'era nulla se non la corteccia ombreggiata dei boschi circostanti. Fece un altro passo - il freddo si infiltrò dalla terra fangosa nella sua scarpa e intorno alla caviglia sinistra come una mano dalla tomba. William inciampò, distogliendo lo sguardo dagli alberi giusto in tempo per vedere il masso precipitargli contro la testa, e poi si ritrovò sul fianco nel fango viscido alla destra del masso accanto a...

Oh dio, oh dio, oh dio.

William aveva visto la morte nei suoi vent'anni come vice sceriffo, ma di solito era il risultato di un incidente dovuto all'ubriachezza, un incidente stradale, un vecchio trovato morto sul divano.

Questo non lo era. Il ragazzo non aveva più di sei anni, probabilmente meno. Giaceva su un tappeto di foglie marcescenti, un braccio appoggiato sul petto, le gambe spalancate disordinatamente come se anche lui fosse inciampato nel fango. Ma questo non era un incidente; la gola del ragazzo era lacerata, nastri frastagliati di carne scuoiata, pendenti su entrambi i lati della carne muscolare, la pelle indesiderata di un tacchino del Ringraziamento. Profondi solchi penetravano il petto e l'addome, tagli neri contro la carne verdastra e marmorizzata, le ferite oscurate dietro i vestiti strappati e pezzi di ramoscelli e foglie.

William indietreggiò strisciando, graffiando il terreno, la sua scarpa fangosa colpì il polpaccio rovinato del bambino, dove le timide ossa bianche del ragazzo facevano capolino sotto il tessuto nerastro che si coagulava. Le gambe sembravano... *rosicchiate*.

La sua mano scivolò nel fango. Il viso del bambino era rivolto verso di lui, la bocca aperta, la lingua nera penzolante come se stesse per implorare aiuto. *Non va bene, oh merda, non va bene.*

William finalmente riuscì a mettersi in piedi, estrasse il cellulare dalla tasca e premette un pulsante, registrando a malapena il latrato di risposta del suo amico. Una mosca si posò sul sopracciglio del ragazzo sopra un singolo fungo bianco che si arrampicava sul paesaggio della sua guancia, radicato nell'orbita vuota che una volta conteneva un occhio.

«Mike, sono William. Ho bisogno di un... Di' al Dottor Klinger di portare il carro.»

Fece un passo indietro, verso il sentiero, la scarpa che affondava di nuovo, il fango che cercava di trattenerlo lì, e strappò via il piede con un rumore di risucchio. Un altro passo indietro, e si ritrovò sul sentiero, poi un altro passo fuori dal sentiero, e un altro ancora, i piedi che si muovevano finché la sua schiena non sbatté contro una quercia nodosa dall'altro lato del percorso. Alzò di scatto la testa, strizzando gli occhi attraverso la tettoia di foglie, quasi convinto che l'aggressore del ragazzo fosse appollaiato lì, pronto a balzare dagli alberi e a trascinarlo nell'oblio con fauci laceranti. Ma non c'era nessun animale ripugnante. Il blu filtrava attraverso la foschia filtrata dell'alba.

William abbassò lo sguardo, la voce di Mike era un crepitio lontano che irritava i bordi del suo cervello senza penetrarlo - non riusciva a capire cosa stesse dicendo il suo amico. Smise di cercare di decifrarlo e disse: «Sono sui sentieri dietro casa mia, ho trovato un corpo. Di' loro di entrare dal sentiero sul lato di Winchester». Cercò di ascoltare il ricevitore ma sentì solo il ronzio delle mosche dall'altra parte del sentiero - erano state così rumorose un attimo prima? Il loro rumore cresceva, amplificato a volumi innaturali, riempiendo la sua testa finché ogni altro suono non svanì - Mike stava ancora parlando? Premette *Fine*, mise il telefono in tasca, e poi si appoggiò all'indietro e scivolò lungo il tronco dell'albero.

E William Shannahan, non riconoscendo l'evento su cui avrebbe ruotato il resto della sua vita, si sedette alla base di una quercia nodosa martedì 3 agosto, mise la testa tra le mani e pianse.

**Trova altri libri di Meghan O'Flynn qui:
https://meghanoflynn.com**

L'AUTORE

Con libri definiti «viscerali, inquietanti e completamente coinvolgenti» (New York Times Bestseller Andra Watkins), Meghan O'Flynn ha lasciato il suo segno nel genere thriller. Meghan è una terapeuta clinica che trae ispirazione per i suoi personaggi dalla sua conoscenza della psiche umana. È l'autrice bestseller di romanzi polizieschi crudi e thriller su serial killer, tutti i quali portano i lettori in un viaggio oscuro, coinvolgente e impossibile da mettere giù, per cui Meghan è famosa. Scopri di più su https://meghanoflynn.com!

Vuoi sapere di più su Meghan?
https://meghanoflynn.com

www.ingramcontent.com/pod-product-compliance
Ingram Content Group UK Ltd.
Pitfield, Milton Keynes, MK11 3LW, UK
UKHW040254200225
455254UK00004B/146

9 798227 771216